Alvaro Cunqueiro
In Gesellschaft des Zauberers

Roman

Aus dem Spanischen
von Elke Wehr

Insel Verlag

Die Originalausgabe erschien 1969 unter dem Titel
Merlín y familia

Erste Auflage 1992

Druck: Friedrich Pustet, Regensburg
Printed in Germany

Für Alberto Casal

Nun, da ich alt und müde bin und das liebliche Feuer der jugendlichen Phantasie mit den Jahren verloschen ist, geht mir bisweilen durch den Kopf, daß jene Tage, die ich in der Blüte der Jugend im alten, weiten Wald von Esmelle verbrachte, nur ein Hirngespinst sind; und weil es so oft erzählt und so oft in meiner Erinnerung zusammengesponnen wurde, glaube ich, der Schwindler, daß ich jene Tage wirklich erlebte, daß sie, gleich einem scharfen Holzmeißel in den Händen eines ungreifbaren, phantastischen Zimmermanns, sogar Träume und Sorgen aus mir hervortrieben. Wahrheit oder Wahn, jene Tage des Lebens oder der Phantasie füllten mit ihrem Garn die Spindel meines Geistes, und so kann ich jetzt, Knäuel für Knäuel, den Stoff dieser Geschichten weben. Als ich mich mit meinen zu Ostern vollendeten neun Jahren, das Birett in der Hand, der Tür meines Herrn Merlin näherte, wer hätte da gedacht, daß man mir das neue Käppchen mit den geheimnisvollsten Magien, Zaubereien, Erfindungen, Wundern, Verwandlungen und Hexereien füllen würde? Niemals, so will ich meinen, wurde einem Kind ein solches Geschenk zuteil, und wie aus einem Wunderhorn hole ich Band auf Band, Geschichte auf Geschichte hervor und betrachte mit meinen eigenen Augen die Schar der Uneingeweihten, die sich an Merlin und seine sieben Weisheiten wandten: In Merlin liefen, gleich den Fäden eines unsichtbaren Schneiders, alle Wege der anderen Welt zusammen. Er, der Meister, knüpfte den Knoten, um den man ihn bat. Ihr werdet schon sehen.

ERSTER TEIL

MIRANDA

Der Wald von Esmelle

Statt mit Worten sollte man ihn vielleicht besser mit dem Pinsel malen, den Wald von Esmelle, der rechter Hand liegt, wenn man sich diesem Reich von León kommend nähert. Der Weg, den ich bis zu den Feldern von Colmenas nahm, dringt Kehre um Kehre aufwärts in den dichten Wald von Eirís ein: Er folgt dem Flußufer, und wenn er die Ebene erreicht, wo sie Paradas genannt wird, schlängelt er sich durch morastige Tümpel bis an den Ort, der Pontigo geheißen wird, eine niedrige Holzbrücke, auf der sich der kurze Trab der Pferde, wenn die Reisenden auf dem Wege nach Belvís kommen und gehen, so köstlich anhört. Die Mühlen des Pontigo sind jetzt zwei Moränen aus schwarzem Stein, auf denen der Efeu klettert und wächst, aber ich erinnere mich noch an die Tage, da sie den Weizen aus dem Tal und den Roggen aus den Bergen mahlten und Apfelbäume entlang der Wehre standen: Der Wind warf Äpfel ins Wasser, und immer tanzten sie, grün oder rot, zu einem Dutzend im dicken, gelblichen Schaum am Gitter des Mühlbachs. Stets bläst ein Wind im Eichenwald von Mourás, der so finster ist, und der Weg hat es eilig, ihn zu durchqueren und die offene Flur von Miranda zu erreichen, den freien Horizont der breiten Saatfelder, die Brachen, die den alten Hügeln Muße schenken, die Weiden des Königs ... Von Miranda aus sieht man Esmelle im ganzen Umkreis, das Schloß von Belvís, den Wald von Sierpe, den See von Cabos und, am Tage, beinahe vor der Haustür, den Rauch der Schmieden von Villar. Am Abend trat ich in Miranda vor das Haus, um zu sehen, wie die Lichter an den hohen

Zwillingstürmen von Belvís aufleuchteten und, im Widerspiel zu ihnen, die Lichter von Villar, als seien sie auf den Boden gestreut: Wenn der Wind aus Meira kam, harrte ich aus, denn ich hörte die Hammerschläge der Schmiede. Von Miranda aus überblickt man die ganze Ebene von Quintás bis nach Castro, die Roggenfelder, die sich in Wellen wiegen wie das Meer mit der Brise, und das Kommen und Gehen der Frauen am Brunnen von Couso. Ich werde mich immer an die Hecke des Dreschplatzes erinnern, eine Hecke aus römischem Lorbeer, die vor Vögeln wimmelte und in der ich so viele Nester bewachte, und an den weitverzweigten, üppigen Feigenbaum am Fuß des Hauses, neben der großen Scheune. Miranda war das gastfreie Haus von Don Merlin.

Ich schlief auf dem Dachboden, in einem schmalen Kämmerchen mit einem kleinen Fenster direkt über der Pritsche. Ich hatte Geschmack daran gefunden, in der Abenddämmerung auf mein Bett zu steigen und eine gute Stunde lang hinauszuschauen. Natürlich der Lichter wegen. In Esmelle schmückte sich alles mit Lichtern in der Nacht. Ich meine nicht die Lichter von Belvís, die ich in den Fenstern beider Türme wie brennende Vögel auf- und niedersteigen sah; zuweilen lag ganz Belvís im Dunkeln da, aber nach kurzer Zeit leuchtete im Balkonfenster der Ehrenfassade ein winziges Licht auf, wie das Auge eines Kauzes, und dieses Licht lief durch das Schloß, und ich sah, wie es von einem Gemach ins andere wanderte, und folgte ihm, wenn es sich ausbreitete und durch Fenster und Lichtscharten blinzelte und plötzlich hoch oben auf den Mauerzinnen ein paar Signale blinkte. Ich wußte, daß es die Laterne des Schloßzwerges war, der seine letzte Runde drehte. Ich meine auch nicht die Lichter von Villar, mit denen die Zweige der Birken spielten. Ich spreche von den Lichtern, die auf den Wegen dahinwanderten, auf dem Königsweg von Meira her und auf dem Weg nach Quintás und auf dem alten Weg, der im See von Cabos untergeht, und auch auf dem See. Sie eilten dahin und aneinander vorbei, und bisweilen trafen drei oder vier zusammen und bildeten etwas wie ein kleines Feuer im Herzen der dunklen Nacht. Galoppierende Pferde trugen sie wohl, so flogen sie dahin. Und wenn eines der Lichter den Weg nach Miranda nahm und auf mich zukam und ob seiner Geschwindigkeit gar zu pfeifen schien, dann fuhr mir die Angst in die Glieder wie die Nadel ins Nadelkissen, und ich legte mich ins Bett, ohne mich auszuziehen, und zog mir die Decke bis über den Kopf: eine Decke mit grünen Streifen, auf der beidseitig mit roten Buchstaben geschrieben stand: DAVID. Diesen David hatte ich kurzerhand zu meinem Beschützer ernannt, und ich betete sogar zu ihm. Aber jetzt kommt mir der Gedanke, daß ich Gefallen an diesen Ängsten fand ... In der Morgendämmerung besuchten mich, noch als Teil meiner Träume, die Glocken von Quintás und das Gegurre der Tauben auf dem Dach. Eines Morgens während der Erntezeit erblickte ich die Segelbarke auf dem See und an einem anderen im Herbst, auf der Höhe von Castro, den Goldenen Balken. Der Winter ist ewig lang in Esmelle, und wenn es nicht einen Mond lang friert, dann besteht er nur aus Regen und Schnee. Aber der Sommer ist lieblich und auch die Herbstzeit.

Wenn Feiertag war, trat Herr Merlin zuweilen auf den Dreschplatz hinaus und goß zwei oder drei Tropfen der Flüssigkeit, die er »aus den Ländern« nannte, in ein mit Wasser gefülltes Kristallglas und fragte uns lächelnd, mit jenem freimütigen Lächeln, das sein offenherziges Gesicht ausfüllte wie die Sonne den Morgen, in welcher Farbe wir die Welt sehen wollten, und immer, wenn ich mit der Antwort an der Reihe war, sagte ich blau, und dann versprengte Don Merlin jenes Wasser in der Luft, und eine Sekunde lang war die ganze Welt, Esmelle im ganzen Umkreis, die weißen Türme von Belvís, die Tauben und der Hund Ney, das blonde Haar von Manueliña, der weiße Bart meines Herrn, der Apfelschimmel, die Birken von Quintás und der Stechginster auf dem Bergkamm von Castro, alles, eine große blaue Wolke, die sich langsam verflüchtigte. Herr Merlin lächelte, während er das Glas mit einem schwarzen Tuch abtrocknete. Esmelle, weiter, alter Wald, in der Erinnerung bewahre ich ihn blau angemalt, als wäre ein gewaltiger, lauer Mond plötzlich auf der Erde niedergegangen.

Merlins Haus

Herr Merlin war, wie man aus den Geschichten weiß, der Sohn einer ledigen Mutter und aus fremdem Lande und kam nach Miranda, weil er eine Tante zweiten Grades mütterlicherseits beerbt hatte; aber das war schon so lange her, daß niemand sich deutlich an das Ereignis erinnerte. Nur eine Alte aus Quintás entsann sich dunkel, daß man sie als Kind zur Beerdigung einer Dame aus Miranda mitgenommen hatte, und hinter dem Pfarrer aus Reigosa, der sehr schön sang, ging Don Merlin, schwarz gekleidet und mit einem großen roten Schal, und schon damals war der Bart meines Herrn weiß. Die Alte erinnerte sich auch, daß der Herzog von Belvís mit einer federgeschmückten Kappe und mit seinem Zwerg als Schleppenträger der Beerdigung beiwohnte und daß Klageweiber aus Lugo gekommen waren, um das Wehklagen zu besorgen, und die jüngsten gingen mit bloßen Füßen und Beinen. An Don Merlin gingen die Jahre spurlos vorbei, und darüber klagte er wie über ein Unheil, aber das geschah nicht oft, denn es entsprach seinem Wesen, sich freimütig und offen zu geben, zufrieden mit der Welt und gesprächig, und er lächelte sehr leicht; bei seiner freimütigen Art kamen ihm die hellen Augen und seine stolze, vornehme Stirn zugute und sogar seine Angewohnheit, mit der rechten Hand über sie zu streichen, wenn er mit einem sprach. Er hatte nicht viel Fleisch auf den Knochen, aber er war wohlgebaut und anmutig und ein sehr guter Fußgänger. Aber jetzt wollte ich nicht den Herrn Merlin beschreiben, sondern die Aufstellung seines Hauses machen, als ich in Miranda lebte, als Bediener eines halben Tisches und Stallknecht, für elf Pesos im Jahr und beköstigt, dazu die Holzschuhe, die ich abtrug, und Jacke und Beinkleider zum Wechseln, außerdem vier Paar Strümpfe zu Neujahr, zwei weiße und zwei schwarze.

Die Erste im Haus nach Don Merlin war meine Gebieterin und Herrin Doña Ginevra. Sie war eine sehr gesetzte Dame und trug sommers wie winters ihre schwarze, perlenbestickte Pelerine. Auch sie stammte nicht von hier und verhedderte sich ein wenig in der Rede. Sie besaß sehr schönes, langes blondes Haar, das sie zu einem großen Knoten geschlungen trug, und ich habe nie eine weißere Haut als ihre gesehen. Groß und eher beleibt, bewegte sie sich majestätisch und war von Natur aus sehr huldvoll in ihrem Regiment, etwas jäh zwar und bisweilen spröde, aber Mensch und Vieh hielt sie gut zusammen. Sie verließ kaum das Haus, und an den Abenden setzte sie sich in den Salon, neben das große Balkonfenster, und stickte an einem großen Tuch, das sie nach und nach um einen silbernen Stab wickelte. Im Winter trug sie fingerlose Handschuhe aus Wolle und im Sommer aus weißem Linnen, reich durchbrochen und mit aufgestickten Blümchen. Dann und wann hörte sie mit dem Sticken auf, um sich mit einem Händchen aus Buchsbaum, das an einem Haselholzstab befestigt war, den Rücken zu kratzen. Ein wenig Traurigkeit, glaube ich, trug diese Doña Ginevra in den schwarzen Augen, und wenn sie dich anlächelte, was nicht ihrer Gewohnheit entsprach, dann war es, als würde sie um das Almosen bitten, auch du mögest ihr ein Lächeln schenken. Es hieß, sie sei die Witwe eines großen Königs, der im Krieg den Tod fand, und ein Rabe habe ihr die Nachricht überbracht, als sie zu Besuch in Miranda weilte und einen goldenen Kamm ausprobierte. Von edler Abkunft war sie, und Don Merlin betitelte sie, wenn er mit ihr sprach, und in der Küche legte sie keine Hand an, es sei denn, um an Festtagen den Tafelaufsatz mit Früchten und Zuckerwerk zu schmücken. Sie faßte Zuneigung zu mir, meine ich, und an den Sonntagen bügelte sie mir ein weißes Taschentuch, damit ich mich bei der Messe schneuzen konnte. Wenn vornehme Leute nach Miranda kamen, gingen die Gäste in den Salon hinauf, um ihr die Hand zu küssen, und Doña Ginevra zeigte ihnen die Stickerei, die sie von dem silbernen Stab abrollte; ich erinnere mich, wie der Herr Dekan aus Santiago, als er nach Miranda kam, um einen Nußknacker für das Domkapitel zu kaufen, mit aufgesetzter Brille in der Stickerei las und meiner Herrin sagte, er finde den Herrn Tristan sehr ähnlich und sehr schmerzerfüllt und Doña Isolde sei beinahe lebendig. Ich stand an der Tür des Salons und wartete auf die Erlaubnis, Seiner Hochwohlgeboren ein Gläschen Getafe-Wein und eingerollten Biskuit anzubieten.

Wer das Kommando über die Arbeiten führte, war Marcelina, eine Wirtschafterin von etwa vierzig Jahren, rundlich und klein, rotgesichtig, sehr schwatzhaft und mit dem Ruf einer verdienstvollen Köchin. Alles lag in ihrer Hand: die Arbeiten im Haus, das Stallvieh und das Vieh auf der Weide, die Dienstmädchen und die Feldarbeit, der Ruhetag und die Löhne. Neuheiten entzückten sie, und wenn ein junger Mann von Stand zu Besuch kam, mochte es auch ein Ungläubiger sein, dann war sie noch mehr als einen Monat lang in ihn verliebt. Sie galt als Verwandte unseres Herrn und Nichte des Schreibers von Azúmara, und am meisten gefiel ihr – außer daß man sie Doña Marcelina nannte –, wenn man glaubte, sie kenne sich mit denen aus, die um Rat zu Don Merlin kamen.

»Der vornehme Herr, der gestern abend gekommen

ist, war ein Kurier des Königs von Frankreich, der fürchtet, eine seiner Töchter könne eine Fehlgeburt haben. Ich habe ihn am schwarzen Sporn und an einem silbernen Schlüssel erkannt, den er am Gürtel trug.«

Alles wußte Marcelina, alle Erkennungszeichen derer, die kamen und gingen, und die sieben Ansichten, die in jeder Geschichte enthalten sind. Mir war sie eine gute Beschützerin, nur verbreitete sie, um mich zu foppen, ich würde die Mädchen kneifen. Für das Pferd Turpín und für die Hunde Ney und Norés, für Besorgungen in Meira, für das Pfropfen der Kirschbäume und die Buchführung der Männer, die zu den Arbeiten kamen, war José del Cairo zuständig, ein sehr großer, in den Schultern etwas breit geratener Bursche mit krausem Haar und kleinen, funkelnden Augen und ein gewaltiges Spottmaul; bei einem Mann von solchem Wuchs erstaunten die kleinen, weibischen Hände, die er hatte, und er besaß Geschick für jede Art von Ausbesserung und auch große Begeisterung für die Jagd. Seines Spottmauls wegen freundete er sich nicht sehr mit den Leuten an. Aber er war beherzt und brach ohne weiteres in tiefschwarzer Nacht nach Lugo auf und nahm dabei die Abkürzung durch den Wald von Eirís, wo der Wolf jeden Tag die Leute begrüßt. Der Hund Ney schlief zu Füßen seines Bettes, und mich begann José del Cairo freundlich anzusehen, als Norés, ein Otternhund, schwarz wie die Nacht, aber mit reizenden weißen Flekken zwischen den Beinen, ungebärdig bei Fremden, aber sehr fügsam mit den Hausbewohnern, sich angewöhnte, in meine Kammer zu kommen, um dort zu übernachten. Ich wurde von seinem ununterbrochenen Schnarchen in den Schlaf gewiegt. José del Cairo war, abgesehen vom Krakeel seiner Spöttereien, ein schweigsamer Mann. An Festtagen aß er mit den Herrschaften am Tisch, und vor den Geistlichen nahm er nur widerwillig die Mütze ab.

Danach kamen Manueliña de Carlos mit ihrem blonden Haar und ihrem kleinen Mund, die Lippen warm wie frischgemolkene Milch, die in der Küche und bei der Besorgung des Hauses half, und Casilda, die dem Blinden in Outes als Magd gedient hatte und sich um das Vieh und den Gemüsegarten kümmerte. Und schließlich zählte ich in der Reihe, der ich dem Befehl von Herrn Merlin unterstand.

Das Haus lag auf der Höhe von Miranda, es war groß und besaß ein gutes Dach mit vier Neigungen, einen Balkon, der auf den Weg nach Meira hinausging, und den Glaserker an der Südseite, und dicht am Haus befand sich der Ofen meines Herrn, der außerdem zwei Kammern hatte, und dahinter ein Stall für die Reittiere der Besucher, und für den war ich verantwortlich, sei es, um den Stechginster zu zerkleinern, sei es, um die Stuten und Hengste anzubinden. In der großen Kammer des Ofens, im grünsamtenen Sessel sitzend, die auf dem Lesepult aufgeschlagenen Bücher der Geschichten lesend, empfing mein Herr die Gäste. Im gläsernen Käfig pfiff der Hirschkäfer, und aus der Phiole mit dem Balsam von Fierabrás tropfte durch die Öffnung aus vergoldetem Monterroso-Buchsbaumholz die rote, wohlriechende Flüssigkeit in den silbernen Becher.

Ich stand neben dem Pult, den Kerzenhalter in der Hand, in dem die Kerze aus dem Wachs der Bienenkörbe von Belvís brannte, und verfolgte aufmerksam den Finger von Don Merlin, der Zeile für Zeile über die Seiten der geheimen Bücher wanderte und die Wunder der Welt entzifferte.

Die Katze Cerís, ein blinder Albino, legte sich zu meinen Füßen nieder.

Die Sonnenschirme und der Mondschirm

Ich saß gerade im Schatten des weitverzweigten Feigenbaums und schnitzte mit meinem Messerchen am Ende eines Erlenastes ein Vögelchen zu einem Stockgriff, die Vögel gerieten mir immer sehr gut, mit zusammengefalteten Flügeln und geneigtem Köpfchen, als ich jene Schar hörte, es waren vier, die zu Pferde kamen, und der letzte führte am Schluß einen Maulesel mit Gepäck, und die vier trugen die gleiche Kleidung, große rote Hüte und gelbe Dalmatikas, wie die Priester bei der Messe, ausgeschnittene Halbgamaschen und um den Hals und im Wind flatternd kurze Umhänge, rot wie die Hüte. Es war eine Freude zu sehen, wie dieser Zug die Steigung heraufkam, die bis zum Portal führte. Ich lief, das neue Birett zu holen, das ich immer an den Balken des Ofens hängte, denn wenn Besuch kam, war mir befohlen, mit diesem Birett zum Tor zu treten, damit ich es mit einer Verbeugung abnehmen konnte. Darin war ich wohlerzogen, und es lautete die Weisung, daß ich das Tor mit der linken Hand zu öffnen hatte, während ich mit der rechten die Mütze abnahm und den Arm ein wenig nach hinten streckte und den Kopf eine Idee senkte. Solch freundlichen Empfang hatte mich meine Herrin, Doña Ginevra, gelehrt. Ich öffnete also diesen Berittenen und grüßte, und der Vordermann, ein dicker, rotgesichtiger, der den Hut lüftete, um eine stark gekrauste Stirnlocke zu entblößen, fragte mich nach Don Merlin, und ich sagte, er nehme gerade seinen Morgenimbiß ein, und er verkündete mir, sie kämen aus Paris und brächten einen wichtigen Auftrag. Ich ließ sie absitzen und lief hin, es meinem Herrn zuzurufen, der wie gewöhnlich einen Morgenimbiß mit Rühreiern und Weißherbst zu sich nahm. Schon erschien Frau Marcelina, schon sah sie, daß es ein hübscher Bursche war, der den Gepäckesel am Halfter führte, und schon trat sie mir im Gang entgegen, um mir einzublasen:

»Es sind Kirchenleute, sie tragen keine Degen.«

Mein Herr war sehr bedächtig im Essen und sehr reinlich, dauernd wusch er sich die Hände, wenn er sich an den Tisch setzte und wenn er sich erhob. Er kam ohne Eile seiner ganzen Gewohnheit nach, spülte den Mund mit dem letzten Schluck Weißherbst aus, faltete die Serviette zusammen und machte seinen üblichen Kaninchenohrenknoten hinein, zog sich die Pulswärmer an und setzte das Barett mit der Troddel auf, stützte die rechte Hand auf meine Schulter, und dann gingen wir, wie in einer Prozession, die Fremden begrüßen.

Die vier nahmen ihre Hüte ab und vollführten eine tiefe Verbeugung vor Herrn Merlin, und der Dicke mit der Stirnlocke redete sehr rasch in seiner Sprache, und Herr Merlin war sehr aufmerksam, und zwei- oder dreimal, während der Fremde sprach, hob mein Herr und Gebieter die Hand an das Barett, wie wenn man sagt »Gott unser Herr« oder »Heilige Jungfrau Maria«. Don Merlin antwortete ihm ebenfalls in seiner Sprache mit wenigen Worten und hieß die Reisenden in die Kammer des Ofens treten, ausgenommen den Burschen mit dem Maulesel, der mir half, die Pferde in den Stall zu bringen und ihnen etwas Futter zu geben. Zusammen luden wir das Gepäck vom Maulesel ab, das leicht war und mehr Umfang als Gewicht besaß. Ich bedeutete ihm mit Zeichen, er solle ebenfalls in die Kammer gehen, ich würde als Wächter beim Gepäck bleiben, aber er lächelte – er war wirklich sehr schmuck und besaß eine Art heitere Schönheit und war sehr sittsam in seinen Manieren – und sagte mir in unserer Sprache:

»Mein Freund, ich kann dich nicht als Wächter dieses Putzes zurücklassen, denn es ist meines Amtes, mich nicht eine Nonnennadel weit von ihm zu entfernen. Wir haben vier Tagesreisen von Paris gebraucht und sind Leute des Erzbischofs dieser Stadt, und was ich jetzt von dir möchte, ist ein Glas kühles Wasser.«

Ich holte es ihm vom alten Brunnen, der eiskalt ist, und er trank mit Genuß und langsam.

»Ich wußte schon, daß Ihr Kirchenleute seid«, sagte ich zu ihm, als er mit dem Trinken fertig war, und fügte hinzu, eine ältere Dienerin in unserem Hause habe es daran erkannt, daß sie keinen Degen trugen.

»Diese eure ältere Dienerin hat wohl in einer Sache, nicht aber in allem richtig geurteilt.«

Und der Pariser lüftete die Dalmatika und zeigte mir zwei Paradepistolen am Gürtel, mit Griffen aus getriebenem Silber.

»Wenn man über die Wege zieht«, sagte er, »und einen so bemerkenswerten Auftrag mit sich führt, wie der unsere es ist, dann kann man nicht auf christliche Nächstenliebe bauen, am allerwenigsten in diesen Zeiten.«

Bei diesen Artigkeiten befanden wir uns, als Don Merlin in die Tür des Ofens trat und befahl, man solle ihm das Gepäck bringen, und der Junge und ich trugen es hin und stellten es dort ab, wo er uns sagte, nämlich auf den großen Tisch. Mich wunderte, daß alle Kandelaber brannten und daß er sich die samtene Pelerine umgetan hatte. Die drei Fremden saßen auf der Bank am Fenster – der mit der Stirnlocke in der Mitte –, und das Ganze nahm sich wie eine gesungene Messe aus. Nach dem Aufschnüren der Bündel, die fest verpackt und mit sieben Stricken verzurrt waren, kamen drei Schirme zum Vorschein, ein weißer, ein gelber und ein scharlachroter, und Don Merlin küßte einen jeden von ihnen auf den Griff, der bei dem weißen aus Ebenholz, bei dem gelben aus Silber und aus Gold bei dem scharlachroten war.

»Es sind sehr schöne Sonnenschirme«, sagte mein Herr, »und vielleicht hat so prachtvolle nicht einmal der Papst in Rom. Was euer Bischof von mir erbittet, ist einfach, und ich werde es im Handumdrehen besorgen. Der weiße Sonnenschirm heißt, wie ihr wißt, ›Sonne-komm-raus‹, und wenn man ihn am Tag Unserer Lieben Frau im August aufspannt, dann ist der Morgen, auch wenn es regnet, sonnig für die Prozession. Der gelbe, der ›Mirabilia‹ heißt, ist ein sehr geheimer Sonnenschirm und wird nur zu Pfingsten verwendet, und wenn euer Bischof sich in seinem Schatten befindet, dann spricht und versteht er alle Sprachen, und ein Stummer kann unter ihm beichten, denn euer Bischof hört ihm zu. Und der scharlachrote, der dient zum Reisen in der Nacht, und wer unter ihm geht und ihn in tiefschwarzer Nacht aufspannt, sieht wie am hellichten Tag. Statt Sonnenschirm sollte man Mondschirm sagen, und sein Name lautet ›Stern‹. Schon einmal habe ich bei diesem, als er sich im Besitz von Don Lanzelot vom See befand, zwei Stäbe gerichtet, die sich gelöst hatten, und nach der ersten Reparatur funktionierten seine Kräfte nicht, und statt wie am Tage sah man überhaupt nichts, nicht einmal die in der Nacht angezündeten Lichter. Die ganze Wissenschaft dieser Sonnenschirme und des Mondschirms liegt in den Stäben.«

Und während ich den Besuchern etwas Wein und Schinken kredenzte, werkelte mein Herr an den Schirmen, als wäre er ein Schirmmacher aus Orense, und erklärte sie im Nu für repariert, denn ihm zufolge hatten sie nur einen lockeren und einen losen Stab. Er öffnete und schloß sie unter ich weiß nicht welchen Litaneien und lächelte und sagte mit großer Bestimmtheit zu dem mit der Stirnlocke:

»Müsjö Castel, sag deinem Bischof, daß ich für die Reparatur nichts berechne, aber am nächsten Pfingsttag, wenn er den gelben Sonnenschirm aufspannt, soll er nicht versäumen, die Zaubersprache zu notieren, besonders was den Namen der Metalle und der kostbaren Essenzen betrifft, ich möchte nämlich ein Buch ›de ocultis‹ zu Ende lesen, das ich hier bewahre und in dem das ganze Gespräch der Chaldäer steht. Und sag ihm auch, er soll die Kraft des ›Sterns‹ nicht damit vergeuden, in Höhlen und Ruinen nach Schätzen zu suchen, denn der Mondschirm wurde nicht dafür gemacht, sondern um in der Nacht auf dem Wege nach Emmaus den Spuren von Jesus, Unserem Herrn, zu folgen.«

Müsjö Castel erhob sich und vollführte eine tiefe Verbeugung, sie schnürten das Gepäck wieder zusammen und brachen mit meiner Hilfe auf und entfernten sich mit dem Hut in der Hand, bis sie zum Tor hinaus waren, und mein Herr stand in der Tür des Ofens und lüftete nicht das Barett vor ihnen, und als der Junge, der den Maulesel am Halfter führte, sah, daß ich auf den Feigenbaum geklettert war, um die Schar hügelabwärts ziehen zu sehen, winkte er mir zum Abschied zweimal mit der Hand.

»Er hieß Jasmin«, tat mir Frau Marcelina am Abend kund. »Wenn ich wollte, würde er bestimmt umkehren, er hat kein Auge von mir gelassen, während du ihm das Glas Wasser gabst.«

Der abnehmbare Weg

»Der dort schläft, ermattet von so langer Reise über die Route der Levante, die fast eine einzige Staubwolke ist, und die Sonne steht senkrecht über ihr, hat beim Herrscher von Konstantinopel das gleiche Amt inne wie du in diesem Haus. Du kannst ihn also duzen, wenn er aufwacht, und er kann dich etwas von der Höflichkeit lehren, die dort gebräuchlich ist. Wenn du reifer bist, dann kannst auch du dir den Bart wachsen lassen: Sollte deiner so schwarz und kraus geraten wie seiner, wird er dir wahrlich gut zu Gesichte stehen.«

Mein Herr sagte mir diese Worte, um mich zu foppen, denn damals stand ich im zwölften Lebensjahr, und wenn ich auch in die Höhe geschossen war, so besaß ich doch ein sehr kindliches rundes Gesicht und nicht den Schatten eines Flaums. Ich wurde rot, was mir meines Alters wegen beim geringsten Anlaß widerfuhr. Herr Merlin zündete den kupfernen Brenner an und setzte das Alraunwasser zum Kochen auf, und es ist bekannt, daß diese Pflanze, damit sie ihre ganze Wirkung entfaltet, auf freier Flur unter den Galgen gepflückt wird, an denen der König seine Gerechtigkeit ausübt. Die letzte Alraune brachte José del Cairo aus Mondoñedo mit, als man Lugilde erhängte, der den Pfarrer von Santa Cruz umgebracht hatte, indem er ihm mit einem Stock Lumpen in den Mund stopfte.

»Das Schlimmste, was einem alternden Kaiser passieren kann, ist, sich in ein junges Mädchen zu verlieben«, fuhr mein Herr fort, während er wartete, daß jene Brühe kochte. »Dieser jetzige Kaiser kam zur Herrschaft, weil ein anderer Basileus ihn adoptierte, der keine männlichen Nachkommen hatte. Er hatte jedoch eine sehr anmutige Tochter und verheiratete sie mit dem Adoptivsohn. Dieser Herrscher unserer Tage ist sehr an Kriege gewöhnt, ein Mann, der die meisten seiner Tage im Kriegsheer oder an der Grenze verbrachte, was ihn hartherzig gemacht hat. Es begab sich, daß in einer Gemarkung seines Reiches einige alteingesessene Fürsten rebellierten, die sich von Ghasna nennen, treulose und höchst grausame Leute, Besitzer von großen Schwertern und leichtfüßigen Pferden, die einen Turm haben, in dem sie auf riesigen Teppichen mit farbigen Fäden den Baum der Sterne darstellen und aus diesen die Zukunft vorhersagen, und als Venus zwei Handbreit entfernt an den Jagdhunden vorbeizog, sahen sie, daß die Zeit gekommen war, ihre Provinz zu vergrößern. Es kam zum Krieg, und der Kaiser Michaelos gelangte zum Fuß der Stadt Ghasna, verbrannte den Palmenhain und schüttete die Brunnen zu, außer einem für die Pilger, die nach Jerusalem ziehen, sandte einen Herold zu den Ghasnawiden und setzte ihnen eine Frist, bevor er die Tore der Stadt sprengen würde. Die Ghasnawiden hörten sich die Rede des Herolds an, ohne zu mucksen, und man erzählte mir, sie hätten einen furchteinflößenden Anblick geboten auf den Zinnen des Asientors, die sieben Fürsten mit ihren Schwertern, die sie um eine Viertelelle überragten, mit dichten, schwarzen Bärten, die weißen Umhänge blutbefleckt und jeder mit seinem haubentragenden Adler auf dem Schurz der linken Hand. Die Herren von Ghasna versammelten sich um ein Holzfeuer, um sich zu beraten, und einer von ihnen, der nicht nur ein Mann des Schwertes, sondern auch ein

Mann der Feder war, sagte, es ließe sich aus List eine Geschichte anzetteln, die er gelesen und die sich bei Leuten griechischer Nation zugetragen habe, und sie bestand darin, dem Herrn Michaelos die schönste der Jungfrauen zu senden, damit sie ihn betörte, was leicht schien, da der Kaiser ein alter Mann war, der lange Jahre lang Liebe und Freundschaft nur bei den Waffen gefunden hatte, er wußte nicht, was ein Federbett war, und stets der Kaiserin Theodora die Treue gehalten hatte, die schon in die Jahre kam und wegen einer Lähmung in einem Glaserker im Sessel saß und Kirchenmusik hörte. Die Ghasnawiden wählten eine Jungfrau aus königlichem Geschlecht, einer Rose gleich. Ich weiß, wie schön sie ist, weil ich den Maler trätiere, der sie porträtierte, als sie in Alexandria Musik studierte, und ich weiß nicht, was das Betörendste an ihr ist, die großen, grünen, halb geschlossenen Augen, die zimtfarbene Haut, die sanfte Rede des kleinen Mundes, die Anmut ihrer Hände mit der Viola . . .«

». . . die Brüstchen wie zwei Reineclauden, die Taille, die sich mit einem Rosenstiel umspannen läßt, die zierlichen Arme, die sie beim Singen hebt, und die Beine, mit denen sie im Tanze fliegt. Sie ist ein einziges geheimnisvolles Parfümgefäß, und selbst jetzt, da das große Heer in den Sanddünen verloren ist und der Kaiser wie trunken in seinem Zelt aus roter Leinwand, gibt es keinen Soldaten, der nicht sagt, daß eine so anmutige, sanfte und allerliebste Frau das Sterben lohne.«

Dies sagte der Page des Kaisers, der aufgewacht war, während mein Herr sprach, und sich von der Siesta erhob und den Gürtel enger schnallte, an dem ein Dolch in einer Scheide aus getriebenem Silber hing. Herr Merlin nahm das Alraunwasser vom Feuer, löschte den kupfernen Brenner, setzte sich in seinen samtbezogenen Sessel und sagte zu dem Pagen:

»Jetzt, Herr Leonís, wäre es angezeigt, daß Euer Gnaden mit der Geschichte fortfahren.«

Der Page Leonís strich sich über den Bart und setzte sich neben mich, auf die Bank am Fenster. Ein goldener Sonnenstrahl drang herein und spiegelte sich in den silbernen Schuhschnallen von Herrn Merlin.

»Es kam die Dame Caliela, denn so lautete ihr Name, welcher bedeutet ›der Honig, der überfließt‹; es kam also die Dame Caliela in das byzantinische Feldlager und wurde durch eine Trompete als Botin der Herren Zwillingsfürsten von Ghasna angekündigt, denn die sieben stammen aus einem Bauch, wie sie selbst mit Schreibern und mit dem Urteil eines im Dienst ergrauten Arztes bezeugen, den sie Don Avicenna nennen. Sie kam nur mit einem Stück Seide bekleidet und mit offenem Haar und trug keinen anderen Schmuck als eine goldene Schelle am linken Schenkel. Sie versetzte das ganze Heer in Erstaunen, denn da es aus griechischen Christen bestand, hatte es niemals eine nackte Frau in der Morgensonne gesehen. Dame Caliela kniete dreimal nieder, bevor sie zum Herrscher Michaelos gelangte, der durch die Rüstung geschützt war, welche die Sphinx-Rüstung geheißen wird, weil eine solche sich im Brustharnisch wölbt, und in der vom Handschuh entblößten rechten Hand hielt er, schimmernd wie die Monstranz mit der geweihten Hostie, das Schwert in die Höhe, welches die Herrscher von Konstantinopel vom heiligen Paulus ererbt hatten. Dame Caliela, auf den Knien zu Füßen des Kaisers liegend, küßte ihm den Sporn und die Hand, die das Schwert hielt, und begann griechisch zu ihm zu sprechen und sagte, sie bringe geheime Meldungen aus Ghasna und sie wolle nicht, daß die große Stadt verbrannt werde, denn sie besitze ein Taubenhaus und einen Rosengarten in ihr, und um diese zu retten und ein Brüderchen von ihr, das Fieberanfälle habe, könne sie dem Kaiser verraten, auf welche Weise Ghasna leicht und ohne weiteres Blutvergießen zu erobern sei. Außerdem sterbe sie jede Nacht vor Angst im Gedanken an die sieben Zwillingsfürsten, die sie alle zur Frau begehrten, und damit es keinen Streit zwischen ihnen gäbe, hätten sie beschlossen, sie aufzuteilen, jeder seinen Mond lang, dazu alle sieben Monde einen zur Erholung in einem Schwimmbad. Dies sagte sie in einem lieblichen, dahingeplauderten Griechisch, und der Kaiser ließ kein Auge von ihr, und als sie geendet hatte, übergab Don Michaelos dem obersten Feldherrn das heilige Schwert und legte seine mächtige gesalbte Hand auf jenes kleine, betrübte Köpfchen und sagte, die Dame Caliela – und rief es laut, damit alle es hörten – werde von seinem erhabenen Arm beschützt. Es gab Musik und Salven, und der Kaiser betrat sein Zelt mit der Dame Caliela. Hätte er es doch nie betreten!«

Herr Leonís wischte sich mit der Mütze eine Träne ab und fuhr fort, ruhiger und gelassener, so als spräche er mit sich selbst:

»Und wer hätte es nicht getan, trauriges Schicksal, das ihn in Form dieses schönen, lieblichen Gefäßes heimsuchte! Zwei Tage und Nächte hielt sich Dame Caliela mit dem Kaiser in dem Zelt auf und erzählte ihm von den geheimen Meldungen aus Ghasna und von der Geheimtür zur Stadt, von der man sagte, sie befinde sich im Judenviertel, und von der besten Stunde des Angriffs zu Beginn der Verdunkelung. Dies waren Gerüchte, die umgingen. Und die dem rebellischen Ghasna eingeräumte Frist lief ab, und noch weitere Tage vergingen, und der Kaiser ritt mit der Dame Caliela aus, und sie galoppierten um die Stadt herum und betrachteten die hohen Türme, und schon begann man zu munkeln, die Dame Caliela zerwühle Don Michaelos das Bett und die Liebkosungen und Liebesgluten jener Blume ließen unseren königlichen Herrn Ghasna, die sieben Zwillingsfürsten, den Krieg und das Schwert vergessen. Und eines Morgens, als die Sonne rot über den Hügeln aufging, auf denen die Pfirsich- und Orangenbäume wachsen, wurden die Trompeten geblasen und die Trommeln geschlagen, und wir hoben das Lager auf und begannen einen langen Marsch, und in zwei Tagen ließen wir die Ackerfelder und Weiher hinter uns und zogen in die Wüste ein und tranken Wasser aus den Brunnen, und es hieß, wir würden Farfistan erobern, den Ort, an dem die Leute aus Ghasna ihre verborgenen Schätze haben, und Dame Caliela habe dem Kaiser den Ciprianillo dieser goldenen Berge gezeigt, und wenn wir in den Sanddünen unser Lager aufschlugen, konnte man deutlich in der Nacht die Lichter der Oasen von Farfistan in der Ferne sehen. Wie viele Nächte sollten wir sie sehen! Wie viele Morgen sollten wir im Streifen des Frühlichts die fernen Türme der reichen Städte betrachten! Aber alles war wie ein Trug, der mit einem Spiegel zustande kommt, und jetzt zieht das große Heer verloren, durstig und hungrig durch jene Sandwüste, und nur der Herrscher ist froh, weil er um den Hals die Arme der Dame Caliela und für den Durst jene willfährigen, roten Lippen hat ... Und es geschah, daß Dame Caliela den Ghasnawiden-Fürsten, denen sie in aller Heimlichkeit zu Diensten war, eine Nachricht senden wollte, damit sie zu Beginn des Sommers zu den Flußauen ausschwärmten und dort mit Schwert oder Pfeil Hand an alles legten, was von der militärischen Blüte der Byzantiner übrig blieb, und sie beschenkte mich mit Gold und dem Versprechen einer Umarmung nach meinem Geschmack bei meiner Rückkehr, wenn ich den Auftrag gut erledigte, und sie gab mir die Erkennungszeichen des Weges in einem silbernen Kästchen mit einer Nadel, und wenn ich zu einem Ort käme, an dem sich drei Brunnen mit warmem Wasser befänden, sollte ich der Richtung der Meerwinde folgen, und in vier Tagen würde ich ganz bequem nach Ghasna gelangen. Und ich sagte ja zu allem und verständigte mich mit dem Polemarchos Christophoros, der mir sagte, ich solle statt den Meerwinden den Winden der Levante folgen und mich nach Tripolis in Antiochien begeben und von dort in einem königlichen Schiff nach Marseille und auf dem französischen Weg nach Compostela und von dort nach Miranda an einem Tag, der Herr Merlin, der ein sehr guter Freund von ihm sei, würde mir jenen Weg leihen, den er, eingerollt in ein eisernes Rohr, einst aus Britannien mitgebracht habe, er heiße der abnehmbare Weg und sei so beschaffen, daß er, wenn ich ihn in Aleppo in Syrien entrollte, wie ein im Herbst nach Süden fliegender Schwalbenschwarm dorthin zöge, wo die tapferen Hofbeamten, die schwere Kavallerie, die Lanzenreiter mit dem zinnoberfarbenen Umhang und die Bogenschützen mit dem roten Kreuz auf der Brust dem Tod ins Gesicht schauen, so daß sie auf ihm nach Konstantinopel zurückkehren können, um das Reich wiederherzustellen und Don Michaelos den Lug und Trug dieser obskuren Liebe vom Leibe zu schaffen. So lautete, mein Herr Don Merlin, den Gott und der heilige Georg beschützen mögen, mein Auftrag, und mir bricht das Herz, wenn ich an jene heißen Sanddünen denke, an die langen Durstzeiten, an das endlose Umherirren und selbst an jene Dame Caliela, die mir eine Umarmung versprochen hat.«

»Ich, mein Herr Leonís, würde Euch den Weg leihen, aber da er in dem Eisenrohr auf dem Dachboden liegt, hat er Rost angesetzt, und jetzt läßt er sich nicht länger als vier oder fünf Meilen ausrollen, und er hat sich arg verengt, weil er naß wurde, als ich auf ihm von Galicien nach Avalon ging, um der Hochzeit des Enkels von Don Amadis beizuwohnen, er ist eingelaufen wie ein grobes Wolltuch, so daß nur einer nach dem anderen auf ihm laufen kann. Diese Medizin nützt also nichts, aber ich werde Euch einen Faden geben, den Ihr an dem Zitronenbaum festbinden müßt, der in Aleppo an der Kirche der Heiligen Dreifaltigkeit steht, und dann werft Ihr das Knäuel auf den Boden und ruft: ›Vorwärts! Vorwärts!‹ und folgt ihm und gelangt in zwei Tagen zu den Euren und kehrt mit ihnen heil und gesund über die Karawanenstädte der Wüste zurück. Und was Dame Caliela betrifft, so sucht in der königlichen Wache einen Bogenschützen mit einem roten Auge, der soll ihr, nur mit diesem Auge zielend, einen Pfeil ins Herz schießen.«

»Diesen Bogenschützen gibt es, es ist der Fürst von Theben, Enkel eines hochberühmten Königs, der Don Ödipus genannt wird.«

Herr Leonís küßte meinem Herrn die Hand, nahm das Knäuel, das, fest eingewickelt in ein grünseidenes Taschentuch, in einer Butterkuchenschachtel aus Astorga lag, und galoppierte sogleich mit seinem leichtfüßigen Falben auf dem Weg nach Belvís davon. Niemals konnte ich erfahren, ob er wohl rechtzeitig angekommen ist, aber wer mir am stärksten im Gedächtnis haftet, ist Dame Caliela, die bisweilen durch meine Träume geistert, und sie gleitet so leicht in sie hinein wie der Ring auf den Finger.

Das Prinzeßchen, das heiraten wollte

Es war am Vorabend von Johannis. Vom Schloß kam der Zwerg auf seinem Maultier, und es war gewaltige Großtuerei, daß dieses Männchen auf einem wuchtigen Zisterzienser-Maultier mit dem ruhigen, wiegenden Gang einer trächtigen Erstgebärenden daherkam. Es kam also der Zwerg und brachte, an einem grünen Band baumelnd, einen Brief mit Bulle für meinen Herrn Merlin, und immer wenn der Zwerg der Grafen von Belvís kam, ging er hinauf, um Doña Ginevra schönzutun, ihr von den Komteßchen zu erzählen und von dem kitschigen Schoßhund, den Madame die Gräfin besaß und dem Herr Merlin zum Spaß beigebracht hatte, ein Morgenständchen zu pfeifen. Sie sprachen auch, denn der Zwerg war sehr effeminiert, über die Moden in Paris und die Bänder, die den Fräuleins aus Venedig gesandt wurden, über ein neues Parfüm, das »Pomadenwasser« genannt wurde, und über das enge Tanzen und die Hochzeiten, die in der hohen Gesellschaft gefeiert wurden. Doña Ginevra lud den Zwerg zu Milcheis ein, und wenn dieser keine große Eile hatte, sang er eine Habanera, die er kannte und die der Herrin sehr gefiel. Was mich am Zwerg am meisten störte, war diese herrschaftliche Art, die er sich mit der Dienerschaft herausnahm, so als wäre er kein Lohnpage, ich mußte ihm sogar das Maultier halten, wenn er aufsaß, und einmal, als er einen Strohhut trug, zur Sommerszeit – einen sehr schönen Strohhut allerdings, mit einer großen Schleife aus rosa Tüll –, mußte ich ihm diesen Hut aufsetzen wie einem Bischof die Mitra und außerdem die Schleife richten, deren Spitzen ihm bis zur Taille herabfielen ... Der Zwerg brachte den Brief, besuchte Doña Ginevra und kehrte auf dem Thron seines Maultiers zurück, das so eingebildet war wie er. Mein Herr Merlin geriet ins Sinnieren ob der Nachrichten des Briefes und ließ Marcelina rufen und sagte, sie solle im Erkerzimmer ein Bett mit der besten Wäsche richten.

»Soviel Aufwand«, sagte Marcelina zu mir, »läßt mich vermuten, daß wir Besuch von irgendeiner Marquise bekommen, oder vielleicht ist es die Infantin von Irland, von der die Tagespresse sagt, sie verliere jeden Tag mehr die Gabe der Sehkraft.«

Es könnte auch eine Nichte des Dekans von Truro sein, deren eine Hand sich in Silber verwandelte und die mir in ihrer liebreichen Art umsonst die Lustbarkeit eines Kusses zukommen ließe.

Es traf sich, daß der Besuch kam, als ich mit meinem gepaspelten Rock bekleidet war und die neue Tuchmütze mit Fasanenfeder an der Spitze und saubere Schuhe trug, denn ich kam gerade von der Kirche in Quintás und hatte dem Herrn Pfarrer eine Ehrengabe von Forellen gebracht, die José del Cairo bei den alten Mühlen des Pontigo gefangen hatte. Es wurde heftig an das Tor geklopft, ich lief aus dem Ofen, wo ich dem Hirschkäfer gerade eine Fliegenvesper verabreichte, und ging, die Tür zu öffnen; ich fand mich einem vornehmen Herrn gegenüber, ganz in Schwarz gekleidet, in Gehrock und Zylinder und mit einer goldenen Kette um den Hals, der die Zügel eines rotgrauen Pferdes hielt, auf dem eine Dame saß, deren Gesicht ein dichter weißer Schleier verhüllte, auch sie schwarz gekleidet, mit Ausnahme der Handschuhe, die weiß waren wie der Schleier, und auf jedem prangte eine gestickte rote Nelke. Es dämmerte, und im Halbdunkel des Tors konnte man das Gesicht des Herrn nicht sehen, der von einem Wuchs war, wie ich ihn größer nie gesehen hatte.

»Dein Herr erwartet uns!« sagte er mit harter und sehr befehlender Stimme.

Ich nahm die Mütze ab, vollführte meine Verbeugung, und als sie in den Hof traten, standen schon Herr Merlin und Doña Ginevra in der Haustür, und obwohl ich nicht behaupten könnte, es sei dunkel gewesen, denn die sommerlichen Abenddämmerungen sind sehr lang in Miranda, stand José del Cairo mit der brennenden silbernen Laterne neben ihnen und hielt sie in Höhe seines Kopfes. Der Herr und Don Merlin begrüßten sich, und die Dame mit dem Schleier und Doña Ginevra umarmten sich, und mein Gebieter küßte der Unbekannten den Handschuh und der Herr meiner Gebieterin den Pulswärmer. Und geführt von José del Cairo mit der Laterne, gingen die vier in den Salon hinauf, und während ich das Pferd in den Stall führte – es war ganz verschwitzt und hungrig und maulmüde –, versuchte ich die ganze Zeit, ein Bild zu erfinden, das der trauertragenden Dame gliche – aber sie wäre immer noch schöner –, die uns zur Tür hereingeschneit war. An jenem Tag wurde mir ihr Anblick indes nicht zuteil, denn Don Merlin rief mich und befahl mir, am Tor zu bleiben, es käme nämlich ein Diener mit einem Koffer und einem Weidenkäfig, und den Koffer sollte ich in das Erkerzimmer hinauftragen und den Käfig in die Kammer des Ofens bringen und den Diener fortschicken, der im Schloß von Belvís Quartier nehmen würde.

Ich stand bis nach zehn Uhr abends am Tor, und schließlich kam der Diener mit dem Koffer und dem Käfig, und es stellte sich heraus, daß er mir von einem Besuch in Meira her bekannt war, seines blonden Schnurrbarts wegen. Ich sagte es ihm, und er, sehr geheimnisvoll, riet mir, zu schweigen, denn dies gehöre zu einer alten Geschichte und niemand solle erfahren, daß er das Land zuvor besucht habe. Ich schwieg, aber im passenden Augenblick würde ich meinen Herrn schon darüber unterrichten. Ich trug den Koffer in das Erkerzimmer hinauf und blieb einen Augenblick im Gang stehen, um zu hören, was im Salon gesprochen wurde, und ich hörte nur die Stimme meiner Herrin Doña Ginevra, die eine Geschichte von Don Parzival erzählte, die ich schon viele Male von ihr gehört hatte. Den Käfig stellte ich in die entsprechende Kammer, wie mein Herr mir aufgetragen hatte, es war ein sehr guter Käfig aus blau und weiß angemalten Weidenruten, fast hätte ich hineingepaßt, und in einer Ecke lag ein samtenes Kissen. Ich aß in der Küche mit Frau Marcelina und den Dienstmädchen zu Abend, die ebenfalls neugierig waren und untereinander Wetten abschlossen, ob die verschleierte Dame jung sei oder alt.

»Eine Stimme hat sie«, sagte Frau Marcelina, »wie ein kleines Mädchen und ein sehr zierliches Gebaren.«

Eine Kastanie kauend begab ich mich in meine Kammer, und weil ich nicht müde war, begann ich Tauben zu zählen, bis ich einschlief. Ich war wohl erst kurz eingenickt, als mein Herr Don Merlin mich rufen kam und mir sagte, ich solle ganz still zum Ofen hinuntergehen, er brauche mich. Ich ging mit den Holzpantinen in der Hand hinunter, um nicht gehört zu werden, und Don Merlin setzte sich neben den Käfig, der nicht mehr leer war, denn in ihm lag so etwas wie eine Ricke oder eine kleine Hindin, den Kopf auf das Kissen gebettet, und was verwunderte, waren ihre großen blauen Augen und wie sie einen traurig anblickte. Mein Herr befahl mir, ich solle einen Schluck Milch in einer Tasse bringen, und wenn es geronnene in der Speisekammer gab, um so besser. Ich brachte die Milch herbei, und Don Merlin flößte sie diesem Tierchen löffelweise ein, und währenddessen streckte ich die Hand durch die Weidenruten und streichelte es, und es gab ein dankbares Brummen von sich, wie alte Hunde, wenn man sie besänftigt. Mein Herr legte eine Decke über den Käfig und setzte sich in den samtbezogenen Sessel, um in einem Buch zu lesen, das ich nie bei ihm gesehen hatte, auf jeder Seite ein gemaltes Tier und mit so lebhaften Farben, daß sie betörend anzuschauen waren. Ich hielt den Handleuchter mehr als eine Stunde lang, und als er das Buch zuklappte, sagte er zu mir:

»Felipe, morgen wirst du mir helfen müssen. Hab keine Angst und sag niemanden, daß du die kleine Hindin in dem Käfig gesehen hast, und findest du sie morgen, wenn du zum Saubermachen herunterkommst, nicht darin, dann stell keine Fragen.«

Ich hielt es für angezeigt, meinem Herrn von dem Diener mit dem blonden Schnurrbart zu erzählen, und der Herr Merlin fragte mich sehr ernst, ob ich sicher sei, und ich sagte ihm, das sei ich, der Schnauzbart habe item ferner neben uns Tintenfisch gegessen und mit einem Peso bezahlt, und die Wirtin, die Frau Benita de Sarria, habe Streit mit ihm angefangen, weil der Peso aus Sevilla stammte.

»Es hat den Anschein, mein Junge, als gebe es im Land immer einen Teufel, der einem anderen gleicht. Und jetzt geh ins Bett.«

Johannis ist wunderschön in Miranda. Es gibt Kirschbäume auf allen Berghängen, und die Glaskirschen in unserem Obstgarten haben eine nach Zimt schmeckende

Süße, daß es eine Wonne ist. Ich ging sehr früh hinunter, um sauberzumachen, denn ein so großes Geheimnis ließ mir keine Ruhe, mochte ich auch in diesem Haus an manchen Besuch aus dem Kreis der Uneingeweihten gewöhnt sein, und als allererstes schaute ich in den Käfig, der leer war. Ich schüttelte das Kissen aus, das den noch lauen Abdruck vom Kopf der kleinen Hindin trug, fegte die Kammern aus, gab dem Rotschimmel des Herrn mit dem Zylinder Futter, fing im Stall ein paar Fliegen für den Hirschkäfer, entstaubte den Spiegel und den Samtsessel, steckte eine neue Kerze in den Handleuchter und füllte Schnupftabak in das Muschelkästchen, aus dem mein Herr dann und wann mit zwei Fingern eine Prise nahm und durch die Nase einatmete. Dies war mein Geschäft an jedem Tag vor dem Frühstück, das zur Kirschenzeit immer aus Kirschen und Weizenbrot bestand. Ich konnte sehr gut die Kerne ausspucken, fast wie ein Blasrohr die Wergbohnen, und versuchte immer, Manueliña de Carlos beizubringen, wie man sie ausspuckt. Auf diese Weise konnte ich ihr rotes Gesichtchen und die Lippen berühren, und sie wußte ganz genau, daß es mir ebenso gefiel, ihr das Ausspucken der Kerne beizubringen, wie sie zu streicheln. Aber an diesem Morgen fand kein Unterricht statt, denn mein Herr rief mich vom Balkon her und befahl mir, ich solle die Hunde in der Hütte anketten und den Ofen mit Stechginster anzünden und mich nicht von dort fortrühren, nicht einmal, um die Besen anzufeuchten. Ich saß neben dem Ofen und ritzte gerade mit meinem Messerchen ein F in jeden meiner Holzschuhe, als Herr Merlin mit dem Edelmann eintrat, von dem ich bald erfuhr, daß er Don Silvestre hieß und der verfassungsmäßige Müsjö Bürgermeister einer Stadt in Frankreich namens Bordeaux und beurkundeter Vormund der unbekannten

Dame war. Dies sagte mir mein Herr Merlin, und er stellte mich Don Silvestre als Felipe vor, der ich bin, seinen hochgeschätzten Hand-Pagen. Don Silvestre grüßte mich mit einem Heben der Brauen, er war ein sehr ernster Mann, glattrasiert wie ein Geistlicher, und trug eine Brille mit Golddraht und sehr dicken Gläsern, hinter denen man längliche Lichter leuchten sah, so daß man dachte, statt Pupillen habe er Messer in der Tiefe der Augen. Und von hohem Wuchs, ich sagte schon, daß ich keinen wie ihn je gesehen hatte.

»Diese Dame, Felipe, die mit Don Silvestre gekommen ist, stammt aus einem vornehmen Adelshaus der Provinz, die man Aquitanien nennt, welche sich, wenn man zu Frankreichs Pforten hereintritt, rechter Hand erstreckt. Und dieses Prinzeßchen wollte einen Jüngling des Landes heiraten, ebenfalls von bewährtem Geblüt, aber als die Hochzeit gefeiert werden sollte, bekam das Mädchen zuerst schwarze Flecken im Gesicht und viele Schweißausbrüche, die Ohren wuchsen ihr und Fell sproß ihr am ganzen Körper, und schließlich verwandelte sie sich in die kleine Hindin, die du im Weidenkäfig gesehen hast, und in diesem Zustand befand sie sich neun Wochen, und jetzt ist sie am Tage eine Frau, abgesehen von dem Fell, das sie bedeckt, und in den Nächten verwandelt sie sich weiterhin in eine Hindin, wie du sie gestern nacht gesehen hast, als sie ruhte. Und ich werde jetzt eine bemerkenswerte Entzauberung ins Werk setzen, und ich rechne mit dir, ich habe dir schon gesagt, daß du keine Angst haben sollst. Don Silvestre wird dich mit zwei Silbermünzen aus Tours entlohnen.«

Ich erklärte mich einverstanden, sehr stolz über soviel Vertrauen, während ich meine Holzschuhe anzog, und begann mir schon auszumalen, daß ich mir mit zwei

Silbermünzen aus Aquitanien in Lugo einen flachen Strohhut mit Schleife wie den des Zwerges von Belvís kaufen könnte und eine silberne Uhr mit goldenem Rädchen, um sie aufzuziehen, wie die von José del Cairo. Don Silvestre sagte, er würde über Doña Simona wachen, denn so hieß das verzauberte Fräulein, und ich blieb bei meinem Herrn, hinter wohlverschlossenen Türen, um die Kapitelle der Entzauberung herzustellen. Das erste, was mein Herr einrührte, war Weizenmehl, und er formte eine Brezel, die in der Mitte auf zwei Teigwülsten ein Kreuz trug, und wir buken sie, und das zweite Kapitell bestand darin, eine Wolfsfalle um eine Schnur zu verstärken, die mehr als zehn Ellen maß, und an das andere Ende band Don Merlin ein silbernes Glöckchen, auf das er mit roter Tinte vier Kreuze malte.

»Wenn du mich bei einem Werk so viele Kreuze machen siehst«, sagte mein Herr Gebieter zu mir, »dann kannst du sicher sein, daß ein Teufel seine Hand im Spiel hat.«

Ich glaube, an jenem Tag aß ich nicht, so fahrig und bange war ich, und Frau Marcelina wollte mich ausforschen, aber ich schwieg oder lenkte das Gespräch auf etwas anderes.

Während ich den Ofen säuberte, eine Stunde lang die Hunde ins Gebüsch ließ wegen eines Fuchses, der auf die Hühner ging, und einen Holzschuh mit einem Stück Messing ausbesserte, ging der Nachmittag vorbei, und zur Vesper gab es in Schmalz gebackene Brotkrumen mit Eiern, und als es dämmerte, fand ich mich, wie befohlen, bei Don Merlin ein, der wie ein Jäger gekleidet war.

»Der Zauber, der auf Doña Simona liegt«, erklärte mir mein Herr, »gehört zu denen, die in der Johannisnacht veranstaltet werden und nur ein Jahr dauern; es sind kleine

Verzauberungen, die fast immer von Buhlteufeln angezettelt werden. Der Teufel, der sie behext hat, muß in der heutigen Nacht wiederkehren, die so berühmt ist in der Welt, und ich habe schon alles vorbereitet, um ihn bei seinem Versuch zu fangen und ihn durch den Wald hinunterzuhetzen.«

»Könnten wir ihm denn nicht den Garaus machen?« fragte ich, mich in die Brust werfend.

»Es ist einerlei, denn bis ans Ende der Welt wird die Zahl der Teufel immer die gleiche sein.«

Es hatte elf geschlagen in der Johannisnacht, als mein Herr und ich das Haus verließen, meine Wenigkeit mit der zur Hindin verwandelten Doña Simona im Schlepptau. Herr Merlin schlug den Weg zum Brunnen von Couso ein, ohne ein Wort zu sagen, und als wir zum Brunnen kamen, legte er Doña Simona eine Fußfessel aus geflochtenem Leder an und befahl mir, sie auf die Gemeindetrift zu führen, und sie begann ganz sanft das Gras mit dem Mund zu berühren, geradeso als würde sie weiden. Ein großer Mond stand am Himmel, der so hell leuchtete, daß er kaum die knospenden Sterne sehen ließ, und der Brunnen von Couso murmelte sein frisches Wasser, das aus dem hohen Rohr mitten im Mund des Engels herabfiel, der ein Schild in Händen hält, auf dem steht: »Ich binn aus Pelbis.« Immer gibt es Fledermäuse an diesem Brunnen, aber in jener Nacht flogen sie nicht.

So verharrten wir fast eine Stunde, wir beide neben dem Brunnen sitzend und Doña Simona auf ihrer Trift grasend, aber plötzlich mußte mein Herr etwas gehört haben, denn er befahl mir, ich solle die Hindin nehmen und sie am Strick bei den Apfelbäumen der Kirchendomäne weiden, die dort in der Nähe wachsen, und so tat ich, und als ich zu den Apfelbäumen gelangte, erblickte ich auf dem Boden, im Gras, die Brezel aus Weizenbrot mit dem Kreuz, aber ich berührte sie nicht, denn mir war verboten, die Kapitelle der Entzauberung zu berühren oder über sie zu sprechen. Doña Simona gab keine Ruhe, vielleicht weil sie die Fessel an den Füßen nicht gewöhnt war, dauernd drängte sie sich an mich, und gegen mein Bein pochte ihr verängstigtes Herz. Und dann sah ich zwischen den Bäumen den Bürgermeister Don Silvestre herankommen, und ohne uns anzuschauen, ging er dorthin, wo die Brezel mit dem Kreuz lag, und er wirkte noch größer im Mondlicht, es wurde einem angst und bange bei seinem Anblick, und er begann wie verrückt Zweige von den Apfelbäumen abzubrechen und sie auf die Brezel mit dem Kreuz zu werfen, bis er sie zugedeckt hatte, und dann wandte er sich zu uns um, er trug keine Brille mehr, und in seinem Gesicht lag der Blick des Wolfes in der Nacht. Doña Simona war keine Hindin mehr, sondern ein junges Mädchen, das, die Hände mit der Fessel aus geflochtenem Leder zusammengebunden, sich weinend an mich drückte. Don Silvestre konnte jedoch keinen Schritt tun, denn er war mit dem linken Fuß in das Fangeisen geraten, und sogleich klingelte das silberne Glöckchen, mein Herr rief ich weiß nicht was für ein Latein, ich lief mit Doña Simona, mich mit ihr in seinen Schutz zu begeben, aber als wir zum Brunnen kamen, rutschten wir aus und fielen in den Schlamm, und mir schwanden die Sinne ... Ich erwachte auf meiner Pritsche, und Don Merlin saß auf der Truhe neben mir und lächelte.

»Jener Mann, mein Freund, war der Teufel, und ich bin zufrieden mit dir. Doña Simona befindet sich entzaubert in Belvís, und morgen wird sie die Reise nach Frankreich fortsetzen, in Begleitung eines Grafen namens Don Gaiferos de Mormaltán, und wird in ihrem Land nach ihrem

Belieben heiraten. Es tut mir leid, daß du nicht gesehen hast, wie Don Silvestre, der nicht Don Silvestre war, sondern ein Teufel namens Croizás, als brennendes Strohbündel auf dem Weg nach Quintás entflohen ist. Sämtliche Hunde von Esmelle haben länger als eine Stunde gebellt. Und du sollst wissen, daß dieser Schnauzbart, den du in Meira kennengelernt hast, der Fußlakai des Teufels Croizás war und derjenige, der den echten Don Silvestre auf einem Dachboden einsperrte, damit der Teufel Doña Simona zum zweiten und letzten Mal verhexen konnte, denn Croizás war in Leidenschaft zu ihr entbrannt. Croizás wird in der Hölle die Haut wechseln, und den Schnauzbart, der Tadeo genannt wird und Schuster in Toledo war, nimmt Don Gaiferos ebenfalls nach Frankreich mit: In der Stadt Pons, welche eine sehr hübsche Stadt ist, in der es gute Weine gibt, wartet schon der Henker des Königs auf ihn.«

Und da ich schwieg und da Don Merlin die Erinnerung las, die mir im Kopf herumging, sagte er mir mit großer Freundlichkeit in der Stimme:

»Was Doña Simona betrifft, so sendet sie dir viele Grüße und dieses bestickte Taschentuch und eine halbe Unze Gold, und sie wollte dir den gepaspelten Rock säubern, aber ich sagte ihr, man müsse den Schlamm trocknen lassen. Sie strich dir mit der Hand durch das Haar und sagte lachend: ›Bis hier reicht ihm der Schlamm!‹ Und jetzt schlaf noch ein bißchen, bis man dich zur Messe ruft, und du sollst wissen, daß du diese Nacht zum zweiten Mal getauft wurdest, denn alle sieben Schaltjahre, wie dieses eins ist, strömt zu Johannis um zwölf Uhr aus allen Brunnen der Welt einen Augenblick lang Wasser des Jordan, mit dem Johannes der Täufer unseren Herrn getauft hat.«

Er lächelte mir zu, und bevor er aus meiner Kammer ging, betrachtete er meinen mit Schlamm vollgespritzten gepaspelten Rock, der neben dem Fenster hing, damit er rascher trocknete, und ich erinnere mich, daß er zu mir sagte – und dabei setzte er seine freundliche Miene auf, von der ich weiß, daß sie aus seiner Kenntnis des menschlichen Herzens und der Träume und Einsamkeiten rührte, die jeder im Portefeuille seines Geistes mit sich herumträgt:

»Sehr fesch hast du dich für die Entzauberung zurechtgemacht! Und die neue Mütze habe ich dir aus dem Morast gefischt, aber du wirst ihr diesen Herbst eine andere Feder anstecken müssen.«

Die Geschichten des Fremdlings

In jenem Sommer spielte ich alleweil den Melancholischen, so als sei ich verliebt in Doña Simona, und da ich sie nicht sehen konnte, so gab ich mich damit zufrieden, mir ihre blauen Augen herbeizuträumen, und ich roch sie ganz deutlich, mit einem Seufzer, wenn ich das bestickte Taschentuch, das sie mir zum Geschenk gemacht hatte, an die Nase hob, und mir stand nicht der Sinn nach Festen, weder nach dem des heiligen Barnabas in Quintás, das so berühmt ist, noch nach dem von Unserer Lieben Frau in Meira, noch nach dem des heiligen Bartholomäus in Belvís ... Ich ging also allein und ein wenig ruhelos umher, vernachlässigte die Arbeiten, um so mehr, als Doña Ginevra in den heißen Bädern in Lugo weilte, mit Manueliña als Zofe, und mein Herr neue Bücher zu lesen begann, die man ihm aus Rom gesandt hatte, der Überbringer war ein Fremder namens Elymas, welcher Name bei den Angehörigen seine Rasse anscheinend das Zeichen für Zauberleute ist, seit einem gewissen Elymas, der sich einst mit dem heiligen Paulus zerstritt. Er war kein Christ, noch nahm er Speck oder Wein zu sich, hingegen mochte er sehr gern Kaffee und rauchte ständig an einer langen, reich geschnitzten Pfeife. Während mein Herr die Bücher auswählte, die er kaufen wollte und die Elymas auf dem Rücken einer Leoneser Eselin in einem gefütterten Korb gebracht hatte, vergingen zwei Tage, und ich freundete mich etwas mit dem Fremdling an, dem ich die Schokolade mit Zuckerbrot ans Bett brachte, die Eselin zum Hufschmied nach Villar führte und die Holzschuhe neu mit Nägeln beschlug. Was mir an Herrn Elymas am meisten gefiel, waren die weiten, geschlitzten Beinkleider aus grünem Tuch und seine höfliche Art, vor dem Betreten des Hauses die Schuhe auszuziehen.

»Ich reise«, sagte er mir, »seit mehr als zwanzig Jahren in geheimen und alchimistischen Büchern, Talismanen, Amuletten, Ambergefäßen und guten und billigen Augengläsern, und ich kann sagen, ich habe die neun Teile der Welt und vielleicht sogar noch mehr durchstreift, der von Miranda liegt für mich abseits vom Wege, aber ich empfinde große Zuneigung für deinen Herrn Don Merlin; wenn dein Herr nicht wäre, würde ich jetzt durch Rom spazieren oder gerade nach China gelangen oder nach Havanna, wo ich eine halbe Liebschaft habe.«

Herr Elymas löste den Zucker im Kaffee nicht auf, und wenn er die Flüssigkeit getrunken hatte, leckte er löffelweise jenen Sirup aus, der am Grunde der Tasse zurückblieb.

»Überdies«, fuhr er fort, »verdiene ich mir ein wenig Lebensunterhalt, indem ich Geschichten in den Herbergen erzähle, und gerade jetzt habe ich ein Verzeichnis mit sieben bei mir, die sehr gut vorbereitet sind, und an allen ist ein bißchen was Wahres dran. Ich sage dir, so sehr du dir auch eine Geschichte aus den Fingern saugst, immer webst du vier oder fünf wahre Fäden ein, die du vielleicht ohne dein Wissen im Gedächtnis bewahrst.«

»Das ist wahr«, sagte mein Herr, der unsere Unterhaltung angehört hatte. »Und heute nachmittag könntest du uns wenigstens schon einmal den Gegenstand irgendeiner Geschichte nennen.«

»Es ist mir ein Vergnügen, mein Herr«, antwortete der Fremdling, der meinem Herrn mit großem Respekt begegnete, »und ich kann auf der Stelle beginnen, wenn der Page mir, mit Verlaub, noch eine Tasse Kaffee bringt.«

Ich eilte flugs, sie zu holen, und während wir im Schutz des weitverzweigten Feigenbaums saßen, Herr Merlin in seinem Schaukelstuhl, der Fremdling auf dem Boden nach seiner maurischen Sitte und ich rittlings auf dem großen Ast, begann Elymas mit seinen Geschichten. Aber zuvor trank er den Kaffee und leckte gemächlich den Sirup aus.

Die Badewanne und der Teufel

»Das Folgende trug sich vor nun bald einem Jahr im ›reame‹ von Neapel zu, auf einem Gut, das Prato Nuovo genannt wird und einer Nichte des Großinquisitors gehört, und an dieser Geschichte kann man sehen, daß nicht einmal die Großen dieser Welt vom bösen Geist verschont werden. Es gebar dieses Fräulein Nichte, das Doña Eleonora heißt, ein Kind, und sie badeten es in der gläsernen Badewanne, die sie an jenem Tag einweihten. Und kaum hatten sie das Kind ins Wasser getaucht, da löste es sich darin auf, als wäre es aus Salz oder Zucker. Ein gewaltiger Aufschrei des Schreckens ging durch das Gut, und niemand wollte der Begebenheit Glauben schenken, aber was geschehen war, war geschehen, und das Kindchen war verschwunden. Es blieb nichts anderes übrig, als dieses Wasser auf dem Gottesacker auszugießen, und der großen Korbflasche, in der es sich befand, bereitete man ein vornehmes Begräbnis mit Musik, blumigen Responsorien und dem Großinquisitor im Galaumhang. Vor zwei Wochen kam die Nichte zum zweiten Mal nieder, und da, wer geboren wird, gebadet werden muß, brachte man abermals die gläserne Badewanne, ein altes Stück von hohem Wert, in das Gemach der Wöchnerin, und es war der Großinquisitor zugegen und auch der Exorzist von Palermo, der nämliche, der den Bourbonen von Neapel den Teufel austreibt, wenn es nottut, was fast immer in Schaltjahren der Fall ist, und auch die gesamte höchste Ärzteschaft beider Sizilien befand sich dort, und sie wollten den Neugeborenen schon baden, als der Mutter in den Sinn kam, ihr Herr Onkel solle die Badewanne segnen, und der Großinquisitor hatte noch nicht »In nomine Patris« gesagt, als die Badewanne in tausend Stücke zerbrach und ihr ein übler Geruch nach Schwefel entstieg, und der Exorzist aus Palermo konnte mit dem krummen Griff seines Regenschirms gerade noch den entfliehenden Teufel am Hals packen, aber dieser entschlüpfte ihm und entschwand durch den Kamin. Es stellte sich heraus, daß die Badewanne in einer Abtei gekauft worden war, einer sehr bekannten, mit Nonnen, die Fossano genannt wird, und daß es die Badewanne war, in der sich die Äbtissinnen zu Ostern und am Martinstag badeten und die Nonnen am Tag des heiligen Petrus, und daß sie gar keine Badewanne, sondern ein Teufel war, der sich in sie verwandelt hatte, um seinerzeit die Damen Nonnen splitterfasernackt zu sehen.«

Der Erbe von China

»Der Erbe von China, ein etwas einfältiger Grünschnabel, wollte gerne heiraten, und sein Vater ließ ihn entgegen der Sitte die Frau selbst auswählen. Außer etwas einfältig war er auch kränklich in jener Zeit, malte Blumen und Vögel, und jede Nacht träumte ihm in seinem Gemach im Palast der Hundert Wetterfahnen, daß er runde Zitronen liebkoste. Es befahl der Erbe, man solle ihm aus dem ganzen

Reich die Bildnisse der schönsten Jungfrauen senden, auf lange Seidenbänder gemalt, und er verbrachte die Vormittage und die Nachmittage in ihre Betrachtung vertieft, und keines fand er nach seinem Geschmack, und in den Nächten träumte er weiter, daß seine Hände sich auf ein Federkörbchen legten, in das jemand heimlich zwei runde Zitronen gelegt hatte ... Da traf ein Bote aus der entferntesten aller Provinzen ein und brachte dem Herrn Erbprinzen siebzig Bildnisse, und alle Abgebildeten waren lächelnde Jungfern, die schüchtern die anmutigen Köpfchen neigten. Und als der Prinz das Volumen entrollte, in dem sich die abgebildeten Mädchen befanden, mit ihrem Namen und Stand, die auf den Rand staffiert waren, fand er sich plötzlich der Anmut eines jungen Mädchens gegenüber, das sein Gesicht zu ihm hob und die grünen Augen aufschlug, und ihre Wimpern waren so lang und schwarz wie die Haare des Pinsels, mit dem man den ersten Buchstaben des Namens des Drachens malt. Beide betrachteten einander lange, und das Mädchen errötete und kehrte wieder in die Reglosigkeit der bemalten Seide zurück. Es befahl der Erbprinz, vor nunmehr elf Wochen, man solle sie zu ihm bringen, und er heiratete sie, die Hochzeiten werden dort mit einem Papierlampion zelebriert, und die Brautleute warten, daß das Kerzchen abbrennt, und wenn der Lampion erlischt, dann sind sie verheiratet. Der Erbprinz beschenkte das Mädchen mit zwei Sonnenschirmen, einer Perlenkette, einem silbernen Schneckenhaus und zehn goldenen Fingernägeln, und als sie nach dem Ende der Ehrfurchtsbezeigungen allein in dem Gemach des Palastes der Hundert Wetterfahnen zurückblieben, fragte der Prinz die Gattin, weshalb sie auf dem bemalten Stoff rot geworden sei. »Nun«, sagte die Frischverheiratete, »ich bin diese runden Zitronen, die deine Hände in der Nacht liebkosten.« Und der Prinz, der in so kurzer Zeit schon vier kantonesische Pfund zugenommen hatte, änderte auf den Rat der Mandarine den Namen seiner Frau, und alle legten in ihren hübsch ordentlichen Zeichen schriftlich nieder, daß die Frau Prinzessin den Namen trägt ›Die Zitrone, die in der Nacht lächelt‹.«

Der Wolf, der sich erhängte

»Dies ist ein Ereignis, das sich im letzten Winter im Reich von León zugetragen hat, neun Meilen von Astorga entfernt in einem Eichenwald, der Dueñas genannt wird, und in León und Palencia gehen schon Liedchen darüber um, aber auf dieser Seite ist es noch nicht ruchbar geworden. Und die Sache war die, daß ein Wolf sich erhängt hat. Die Geschichte besagt, daß ein alter Wolf, einer von denen, die sie dort ›garlines‹ nennen, weil sie nie die nächtliche Runde um die Orte und Dörfer versäumen und den Menschen nicht fürchten, großen Schaden unter den Hunden anrichtete und einen Soldaten und ein kleines Mädchen tötete, das einen Esel auf die Weide führte, und auf wen er es am meisten abgesehen hatte, waren die jungen Mädchen, besonders wenn sie ihre Zeit hatten, mit Verlaub, und dann kam er, um sie direkt am Fuß des Hauses anzuheulen. Der Pfarrer des Ortes und ein hochberühmter Jäger, der Don Belianís genannt wird und ein leiblicher Vetter des Erzpriesters von Vados ist, der Bücher von mir kauft, die von Pulver handeln, und noch im letzten Jahr verkaufte ich ihm die ›Pyrotechnik‹ des Herrn Biringuccio, veranstalteten eine Treibjagd mit den Landreitern der Heiligen Bruderschaft und den Flinten des

Herrn Marquis von Astorga, die aus der Maragatería stammten, und im Wald fanden sie, geführt von einem Hund des Herrn Königs namens ›Segovia‹, die Spur des Wolfes, und folgten ihm Tag und Nacht durch unwegsames Gebirgsland, und im Morgengrauen kreisten sie ihn im Eichenwald von Dueñas ein. Das Verdienst gebührte dem ›Segovia‹, aber auch den Männern, die ihm bei der Suche zu folgen wußten. Und Don Belianís drang mit der erhobenen Araberflinte in den Eichenwald ein und sah und konnte sich vor lauter Staunen nicht fassen, wie ein nackter Mann sich an einer Eiche erhängte, indem er einen Strick um seinen Hals und an einem Ast festknüpfte und sich danach fallen ließ, und im Fallen verwandelte er sich in einen Wolf, in den alten Wolf, der soviel Unheil angerichtet hatte. Und auf diese Weise erfuhr man, daß dieses gefürchtete Tier ein Wolfsmensch war. Der Pfarrer, ein rechtschaffener und mitleidsvoller Mensch, ließ ihn begraben und betete ein Vaterunser für ihn, für den Fall, daß es noch rechtzeitig käme, was man nie wissen kann, und während er betete, verwandelte sich der Wolf allmählich in einen Menschen, und alle erkannten, daß es der Herr Romualdo Nistal war, der einen Laden in Manzanal besaß und geschätzt wurde, weil er beim Abwiegen nicht betrog.«

»Dies«, sagte Herr Elymas, »sind die ersten drei Geschichten, und ich pflege sie am ersten Abend in der Herberge zu erzählen. Natürlich schmücke ich sie ein wenig aus, ich denke mir die Kennzeichen der Menschen aus, ich tue hinzu, daß einer dabei war, der hinkte, oder in zweiter Ehe eine Frau heiratete, die taub war und Kapital besaß, oder einen Rechtshandel um ein Gewässer führte oder irgendein anderes Merkmal. Und ich erzähle von den Städten, ob sie groß sind und wie viele Plätze und Straßen es dort gibt und ob sie gute Märkte haben und welches die Moden sind. Geschichten bedürfen, wie Frauen und Speisen, der Verzierung. Von diesem Romualdo Nistal, zum Beispiel, erzähle ich das Leben, seitdem er in den Dienst des Königs getreten ist, und wie die Frau eines Tambourfeldwebels ihn betörte und wie er auf der Straße zwei Unzen Gold fand, mit denen er dann den Laden in Manzanal aufzog ...«

Meinem Herrn gefielen die Geschichten von Elymas sehr, er kaufte ihm sieben Bücher ab, gab ihm ein Trinkgeld, ließ ihm einen Käse mit auf den Weg geben und mich hieß er, ihn mit dem Hund Norés bis nach Belvís zu begleiten, wo er den Komteßchen eine neue Geschichte verkaufen wollte, die in Paris Mode war und den Titel trug »Paul und Virginie.«

Die Sanduhr

Ich kegelte gerade mit dem Sohn des Arnegarers, der Vater, der Herr Anton aus Arnega, kam jedes Jahr zu Allerheiligen zum Besohlen und Holzschuhmachen nach Miranda, und in einer Woche fertigte er so viele Holzschuhe, wie in einem Jahr in unserem Haus gebraucht wurden, und den Kleinen, der ein bißchen bucklig war und Florentino hieß, brachte er mit, damit er die Farbe bereitete und die Holzschuhe färbte, und die meiste Zeit lief er hinter mir her und wollte, daß ich ihm meine Stieglitze zeigte und mit ihm kegelte und ihm Geschichten erzählte; ich kegelte also gerade mit Florentino, als Don Felices uns zur Tür hereinschneite, der Kantor in der Kirche von Santiago war, ein Mann voller Geheimnisse und was seine Tugenden betraf, ein sehr höflicher Herr und dem Schnaps aus Portomarín zugetan. Er kam auf seinem Meiresischen Maultier, breitbeinig und gemächlich, wie er zu reiten pflegte, und begehrte von meinem Herrn die Reparatur einer Sanduhr, die er in einem mit roter Schnur zugebundenen Beutel aus schwarzem Samt in seiner Hand trug. Ich erinnere mich, als sähe ich ihn vor mir, an seine funkelnden, lebhaften und sprechenden Augen, an die rote Habichtsnase, an den feinlippigen, schöngezeichneten Mund, zumal immer ein Lächeln auf ihm lag, und an die langen Arme und die großen Hände, die wunderlich wirkten an einem Mann von so kleiner Statur, die sich etwa um die Musterungsgröße bewegt haben dürfte.

»Wen du hier siehst«, sagte Herr Merlin zu mir, während Don Felices das Maultier in den Stall führte, denn diese Arbeit überließ er nicht mir, da das Tier zum Beißen neigte und schreckhaft war, »wen du hier siehst, ist ein sehr weiser Mann und im Kartenlegen das As von Galicien. Wir sind seit vielen Jahren Freunde, und ich entsinne mich voll Staunen all der Dinge, die ich ihn sowohl aus den Karten als auch aus dem Mehl weissagen sah, welche Wahrsagerei Aleuromantik heißt und sehr geheim ist, vor allem was Schätze in Münzform, Amerikafahrer, Witwenliebschaften und gewaltsame Tode betrifft. Von diesen kann ich dir sagen, daß er sie sogar abgebildet sieht.«

Es kam also Don Felices mit seiner Sanduhr, einem auserlesenen Stück Toledaner Kunst mit zwei Schlangen als Henkel, rosafarbenem Glas, Füßen aus vier Engelsköpfchen, Säulen in Form von traubenreichen Rebstökken, und das Ganze krönte ein Spiegel von der Größe des kleinen Fingernagels, eingelassen in eine Goldunze aus der Zeit König Karls III. Die Ausbesserung, um die Don Felices bat, bestand darin, daß sich der Belag des Spiegelchens verflüchtigt hatte, als er gerade dabei war, auf dem Jahrmarkt in Viana del Bollo dem jungen Herrn von Humoso die Liebe eines Mädchens wahrzusagen.

Die Reparatur war kein Kinderspiel, brauchte man doch hellen italienischen Belag dazu, und da man sich schon einmal ans Werk und in Kosten begeben hatte, empfahl es sich, auch den Sand der Uhr auszuwechseln. Es war keine Sache von zwei noch von drei Tagen, und während der Zeit, die Don Felices mit uns verbrachte und in der er zu Mittag immer Haferbrei und gebratenes Lungenragout aß, wurde ich sein Freund. Sein ganzer Prunk bestand aus Silberschnallen: Eine trug er am grünen Band des Hutes, vier als Knöpfe am Hemd, weitere vier am Mantel, zwei an jedem Strumpfband, und was hatte er für dicke Waden!, und jeder Schuh besaß die seine, und ich putzte sie ihm jeden Morgen mit Zaubersalz, und dafür war er mir sehr dankbar. Den größten Teil des Tages verwendete Don Felices darauf, mit meinem Herrn über »De mantica variationibus« zu sprechen, über den Teufel, der auf deutsch »Hornspiegel«* heißt, was verdolmetscht »espejo del cuerno« bedeutet, und der in Sevilla umging und die verheirateten Frauen triezte; über den Hahn, der in Soria vor einem Notar ein Ei gelegt hatte, darüber, welches die Zeichen des »Dies irae« waren, wer Prim umgebracht hatte und wie die Maschine der Eisenbahn funktionierte, und auch über eine Anfrage, die er mitbrachte und die die Musikkapellen der Kathedralen in Aufruhr hielt, nämlich ob es denjenigen, die Flöte, Klarinette, Oboe oder Trombone spielen, kraft kanonischen Rechts untersagt ist – so lautete das Urteil des Domkapitels von Tuy –, Erbsen und Bohnen zu essen, Speisen, welche den Atem dick und den Klang der Instrumente zäh machen. An den Nachmittagen ging Don Felices hinauf und legte vor Doña Ginevra die Karten, um herauszufinden, was aus der ganzen Ritterschaft von Britannien geworden war, ob Doña Galiana in ihrem Haus geheiratet hatte, ob der Weg von Cavamun erschienen war, wie viele Söhne der Enkel von Don Amadis haben mochte, ob es in Havanna regnete oder nicht und ob die schöne Otero vom Zaren von Rußland schwanger war oder nicht. Don Felices genoß es, den Karten Neuigkeiten zu entlocken, und wenn er eine erjagte, die Doña Ginevra oder meinen Herrn überraschte, lächelte er bescheiden und sagte wie zu sich selbst:

»Vor einem Jahr erscheint diese Nachricht nicht in der Tagespresse.«

* deutsch im Text. A. d. Ü.

Auch mir legte er eines Abends nach dem Abendessen die Karten, zuerst auf die Art, die man »mit offenem Blatt« nennt, danach »als Turnier« und dann noch einmal auf die Art, die man »mit dem Tuch davor« nennt, und das Tuch ist eine Priesterstola, und ich muß sagen, daß er mir alles wahrgesagt hat, sogar daß ich hinter Manueliña de Carlos her war und daß wir, wenn ich weiter hier arbeitete, in drei Jahren zu Lichtmeß Taufe hätten. Er sagte, da die Kreuzreihe von oben anfange, der Karobube alleine liege und die Herz-Vier verkehrt herum zwischen Pik-Straßen erscheine,

»vier Herzen dem Erben
und die Pike der Hand
immer und unverwandt«,

er sei sicher, es würde ein Junge. Ich betrachtete voll Erstaunen die vier roten Herzen und jene Aufschrift, mit der Don Heraclio sie in Vitoria versieht und die besagt »Lichtdichte Sorte«. Zu seiner Zeit und weil, wer einmal dran ist, dranbleibt und ich Manueliña, mit Verlaub, weiterhin beibrachte, Kirschkerne auszuspucken, und wir im Mai in der Abenddämmerung hinausgingen, um das Wiesel von den Nestern zu verscheuchen, kam Ramoncito zur Welt. Viele Male betrachtete ich ihn, wenn ich ihn wiegte, und niemals konnte ich es fassen, welche Fäden zwischen jener Herz-Vier, lichtdichte Sorte, und jenem wuseligen Wonneproppen hin und her liefen. Viel wußte Don Felices!

Mein Herr richtete ihm die Uhr, und Don Felices ritt davon auf seinem Meiresischen Maultier, er hatte es eilig, zum Markt in Cacabelos zu kommen, denn er wollte das Maultier gegen ein anderes eintauschen, das zahmer wäre und besser fräße. Ramoncito ist im Himmel, denn nach seinem fünften Geburtstag, den er zu Lichtmeß gefeiert hatte, raffte ihn am Fastnachtsdienstag ein Fieber hinweg, das ihm von den Masern zurückgeblieben war. Damals war ich schon mit Manueliña verheiratet, und wir lebten in Pacios, und ich war der Fährmann, der die Leute in der Barke vom Ufer von Trigas auf das Ufer von Mourenza übersetzte.

»Viel weiß Don Felices!« sagte ich zu meinem Herrn, nachdem ich dieses As verabschiedet hatte.

»Alles, was man nicht sieht!« antwortete Don Merlin, während er, sehr fein, mit den Fingerspitzen eine Prise Schnupftabak an die Nase hob.

Die Lötung des silbernen Prinzeßchens

Um die Wahrheit zu sagen, ich glaubte, es würde jemand zum Begräbnis nach Miranda gebracht. Als erster kam ein ganz in schwarz gekleideter Flötenspieler und hinter ihm ein Chorknabe mit einem Weihrauchgefäß und einer auf einem Pferd, der ein hohes Kreuz trug und von oben bis unten von einem dunkelvioletten Umhang mit Kapuze bedeckt war. Und als sie vor das Tor gelangten, stellten sie sich an die Mauer der großen Heuwiese, und der Flötenspieler stimmte auf seiner Flöte einen sehr getragenen Turniertanz an, und der Chorknabe räucherte die Luft, nachdem er Weihrauch in das Glas des Weihrauchgefäßes getan hatte, und der Berittene zog die Kapuze des Umhangs herunter, er trug die Tonsur der niederen Weihen und war, wie ich später erfuhr, der oberste Ministrant des Herrn Herzogs von Lancaster. Mein Herr sagte, ich solle beide Torflügel öffnen, und auch er war dunkelviolett gekleidet und trug die halbhohe Mitra, die er besaß, weil er Gelehrter beider Heilkunden in Montpellier war, und um den Hals das gelbe Brusttuch der Fakultät, und Doña Ginevra stand auf dem Hauptbalkon und schützte sich mit dem Sonnenschirm, denn die Sonne sticht hier sehr an den Septembernachmittagen. Es betrübte mich, daß ich nicht unterrichtet war und die Prozession mich mit den alten Holzschuhen, der geflickten Bluse und der Kniehose aus gewendetem Stoff antraf. Frau Marcelina und Manueliña kamen herbei und streuten einen Teppich aus Rosen, Rosmarin und Schwertlilien auf den Hof, sie allerdings in neuen Kleidern. Als die Torflügel geöffnet waren, ritten zwei geübte Reiter mit gegürtetem Degen auf Zwillingsfalben herein und danach ein anderer, der nicht in einem Reitsattel, sondern in einem Saumsattel aus Zamora ritt, und dabei war er ein sehr vornehm gekleideter Edelmann und ohne Zweifel der mit den meisten Adelstiteln dieser ganzen Wallfahrtsgesellschaft, und dieser Herr hatte vor sich eine Kiste aus feinem, glänzendem Holz mit goldenen Verzierungen und erlesenem Eisenbeschlag, die an dem Saumsattel festgezurrt war. Und alle waren sie dunkelviolett gekleidet. Die mit dem Degen saßen ab und legten Hand an die Kiste, und auch der Edelmann saß ab, der ein alter Patrizier mit schönem Bart und beleibt war, und er und mein Herr umarmten sich, wobei er den zweikrempigen Hut abnahm, und er wandte sich dem Balkon zu und vollführte vor Doña Ginevra eine tiefe, schmeichelnde Verbeugung. Und Don Merlin holte ein Pergament aus seinem linken Ärmel hervor und übergab es dem Edelmann, und dieser befahl, die Kiste vor die Füße meines Herrn und Meisters zu stellen. Alle stiegen von neuem auf ihre Zelter, der Geistliche hob den Chorknaben auf die Kruppe, und nach einem Gruß an Doña Ginevra, die noch immer auf dem Balkon stand, und an meinen Don Merlin, galoppierten sie auf dem Weg nach Quintás davon. Der Flötenspieler trat an meinen Herrn heran, um ihm die Hand zu küssen, und ich begriff, daß er bei uns bliebe, er war ein pummeliges, phlegmatisches Bürschchen mit rotem Haar und dichtem rotem, stark pomadisiertem Schnurrbart, und was an seiner Gestalt und äußeren Erscheinung am meisten auffiel, war der große Degen, den er an zwei Schlaufen am Gürtel in Höhe der Hinterbacken trug, so daß, betrachtete man ihn von vorne, an der einen Seite eine halbe Elle Eisen mit dem ziselierten Korb des Degengriffs und an der anderen Seite zwei Ellen roter Scheide über ihn hinausragten.

»Du, Felipe, hilfst dem Mestre Flute, die Kiste in meine Ehrenkammer zu bringen, und Ihr, Mestre Flute, könnt Euren Degen in das Wehrgestell hängen, neben meine Lanze, die sich sehr geehrt fühlen wird, wenn Ihr dieses Haus denn durch die Türen betreten und verlassen wollt.«

Ich war geneigt, in Lachen auszubrechen, aber mein Herr sprach mit großem Ernst. Er war wirklich ein Phlegmatiker, jener Mestre Flute. Zuerst verwahrte er die Flöte, auseinandergenommen und bepustet, Rohre und Blättchen, in einem Beutel aus blauem Flanell, dann löste er den großen, furchteinflößenden Degen aus den Schlaufen und folgte mir, um ihn in das Wehrgestell zu hängen, neben die Lanze von Don Merlin, die Flinte »Neapel«, die französischen Reisepistolen und die Feldschlange, dann holte er aus der Tasche der Kniehose ein großes kariertes Taschentuch hervor und wischte sich den Schweiß ab, zwirbelte dem Schnurrbart die Spitzen und schüttelte den Staub aus dem Birett und richtete die weiße Hahnenfeder gerade, die daran prangte, und erst danach machte er sich an die Ausführung des Befehls, die Kiste fortzutragen, und ich hinter ihm her im sicheren Glauben, er sei so stumm wie dumm. Meine Wenigkeit sah deutlich, daß meinem Herrn diese Ruhe nicht behagte, er stand noch immer neben der Kiste, während er mit den Füßen im Takt auf den Boden klopfte und sich mit der halbhohen Doktor-Mitra Luft zufächelte. Die Kiste wog nicht mehr als zweiundzwanzig galicische Pfund oder dreiundzwanzigeinhalb nach dem Pfund von Medina del Campo, welches die Leute aus der Maragatería jetzt zum Maß im Lande bestimmen. Wir stellten die Kiste auf den Tisch, und Herr Merlin entzündete die Petroleumlampe, die mir sehr gefiel, denn an jeder Seite hatte sie vor dem Glas, in gestanztem Blech gearbeitet, Szenen der Heldentaten von Don Quijote: die Windmühlen, die Galeerensklaven, die Weinschläuche und den Löwen, der zum König von Spanien reiste. Ich wurde nicht müde, sie zu betrachten, wenn die Petroleumlampe angezündet war.

»Jetzt«, sagte mein Herr sehr ernst zu mir, »schließe das Tor dreimal zu und lege die Kette vor, sag José, er soll die Hunde loslassen und führe Mestre Flute in die Küche und eßt zu Abend, denn es ist schon neun Uhr, und man soll ihn in die Pritsche auf dem neuen Dachboden legen, morgen ist auch noch ein Tag.«

Mestre Flute folgte mir und sagte kein Wort, und in der Küche begrüßte er die Frauen mit einem Neigen des Kopfes, als diese ihm einen guten Abend wünschten, und Frau Marcelina stellte auf dem Tisch der Eckbank eine Mehlschwitze mit gebratenen Speckscheiben und einen Krug Wein aus San Fiz vor ihn hin, und bei Mestre Flute von Sprechen keine Rede, aber er hatte aufgeschobenen Hunger, denn er nahm noch einmal von der Mehlspeise und schnitt abermals vom Fleisch ab, und das halbe Ohr eines galicischen Schweines, das in der Schüssel lag, stopfte er sich in den Hals und kaute hastig, dieser Engländer. Er nahm den letzten Schluck aus dem Krug, spülte den Bissen hinunter ganz genauso wie mein Herr es tat, löste den Gürtel, lehnte sich auf der Bank zurück, klopfte mir heftig auf die Schulter, so daß ich einen halben Apfel ausspuckte, den ich gerade aß, und sagte mit einem Fistelstimmchen, das uns Anwesende in lautes Lachen ausbrechen ließ:

»Dem Himmel sei Dank, das Abendessen ist gekommen und die Herberge erschienen! Kikeriki!« rief er den drei Kapaunen zu, die in den Kapaunkäfigen gemästet wurden, und auch er weinte vor Lachen.

»Ich habe zuvor nicht mit euch gesprochen«, sagte er, und jetzt klang seine Stimme natürlich und solch einem Schnurrbartträger gemäß, »weil mein Mund trocken war oder auch, weil ich eure Sprache vergessen hatte, oder weil ihr mich nicht mit Sie angesprochen habt, oder um euch Anlaß zum Gerede zu geben oder um euch ein wenig zu foppen. Ich habe nämlich viele Tage trauriger Reise hinter mir und auf allen Wegen mein Beileid bezeugt, so daß ich nicht mehr weiß, ob meine Flöte sich entsinnen wird, was ein lustiger Tanz ist, und all das jenes Unglücks wegen, das sich in Marduffe, dreißig Meilen vom englischen Hof entfernt, zugetragen hat. Heute bin ich noch nicht gestimmt, etwas zu erzählen, aber morgen, so Gott will, und mein Gott ist auch der eure, werde ich euch davon unterrichten.«

Er sagte dies sehr natürlich und bedächtig und respektvoll, während er sich erhob, und ich ging mit ihm hinaus, um ihn zu der Pritsche auf dem neuen Dachboden zu führen und ihm zu sagen, wo sich der Abtritt befindet.

»Schon immer war ich ein Liebhaber von Mehlschwitze mit gebratenen Speckscheiben!« sagte Mestre Flute von der Tür her und wandte sich mit einem Lächeln zu Frau Marcelina um.

Am Morgen ging ich hinunter, um meine Pflichten zu erledigen, und da schnarchte Mestre Flute noch sehr gleichmäßig. Ich ahnte sogleich, daß mein Herr nicht zu Bett gegangen war, daß er die Nacht damit zugebracht hatte, im Don Raimundo Lullus und im Cornelius zu lesen, und auf dem Lesepult hatte er die Lehre von Don Gabir Arabigo aufgeschlagen, wo dieser vom Gewicht der Körperteile im Vergleich zu den einfachen Körpern spricht, nach der Tafel von Micer Dioskurides. Es waren dies Namen und Bücher, die ich bei Unterhaltungen gern über den Scheffel stellte und die mir das Ansehen eines Literaten gaben. Herr Merlin hatte nicht nur gelesen, sondern auch den Ofen angezündet, denn es lag noch der Kehricht eines Kohlenfeuers im Kasten.

»Kehr nicht und setz dich«, sagte mein Herr Meister zu mir, »und gib acht, denn ich stecke in einem höchst kniffligen Fall und möchte meine gebotene Pflicht erfüllen gegenüber jenem edlen Greis, der mir diese Kiste in einer Prozession gebracht hat. In ihr befindet sich, in vierzig Stücken und das größte wie ein Fingerhut, eine Prinzessin aus England, vom Adel des Stammhauses von Marduffe und mit dem Namen Doña Tear, was in unserer Sprache ›Träne‹ bedeutet. Und ich sage dir, die Lötung dieser Prinzessinnen ist nicht einfach, und ich weiß nicht, wo ich mit dem Zusammenfügen der Teile beginnen soll, ob mit dem Kopf oder mit den Füßen, mit Verlaub. Man hat dieses schöne Kind aus Silber geschaffen, und es war Knochen für Knochen eingeglast, und es begab sich, daß der Herr von Marduffe sie auf einer Lichtung fand und sich von der Anmut dieser Puppe betören ließ, und alle dachten, sie entstamme der Uhrmacherkunst, und sie riefen den obersten Uhrmacher der Schweiz, damit er ihr Getriebe überprüfe, und Don Omega, denn so heißt er, begab sich nach Marduffe und sagte, jene Puppe habe weder Kette noch Pendelstange, noch Sekundenzeiger und sei kein Kunstding, sondern ein geborenes menschliches Wesen. Das verblüffte Lord Sweet, der leicht entflammbar war, und blitzschnell gelangte er zu der Vorstellung, sie sei eine verzauberte Prinzessin und er müsse ihr den Hof machen und sie in aller Eile heiraten. Auf den Rat von Don Omega riefen sie einen Arzt von St. Andrews in Edinburg, Meister Hairy mit Namen.

Diese Medizinschule ist sehr berühmt, und die Ärzte lernen dort mit dem Donatus, die Rezepte auf Latein auszustellen, mit dem Herrn Vesalius die Anatomie, mit Paracelsus die Abführmittel, mit Don Fracastoro die venerischen Krankheiten, und was die Aderlasse und die Blutegel betrifft, folgen sie der Meinung von Salerno, welche »ad majores« und auch »secundum libidine« gebietet. Meister Hairy legte die Puppe mit großer Behutsamkeit in warmes Wasser, goß ihr drei Tropfen Gartenraute in das Mündchen, ernährte sie durch eine Rohrschlange mit Zitronatsgelee und befahl, man solle sie gut abtrocknen und in ein Bett mit zwei irdenen Wärmflaschen legen und eine Nacht abwarten, und im Morgengrauen solle eine Kammerfrau sie in weiße Seide kleiden, und sie würden schon sehen, wie sie dank Lord Sweets Phantasie und Verliebtheit eine neue Prinzessin im Palast haben würden. Und daß jenes Mädchen ganz und gar aus Silber bestand, lag daran – Meister Hairy fand keine andere Schriftstelle, um der Zweifel Herr zu werden –, daß in dem Augenblick, da die Mutter sich anschickte, es zur Welt zu bringen, ein Heißsporn mit einem silbernen Degen oder Messer kam und sie bei der Geburt tötete und der Zorn des Metalls in das Blut überging und das Fleisch der Neugeborenen sich verwandelte. Vielleicht war der Heißsporn ein Ehemann, der mit Hörnern aufgewacht war, oder ein erboster Liebhaber, denn wir wissen ja aus den Geschichten, was den letzteren Kasus betrifft, daß Liebe vor Schwangeren nicht Halt macht. Man frage nur Cäsar Augustus, der Frau Livia heiratete, als sie im fünften Monat von einem anderen schwanger war. Was ist das für eine Liebe, die weder weiß, wann sie entsteht noch wann sie stirbt?«

Mein Herr klappte das Buch von Don Gabir Arabigo zu, es war ein großer Band mit eisernen Verschlüssen, die sich wie ineinander verschlungene Schlangen ausnahmen. Er schnupfte, schneuzte sich zweimal, und stand im Begriff, mit der Geschichte fortzufahren, als Mestre Flute, mit der Flöte in der Hand und gründlich ausgeruht, um Erlaubnis bat, eintreten zu dürfen.

»Ich erzählte gerade meinem Pagen«, sagte Don Merlin, »wie Mylady Sweet, die jetzt zerkleinert in dieser Kiste liegt, im Palast von Marduffe ins Leben zurückkehrte.«

»Alles trug sich zu«, sagte Mestre Flute, »wie Meister Hairy vorausgesagt hatte, und im Morgengrauen fand sich die älteste Kammerfrau mit dem Kleid aus weißer Seide ein und zog die Puppe an, und diese wechselte von der Farbe des Silbers zur Farbe des Fleisches und schlug die Augen auf und begann sehr anmutig zu sprechen, und da sie Hunger hatte, bat sie um Quark und zerkrümeltes Eigelb. Und als das Ereignis bekannt wurde, kamen vom Hofe, denn Windsor liegt dreißig Meilen von Marduffe entfernt, die Prinzen und mehr als die Hälfte der Pairs und Standesherren, und am Nachmittag trat Lady Tear am Arm von Mylord Sweet in den Spiegelsaal, ich voran mit meiner Flöte, auf der ich einen Ehrenmarsch präludierte, und niemand hatte je etwas Schöneres gesehen als dieses holde Mädchen. Dem Hof fehlten die Worte, und der Herr Herzog von Lancaster fragte Mylady, ob sie wohl ihre Herkunft kenne, und sie, mit ihrer sanften und heiteren Rede, bei der es schien, als streiche sie einem geradewegs mit Federn über die Ohren, sagte, außer daß sie von den Gotenkönigen herkäme und ein bißchen Nichte von Gawein Ohneland sei und am Tag des heiligen Lukas in Paris das Licht der Welt erblickt habe, wisse sie nichts, obwohl sie sich dunkel daran erinnere, als kleines Mädchen einen Sommer in Rom verbracht zu haben, in einem Garten mit einem Brunnen und zwei Zitronenbäumen. Und diese Erinnerung, mein Herr Merlin, war die Ursache des Unglücks und der Schleier, der die Sünde offenbarte.«

Mestre Flute schluchzte ein bißchen, und Herr Merlin hieß ihn ein kleines Gläschen Dessertwein trinken, damit er sich tröste.

»Trösten tu ich mich, und ich habe sogar in Santiago bei dem Domherrn engelländischer Sprache gebeichtet. Ich sagte bereits, wie erstaunt der Hof über jenen Liebreiz war, und die Pairs wollten alle mit ihr tanzen, und die Frauen berührten ihr Haar und fragten sie, welches Parfüm sie benutze, denn sie gewahrten einen ganz milden Duft nach frischen Rosen. Und Lord Sweet von Marduffe kleidete sich in einen feuerroten Umhang und verkündete, er werde sich mit Lady Tear von Gotland, von Ohneland, von Paris, vom Garten in Rom vermählen. Es regnete Glückwünsche, und der Herzog von Wales verlangte, die Hochzeit solle im Palast von Windsor stattfinden und die Braut sei dem König vorzustellen, und Lord Sweet wollte nicht, denn die Gnädige Majestät ist blind und hätte durch Tasten erfahren wollen, ob Lady Tear so vollkommen war, wie man sagte, und ihre Gestalt so viele liebliche Reize besaß. Und ob sie die besaß!«

Zweimal tröstete Mestre Flute sich mit dem Dessertwein, den ich ihm servierte und der ein Pachtzins war, den die Johanniter aus Ribadavia meinem Herrn entrichteten. Er stimmte die Flöte und blies ein sehr hübsches Stück.

»Diesen Tanz habe ich für den Hochzeitsball meiner Herrschaften aufgeschrieben, er heißt ›swan's pavane‹, was ›Schwanenparade‹ bedeutet, und jetzt tanzt ihn ganz England, und die Witwe des Bischofs von Liverpool, die jedes Jahr den Kalender in Verse setzt, hat tiefempfundene

Worte dazu gedichtet. Meine Herrschaften heirateten und waren sehr glücklich in Marduffe, und sie wurden so häufig von den Hoheiten besucht, daß das Haus sich wie ein Theater ausnahm, als eines Abends ein Bevollmächtigter aus Calais in Frankreich eintraf, Müsjö Vermeil mit Namen.«

»Alt muß er sein«, unterbrach ihn mein Herr, »denn es ist bald sechzig Jahre her, daß ich ihn in Rouen in der Normandie kennenlernte, und schon damals war er alt und grau. Er befand sich wegen eines größeren Rechtshandels mit einer Sirene dort und stand auf der Seite der Ränkeschmiedin und trug einen gewöhnlichen Überzieher, der durch die Unwetter glanzlos geworden war. Er ist Experte ›in utroque iure‹, das wohl, aber auch in heimtückischen Listen.«

»Nun, den gleichen gewöhnlichen Überzieher trägt er jetzt noch, wenn auch mit Aufschlägen aus Astrachansamt, und was die Jahre betrifft, so viele, wie Euer Gnaden ihm zuschreiben, scheint er nicht zu zählen. Er kam als Testamentsvollstrecker eines Erblassers nach Marduffe, der sich Pate von Mylady Tear nannte und ihr in Rom den Garten hinterließ, in dem unsere Herrin aufgewachsen war, mit fließenden Wassern zwölf Tage jeden Monat, sowie einen Kirchenstuhl in San Lorenzo extra muros und einen Papagei, der ›Je suis le beau perroquet‹ sagte und wegen des Verdachts der Ketzerei im Haus eines Gehilfen der Inquisition deponiert war, und dieser Gehilfe hatte bereits vier englische Pfund für Futter vorgestreckt. Lord Sweet las das Kodizill, ging über die Kosten hinweg, und Mylord und Mylady begaben sich mit dem Bevollmächtigten nach Rom, denn die Herrin bekam plötzlich Lust, in diesem Monat Mai, dem letzten nämlich, im Garten ihrer Kindheitsspiele eine Rose zu schneiden. Lord Sweet gehörte dem Reformierten Protest an, aber Lady Tear war, wie sie sich erinnerte und das Testament des Paten bestätigte, in der Heiligen Römischen Kirche getauft worden. Als sie in den Garten gelangten, sahen sie, daß er sehr verwahrlost war, die Rohre der Brunnen waren verstopft, die Erdbeersträucher von Schnecken heimgesucht, die Weinlaube ohne Spalier und eingestürzt, und nur an einem einzigen Rosenstrauch wuchsen Rosen, nicht mehr als zwei, eine weiße und eine rote, und noch dazu auf dem Dach der Gartenlaube. Mylady wollte hinaufsteigen, um sie abzuschneiden, und der Bevollmächtigte Vermeil gab acht auf die Handleiter; meine Herrin schnitt sie ab und begann schon hinabzusteigen, und um sich mit beiden Händen gut an der Leiter festhalten zu können, hielt sie die Rosen mit dem Mund, als ein großer, florentinisch gekleideter Mann mit verhülltem Gesicht aus der Gartenlaube trat, der sich schon zwei Stunden lang dort versteckt gehalten haben mußte, und meiner Herrin, die oben auf der Leiter in der Luft schwebte, mit trauriger Stimme sagte:

›Ich wußte genau, meine geliebte Freundin, daß du zurückkehren würdest! Erinnere dich, daß wir verheiratet sind und wie sehr wir uns geliebt haben!‹

Als Lord Sweet diese Worte hörte, griff er nach dem Degen, aber rascher war der Unbekannte, der Lord Sweet mit seinem langen mailändischen Degen über Müsjö Vermeil hinweg das Herz durchbohrte. Lady Tear tat einen lauten Schrei und sank ohnmächtig zu Boden, wo sie in Brösel aus Silber und Glas zerbrach, die sich jetzt hier, in dieser bemerkenswerten Kiste, befinden. Der unbekannte Mörder entfloh, und im Laufen läutete das Glöckchen, welches in Florenz die Aussätzigen am Hals tragen, damit die Passanten bei ihrem Klang zur Seite treten. Nichts konnte die Polizei des Papstes herausfinden, außer daß meine Herrin tatsächlich verheiratet, getraut und vollzogen war mit Don Giovanni de Treviso d'Aragona, vormals herzoglicher Bannerträger im Dienst der päpstlichen Seestreitkräfte, von dem man nichts mehr gehört hatte seit einem Herbstmonat, in dem er aus dem Haus gegangen war, um zu Unserer Lieben Frau in Loreto zu pilgern. Lord Sweet wurde in ein Faß mit gewürztem Sirup gelegt und Lady Tear in diese Kiste, und Müsjö Vermeil schiffte sich mit beiden toten Körpern in Genua ein, und es dauerte sieben Tage, bis er nach Dover gelangte, denn ein flauer Wind hielt ihn vor Lissabon zurück. Und jetzt legt der Hof von England, wobei der Herzog von Lancaster für die Kosten aufkommt, die Reste dessen in die Hände von Herrn Don Merlin, was einst – und ich spreche nicht für mich, ein Herz, das im Grunde in diejenige verliebt war, die so hübsch zum Klang meiner glücklichen Flöte sang und tanzte, sondern für alle, die jene Rose erblühen sahen –, was einst, sag ich, der Spiegel aller Schönheit dieser Welt war.«

Mestre Flute schluchzte, und auch mich brachte er zum Schluchzen, ich war so betrübt, daß ich mich dem Engländer näherte und ihm als einem geliebten Freund die Hand auf die Schulter legte. Und Mestre Flute hob die Flöte an die Lippen und blies eine traurige Serenade. Tränen wie Kirschen rollten über seine dicken Wangen und blieben in seinem blonden Schnurrbart hängen. Hätte die Gelegenheit sich geboten, so hätte Mestre Flute es nicht unterlassen, Lord Sweet, seinem Herrn, Hörner aufzusetzen. So meine ich.

Herr Merlin schloß sich im Ofen ein und ließ kein Wort darüber verlauten, wie die Lötung vor sich gehen sollte, und es war schon eine Woche verstrichen, als er mich Mestre Flute rufen hieß, und mit jenem Ernst und Freimut, die meinem Herrn eigen waren, erklärte er ihm, daß es nicht einfach sei, diese Prinzessin zusammenzulöten.

»Alles, was ich zusammenlöten konnte, waren die fünf Finger der linken Hand und das rechte Ohr, aber es würden hundert Jahre vergehen, und ich würde es nicht fertigbringen, sie ganz zusammenzusetzen, in jenem Garten in Rom muß zumindest die Nasenspitze und etwas vom Glanz ihrer Augen verloren gegangen sein. Geh und richte diese Nachrichten dem Herrn Herzog von Lancaster und Meister Hairy aus. Und was mich betrifft, so stehe ich überdies vor einer Gewissensfrage, denn gestern habe ich Briefe von Don Giovanni de Treviso erhalten, es stimmt, daß er aussätzig ist und dem Tode nahe, und er wünscht, daß ich diejenige, die seine rechtmäßige Ehefrau war, in geweihter Erde begraben lasse. Und dieses ist mein Wille. Am meisten leid tut es mir für dich, mein Freund, der du für dieses unglückliche Geschöpf nie mehr die Schwanenparade spielen wirst.«

Mestre Flute weinte zwei Tage lang still und heimlich und ging schließlich auf dem Weg nach Belvís davon, und ich begleitete ihn bis nach Golpilleira. Und es gab eine Totenmesse in Quintás, und es predigte sehr sinnreich der ehemalige Klosterbruder von Goás, mit deutlichen Hinweisen auf die Eitelkeiten dieser Welt, daß die Frau ins Haus gehört und daß die Weiden von Moucín Eigentum der Abtei von Meira seien und daß all jene, die sie säkularisiert kaufen wollten, schon sehen würden, denn die Köpfe so mancher röchen schon nach Pulver. Was war er für ein Prediger, jener Mann aus La Rioja!

Der Spiegel des Mauren

Der Maure, von dem ich spreche, war Maure, wie Gott sie in den Gärten dieser Welt sät und gedeihen läßt. Auf seinem Kopf saß ein roter Fes, und in der Nase und an den Ohren trug er silberne Ringe, und sein Gesicht war ernst, sein Körper klein; die Beine, leicht verborgen von den Pluderhosen, nahmen sich sehr krumm aus, und wiewohl rechthaberisch und geizig im geschäftlichen Umgang, war er doch ein Freund des langen, vertrauensvollen Gesprächs, obgleich er einem die meisten Dinge gern mit vorgehaltener Hand erzählte, wie jemand, der einen festnagelt, um die Last eines Geheimnisses abzuwälzen. Dies lag schon in seinem Namen, denn dieser Mustafa hieß Alsir, was in unserer Sprache »das Geheimnis« bedeutet. Er war Verkäufer von Magneten oder Schiffskompassen, Ansichten der »figura cata« und allen möglichen Essenzen und Geschichtsbüchern, und von diesen trug er immer einige der bekanntesten bei sich, wie »Bertoldo, Bertoldino und Cacaseno«, »Genovefa von Brabant«, »Die Liebschaften von Galiana der Schönen« und den »Roman vom Teufelsfurz«, den Müsjö Gui Tabarie geschrieben hatte. Dieses Mal kam er jedoch nicht als Händler nach Miranda, mit einem Geleitbrief der Hohen Pforte, wie er es sonst zu tun pflegte, sondern er kam, um die Visionen zu entziffern, die an den Samstagen auf einem Spiegel erschienen, den er bei sich trug, und auch um den Kasus eines Wüstenprinzen zu erforschen, der versucht hatte, einen anderen zu vergiften, indem er ihn an einem Pfirsich riechen ließ. Vergiften tat er ihn nicht, aber der Scheich Rufás war recht schwächlich seither, und jede Nacht träumte er, man steche ihm mit der Spitze eines Degens die Augen aus, und erwachte schreiend, die Angst saß ihm schon in den Gliedern, er starb fast vor Furcht, und durch die Angst wurde er zu einem grausamen Tyrannen und befahl, einem jeden den Kopf abzuschlagen, der ihn verstohlen anblickte. Sogar der englische Arzt des Khediven von Ägypten kam, um ihn gründlich abzutasten, hörte ihm mit silbernen Hämmerchen den Widerhall der Stirn ab, ließ ihn zur Ader, verschrieb ihm Talgpflaster auf den Schläfen, Abreibungen mit Muskatnußöl, Abführmittel aus verdorbenem Kümmel und kalte Bäder an den Schamteilen, wenn möglich mit Parkins-Tee, mit dem sich in England die alten Jungfern beruhigen, um mit etwas Gefühl den Gottesdiensten des Protests beiwohnen zu können. Aber dieser Doktor, Gallows mit Namen, verscheuchte den angstvollen Traum nicht, und der Herr Rufás ist kurz davor, ins Irrenhaus zu kommen, und es herrscht große Übereinstimmung darin, daß er geheilt werden muß, denn er ist der einzige unter allen arabischen Königen, der es versteht, auf dem Zauberteppich zu fliegen, und der weiß, wann die Kriegskamele kastriert werden müssen, und es ist Sitte, daß er diese Geheimnisse der Wissenschaft in der Stunde des Todes an seinen jüngsten Sohn weitergibt, und wenn er vollends verrückt wird, dann wird ihm mit Sicherheit das Wissen dieser Reiseform und auch das der Kastration abhanden kommen.

All dies erfuhr ich nach und nach, denn, wie ich schon sagte, Sidi Alsir gefiel es, ein Geheimnis um seine Geschichten zu spinnen, was ihn Mühe kostete, denn von seiner Natur her ist er sehr generös, außer in Gelddingen. Der Spiegel, den er mitbrachte, war ein italienisches Stück, im Umfang von einer Spanne, in Silber gerahmt und mit einem Haken, der einen Hund darstellte, und es verhielt sich so, daß dieser Spiegel das Ende eines Pendels war, als hätte der Uhrmacher, der ihn angefertigt hatte, einen Minutenspiegel haben wollen, um die rastlose Prozession der Stunden vorbeiziehen zu sehen. Meine ich ... Den Spiegel hatte Alsir auf dem Markt in Tilsit einem algerischen Juden abgekauft, der dort einen Stand mit Pfefferminze, Traumwässerchen und Glückssporen betrieb, und ich erfuhr durch Sidi Alsir und durch den Zauberer Elymas Algaribo von diesem Markt, der zweimal so groß ist wie der von Lyon und viermal so groß wie der von Monterroso und aus einem großen freien Feld voller Marktstände besteht, und insgesamt neun Nationen haben das Recht, dort Gewicht und Dragoman zu stellen, während sich die übrigen Marktteilnehmer auf das Gewicht und den Schreiber des Markgrafen von Brandenburg verlassen, der ebenfalls als Händler dorthin geht, denn nur er darf auf diesem Markt Hufeisen für Maultiere und Pferde verkaufen, während die Sakristane der Teutonischen Rotte die Lizenzen für die Esel besitzen. Ein berühmter Markt also, wo alles gekauft und verkauft wird, selbst das, was man nicht sieht. Alsir kaufte den Spiegel und verkaufte ihn in Helsingör in Dänemark an ein Komteßchen, das in jenem Schlosse lebt und Doña Ophelia heißt. Da es regnete, beschloß man, dem Mauren Herberge im Schloß zu gewähren, welches eine große steinerne Einfriedung über dem tosenden Meer ist, und der Garten liegt drinnen wegen der Seewinde, in einem Gewölbe wie von einer Kirche.

»Ich schlief«, berichtete Alsir meinem Herrn Merlin, »völlig sorglos und sozusagen wie ein Murmeltier, denn ich war müde von meinem Marktbesuch in Tilsit, aber ich schlummerte vergnügt ein, und mir träumte halb, ich tollte mit Doña Ophelia herum, die alles ist, was man an fünfzehnjährigen Komteßchen gesehen haben muß, mit jenem weißen Hals ... Ich schlief, als laute Schreie mich weckten, und dann kam, mich vor die Komteß zu rufen, deren oberste Kammerfrau, die, obwohl nur halb bekleidet und mit Brenneisen in den paar Haaren, die ihr noch blieben, den kleinen Schleppenträger-Pagen mitbrachte, der den Spitzeneinsatz ihres Nachthemds trug. In Helsingör herrschte immer große Etikette. Sie geleiteten mich zum Gemach des Komteßchens, das in einer Aufwallung von Tränen und Seufzern zerfloß, und der Arzt von Don Hamlet versuchte, sie wieder zu sich zu bringen, indem er ihr einen mit Anis versetzten Lindenblütentee zu trinken gab. Alle stellten sich gegen mich und hielten mir vor, ich hätte dem Fräulein einen verhexten Spiegel verkauft, in dem, als sie sich beim Zubettgehen darin betrachtete, um sich das Haar zu glätten, Gespenster der vier Arten erschienen seien: ein Teufel, der an einem Birnbaum hing, ein Pferd, das von den Mauerzinnen ins Meer sprang, sie selbst, ertrunken, flußabwärts, und ein Eisvogel, der sich zwischen den süßen Äpfeln ihrer Brust niedergelassen hatte. Ich wußte nichts vom Zauber des Spiegels und gab so viele Widerworte, daß sie mir glaubten, und erstattete das Geld und den Gewinn zurück, und man befahl mir, ich solle am Morgen zur Audienz bei dem gekrönten Haupt von Dänemark erscheinen, diesem Don Hamlet, den ich schon erwähnt habe. Ich tat kein Auge zu und verbrachte den größten Teil der Nacht damit, mich in dem Spiegel zu betrachten, und was ich in ihm sah, einer Wolke gleich, die über mein Gesicht hinwegzog, war ein Wirrwarr von rotgekleideten Leuten, das weiße Pferd, das sich ins Meer stürzte, und die ertrunkene Doña Ophelia, und ein Dornbusch, der in das Wasser hing, erfaßte ihr blaues Kleid und bewirkte, daß der allerliebste Körper sich drehte, und jetzt war es das Köpfchen, das den Weg durch die Wellen bahnte, und die großen und freundlichen grünen Augen des Komteßchens standen weit offen. Ich schaute und schaute, als es vom Wachturm zwölf schlug, und da verschwand alles aus dem Spiegel, und es blieb nur, hell leuchtend, mein schwarzes Gesicht im Schein der Kerze ... Später erfuhr ich, daß die Visionen des Spiegels am Samstag erschienen, von der Abenddämmerung bis Mitternacht, und ich konnte viele Dinge sehen, und manches hat sich schon erfüllt.«

Sidi Alsir verstummte, als habe sich ein schmerzlicher Schatten über sein inneres Auge gelegt, und mein Herr, der mit dem Seidenfutter seines Mantels die Augengläser putzte, sagte sehr ernst:

»Dieser Spiegel, den du mitbringst, Freund Alsir, ist mir so bekannt wie mein Hut, denn ich war mit seiner Herstellung befaßt, er stellte einen Auftrag der Obrigkeit von Venedig dar, welche die geheimste Regierung ist, die eine Nation in der Welt besitzt, denn sie beruht auf der Weissagung der Zukunft. Es begab sich, daß ich bei der Mischung des Belags eine Spur zu weit ging, und dieser verflixte Spiegel begann, wie ich später erfuhr, in die wahre Zukunft Dinge einzufädeln, die er selbst erfand. Sogar Menschen erfand der Rebell, und die hohen Herren von Venedig suchten wie verrückt nach einem Mörder, der nur in der Phantasie dieses Spiegels lebte, und forschten nach Todesfällen, Spezerei-Ladungen und türkischen Schiffen, die er erfand, und nach verborgenen Schätzen und Gläsern mit auflösendem Wasser. Und ich, Freund Alsir, werde ihn dir jetzt abkaufen für das, was du in Tilsit für ihn bezahlt hast, und noch einmal soviel an Zinsen, und ich werde ihn in tausend Stücke zerbrechen, ohne bis morgen zu warten, da Samstag ist, um auf seiner Fläche jene ertrunkene Doña Ophelia zu sehen, die der Fluß in Dänemark zum Meer trägt. Und vielleicht ist dieses Bild eine der wenigen Wahrheiten, die mein Spiegel in der letzten Zeit erzählt hat.«

Mein Herr erhob sich, ging zur Schublade des großen Tisches, nahm das Säckchen mit dem Gold, zählte eine Unze und eine halbe und ließ die klingenden Münzen in Sidi Alsirs hohle Hände fallen, der sie noch einmal zählte, bevor er sie in seiner Rocktasche verwahrte.

»Euer Gnaden befehlen, ich füge mich. Aber etwas von dem, was dieser Spiegel zusammenschwindelte, hatte Don Hamlet schon verstanden, als ich zur Audienz zu ihm ging. Der Herr Prinz saß, wie es seiner Gewohnheit entsprach, auf dem steinernen Sitz, den eine in Stein gehauene Schlange ziert, und liebkoste einen Totenschädel, und hieß mich vor seine Füße treten, und mit der so behutsamen und vornehmen Stimme, die ihm eigen ist, sprach er höflich zu mir und sagte, dieser Spiegel könne kein wahrer Kundschafter sein, und es ginge auch nicht an, alles, was er spiegelte, vom Schreiber aufschreiben zu lassen.

›Ich will ihn nicht in meinem Dänemark‹, sagte er zu mir, ›denn ich habe schon über genug damit zu tun, den gegenwärtigen Tag zu bestehen, und kann nicht auch noch um der Zukunft willen leiden. Niemand besitzt den Faden dieses flüchtigen Traumes, den wir Leben nennen, Alsir. Und was Doña Ophelia betrifft, wollte dieser Spiegel sie nicht vielleicht mit dem Rosenstrauch am Ufer vergleichen, von dem in einem glückseligen Sommer unausweichlich eine Rose in die Wellen fällt, die sie sanft davontragen werden? Schaff deinen Spiegel aus meinem Reich hinaus, Maure Alsir, und solltest du eines Tages erfahren, daß wahr wurde, was du auf seinem Belag gesehen hast, dann wird es besser für dich sein, du zerbrichst ihn an einem Stein am Wegrand.‹

Diese Worte sagte er mir und verließ den Sitz, legte die Schleppe seines schwarzen Mantels über den linken Arm und stellte den Totenschädel in das Fenster. Der König verabschiedete mich freundlich und traurig.«

Herr Merlin zerstampfte den Spiegel in dem großen Mörser, vermischte die tausend Stücke mit Salz und einer kastilischen Knoblauchzehe, und ich buk den Sand im Ofen, nach seinem Befehl. Und um den Scheich Rufás zu heilen, bereitete mein Herr ein feierliches Wasser und einige Abführpillen und bat Sidi Alsir inständig, er möge ihm Nachricht über die Gesundheit des kastrierenden Fürsten zukommen lassen. Der Maure beschenkte mich mit dem »Roman vom Teufelsfurz«, weil ich die Eselin, mit der er reiste, so gut versorgt und ihr eine Warze kuriert hatte, die ihr am Maul gewachsen war.

»Ich wollte Sidi Alsir nicht erzählen«, sagte mein Herr zu mir, sobald der Maure abgereist war, »daß sich der Tod von Doña Ophelia schon erfüllt hat: Als sie am Ufer Margaritenpflücken spielte, fiel sie in den Fluß und ertrank. Ich sage dir, mein Felipe, es gibt in der Welt keinen Prinzen, der trauriger sein wird als dieser Herr Don Hamlet von Dänemark.«

Der goldene Balken

Eines Morgens fand sich der Schloßzwerg ein, um mit meinem Herrn sehr geheimnisvoll zu sprechen, und ich sah deutlich, daß er vergrübelt und mit höchst gewichtigen Neuigkeiten kam, denn er unterließ sein übliches affiges Gehabe, mich am Portal eine Verbeugung vor ihm machen, ihm den Steigbügel halten und mit meiner Tuchmütze den Staub von den Schultern wischen zu lassen. Er warf mir den Regenschirm in die Hände, sprang von der Stute, und ohne an die Tür des Ofens zu klopfen, ging der allzu vertrauliche Geselle zur Besprechung mit dem Herrn Patron hinein. Er hielt sich für einen feinen Herrn, der Pummel, weil er französisch konnte und seine Frisur mit farbigen Bändern schmückte. Nachdem ich die Stute im Schatten festgebunden hatte, machte ich mich daran, dem kleinen Schleifstein, an dem wir die Messer schleifen, ein neues Lederband aufzuziehen, und ich war gerade dabei, an meinem Messerchen aus Taramundi auszuprobieren, wie die neue Einrichtung funktionierte, als Don Merlin nach mir rief, und ich lief, mich seinem Befehl zu stellen. Mein Herr ging mit sehr gestrenger Miene in der Kammer hin und her, und der Zwerg saß auf der Truhe, und er war so winzig, daß er auf dieser Truhenbank mit den Spitzen der Holzschuhe nicht bis auf den Boden reichte.

»Freund Felipe«, sagte mein Don Merlin zu mir, »wenn der heutige Tag zur Neige geht, mußt du eine Reise unternehmen, ohne jemandem zu sagen, wohin noch wozu. Du wirst deine besten Kleider anziehen und dir dieses Silberglöckchen um den Hals hängen, und auf dem Maultier unserer Herrin wirst du den großen Apfelkorb mitnehmen, schön sauber, und legst eine neue Decke als Unterbett hinein. Und dann folgst du dem Weg nach Pacios bis zum See, und bei den großen Felssteinen von Cabos setzt du den Korb ins Gras, mit offenem Deckel, und du stellst dich mit dem Rücken zum Korb und verharrst still und stumm, bis du einen langen Pfiff hörst, und dann drehst du dich um, und ohne in den Korb zu schauen, läßt du den Deckel fallen und steckst den Zapfen durch den Weidenring, und vielleicht kostet es dich Mühe, den Korb auf das Maultier zu heben, aber ich werde dir schon durch ein Gedenken von mir Kräfte senden. Und dann kehrst du unverzüglich in mittlerem Trab nach Miranda zurück.«

»Und wenn die andere Familie ihm nun in den Weg tritt?« fragte der Zwerg, der, wie ich deutlich bemerkte, unruhig und ängstlich war.

»Du wirst«, beruhigte mich mein Herr, »einige Schachteln mit portugiesischen Streichhölzern mitnehmen, und wenn du gewahrst, daß mausegroße Hündchen auf den Wegen herumspringen, dann beschleunigst du den Trab und hörst nicht auf, Streichhölzer anzuzünden. Du kannst auch laut rufen, daß du deutlich ihren Ringelschwanz siehst.«

Wie mir solche Aufträge gefielen! In meiner Aufregung aß ich so gut wie nichts zu Mittag, und es war noch nicht fünf Uhr, als ich schon das Maultier auf dem Dreschplatz bereithielt und den Korb mit der Bettdecke und schon mit meinem Oberrock bekleidet war und die neuen besohlten Holzschuhe angezogen hatte, und um die Zeit zu vertreiben, fertigte ich einen neuen Zapfen für den Korb, aus Buchsbaum und an beiden Enden gedrechselt. Der Schloßzwerg, der mit seinem flachen Strohhut und seinem dünkelhaften Zierdegen zwischen Tor und Haus auf dem Hof herumspazierte, holte die Uhr aus der Westentasche, hielt sie an sein Ohr, und sagte mir, wie spät es war. Er studierte den Zapfen und hieß mich das Schließmanöver des Korbes mit geschlossenen Augen vollführen und war es zufrieden, so sehr, daß er mir auf den Rücken klopfte und mir sagte, er finde, ich sei ein ganzer Mann. Und sobald die Sonne auf der Seite von Meira untergegangen war, trat mein Herr auf den Balkon hinaus und befahl mir, aufzusitzen und loszureiten und mich wortwörtlich an die Anordnung zu halten, denn er würde mein Abenteuer mit seinen Gedanken ganz genau verfolgen. Ich kicherte sogar ein bißchen, als ich hinausritt, weil der Zwerg einen Stein heranschieben mußte, um sich zum Schloß des Torflügels hinaufzurecken und mir das Tor zu öffnen. Die Versuchung überkam mich, ihm zu befehlen, er solle den Strohhut vor mir abnehmen, so wie ich Kappe oder Mütze vor ihm abnahm. Ich bog in den alten Weg ein und unterhielt mich damit, Streichhölzer anzuzünden, ohne den Zügel loszulassen oder das Tempo zu verlangsamen, und ließ das Maultier traben, und durch den Trab hüpfte das Glöckchen, das ich am Hals trug, so als würde ein verrückter Meßknabe bei einbrechender Nacht in aller Eile eine Messe in den Gemüsegärten zelebrieren. Und eh ich mich versah, befand ich mich schon in Cabos, und der Nebel wegen, die vom See aufstiegen, war die ganze Nacht eine einzige Finsternis. Ich tat, wie mir befohlen, und entfernte mich nur insoweit von dem Gesagten, als das Maultier gewitzt war und nicht still hielt und ich es an den kleinen Felsen band und ihm einen Apfel gab, und nach und nach beruhigte es sich. Wenige Dinge wird es in der Welt geben, die stiller sind als der große See von Esmelle, wenn nicht die Zeit der Frösche ist. Es bellten die Hunde des Schlosses, und ich verfolgte mit dem Gehör den Chor, denn es antworteten ihnen die von Pacios, dann die von

Seixido, weiter entfernt die von Pineiro und die unsrigen und zum Schluß die Hündin des Jägers von Belvís, und bei diesem bekannten Konzert war mir, als hätte ich Gesellschaft, da ertönte geradewegs an der Spitze meiner Ohren der Pfiff, so nah, daß ich die Rute der Luft am Nacken spürte. Ich wartete die Zeit eines Avemaria, drehte mich zu der Stelle um, an der der Korb stand, und ohne auch nur den Versuch eines Blickes zu wagen, klappte ich den Deckel zu, steckte den Zapfen ein und hob den Korb so mühelos auf den Saumsattel, als wäre er eine Feder. Das lag wohl an dem Gedenken, das Don Merlin mir zur Hilfe gesandt hatte, wie man sehen konnte. Ich stieg auf und entfernte mich im Trab durch die Aue, und da das Maultier meiner Herrin an jene Strecke gewöhnt ist, nahm es anmutig und leichtfüßig den Weg nach Miranda. Die, von denen der Zwerg gesprochen hatte, die andere Familie, traten nicht in Erscheinung, aber ich zündete für alle Fälle zwei Streichhölzer an, ließ das Glöckchen die Vesper durchbuchstabieren, rief laut, ich sähe Ringelschwänze, und gelangte ein wenig ängstlich an die Pforte von Miranda, denn ich hörte, wie es sich im Korb regte und atmete, und eine Unterhaltung wie Hühnergegacker.

Das Tor stand offen, und José del Cairo, ebenfalls in neuer Kleidung, hatte die Stocklaterne angezündet, mit der Don Merlin und Doña Ginevra zur Prozession des heiligen Bartholomäus in Seixo gehen, die Tür des Ofens stand weit offen, und alle Lichter waren angezündet, und der Zwerg trug den Hut in der Hand und mein Herr den doppelten Mantel und die runde Priestermütze mit der Troddel. Ich lud den Korb ab, und mein Gebieter eilte herbei, den Deckel hochzuklappen, und kaum hatte er das getan, sprangen aus dem Weidengeflecht sechs Männchen heraus, weniger als eine Leoneser Spanne groß, ganz in

Grün und Rot gekleidet, mit großen Hüten, und alle außer einem knieten sie vor Don Merlin nieder und nahmen dabei den Chapeau ab, und der, der stehengebliebenen war, vollführte eine Verbeugung mit einem halben Schritt nach hinten und wünschte einen guten Abend, und seine Art zu sprechen war das Gegacker, das ich unterwegs gehört hatte.

»Vor vielen Jahren, Herr Prinz«, sagte mein Herr mit großem Respekt zu jenem Spielzeug, »sahen wir uns in Truro, als Ihr Euch in jenem Knabenkirchenchor schultet und im Ärmel meines seligen Vetters, des Herrn Kantors, lebtet.«

Der als Prinz Titulierte vollführte eine weitere Verbeugung mit einem halben Schritt und folgte Don Merlin in die Kammer, und hinter ihm gingen die anderen fünf Däumlinge und der Schloßzwerg hinein. Wahrlich, ich war erstaunt über das Trüppchen, das ich da transportiert hatte. Und ich dachte weder daran, das Maultier in den Stall zu führen, noch die Stocklaterne auszublasen, die mir José del Cairo, weil er wußte, daß mir der Spaß gefiel, vor die Nase hielt.

Ich war nicht imstande, den Hof zu verlassen, noch ins Bett zu gehen, weil ich sehen wollte, was es mit dieser Audienz auf sich hatte, und so setzte ich mich an den Fuß des Feigenbaums und zündete die portugiesischen Streichhölzer an, die mir noch blieben; damit war ich gerade beschäftigt, als der Schloßzwerg herauskam und mir den Auftrag erteilte, ein paar Kranzkuchen und ein wenig Dessertwein zu bringen, und unter dem Vorwand des Bedienens schlüpfte ich in die Kammer, die kleine Rotte saß auf der Truhe, der Herr Prinz im Sessel meines Herrn, Don Merlin auf der gepolsterten Bank, wo er in einem Buch gelehrte Tüfteleien las, und der Zwerg hielt den Handleuchter neben dem Lesepult und wendete die Seiten um und war auf ein Weizenmaß gestiegen, um die Musterungsgröße zu erreichen. Mein Herr las sehr salbungsvoll, wie ein Geistlicher, der ein Sendschreiben verliest, und der Prinz lauschte aufmerksam, als Kenner jener Wissenschaft, während die übrigen Knirpse seiner Familie geräuschvoll an den Kuchen knabberten, nachdem sie sie in den Dessertwein getunkt hatten.

»All dies behauptet Don Cornelius Agrippa«, sagte mein Herr, während er von der Lektüre abließ und die Schildpattbrille abnahm. »Und obwohl ich einer anderen Schule angehöre, folge ich ihm wortwörtlich, was dieses Geheimnis anbetrifft. Dem Goldenen Balken, auf dem der zweite Bogen der Erde ruht, entsprechen beim Menschen die vier letzten Knochen des Steißbeins und bei den Sternen das, was die Araber den Tahali nennen und wir Christen die Drei Marias. Der zweite Bogen der Erde hat einen Stützpunkt in Armagh in Irland, wo sich der Brunnen des heiligen Patrick auftut, und den anderen in Rom, unter der Basilika St. Johannes im Lateran, und den Schlußstein just am Rand der Kaiserstadt Aachen. Dieses dicke Stück Gold, auf das ihr gestoßen seid, als ihr ein Feld erweitert habt, um besser kegeln zu können, ist also ein Teil des Goldenen Balkens, und wenn ihr euch daran macht, es zu euren Münzen zu prägen, dann wird in zwei oder drei Jahren bestimmt halb Frankreich einstürzen, und von Flandern wird nicht eine Ackerfurche übrigbleiben. Ich bin der festen Überzeugung, daß die Unzen, die ihr prägen wollt, für den geplanten Rückkauf der Tochter von Doña Karolina nicht gültig sind.«

»Diese Tochter von Doña Karolina«, gackerte der Prinz, »ist unsere Königin und Herrin, und das Zwergenvolk ist verwaist, seitdem sie fortging, um bei der Dauphinin von Thule die Stickkunst und den Mandelkuchen zu lernen, und ich, ihr Don Paris, der versprochene Ehegatte, altere als Junggeselle. Durch Boten, die in London im Schottischen Hof Halt machen, erfuhren wir, daß sie in einem silbernen Käfig lebt, als Pfautaube verkleidet, wofür sie ob ihrer Winzigkeit und Anmut reizend geeignet ist. Und die Dauphinin von Thule, welche eine wetterwendische Alte ist, spottet ihrer Einsamkeiten und sagt, sie werde sie nicht zurückkehren lassen, wenn nicht zuvor elf Ernten der Mandelbäume von Palermo und tausend Faden Seide aus Murcia bezahlt würden, denn soviel habe unser Liebchen als Lehrling verschwendet. Und wir gedachten, dieses geheime dicke Stück Gold zu Münzen zu prägen, und dies war der Grund, weshalb wir um Rat nach Miranda gekommen sind, denn wir wußten nicht, welches das königliche Zeichen von Thule ist und welches Wappen sie dort auf der Schriftseite der Münzen abbilden.«

Tränen quollen jenem Prinzen Don Paris aus den Augen, und als die Seinen ihn weinen sahen, vergossen auch sie Tränenströme, aber deshalb hörten sie nicht auf, von den Kuchen abzubeißen, die aus Santa Clara stammten und von meiner Herrin Doña Ginevra in Sirup getaucht worden waren.

»Das königliche Zeichen von Thule«, erklärte Don Merlin, »ist ein Rabe in einer kleinen Barke, und das Wappen besteht aus den Lilien von Frankreich, die zu jener Familie über eine Tante zweiten Grades gelangten, welche einen heimlichen Sohn von einem Franzosen hatte, der vor der Küste von Thule Schiffbruch erlitt und halb Musiker, halb Stärkebügler am Hof von Versailles war, und diese Tante zweiten Grades, Lady Fog, nahm ihn als Fixpunkt, und die aus Thule gaben ihm den Titel Infant Don Scarefly, und er ist der Großvater der Dauphinin, die jetzt regiert, Miss Spindle mit Namen. Und die Münze, die in Thule im Umlauf ist, besteht nicht aus Gold, sondern aus Elektron-Bernstein, dort ist das Gold weiter nichts wie hier das Eisen, was seine Wertschätzung betrifft. Eure Hoheit mögen nur den hier anwesenden Zwerg von Belvís fragen, der als Mundschenk nach Thule ging, als man die Tochter von Doña Karolina dorthin brachte.«

Der Zwerg errötete und verlor jeden Hochmut und versteckte sich sogar halb hinter meinem Herrn, und als diejenigen, die auf der Truhe saßen, jenes Zeugnis vernahmen, standen sie auf und faßten an die kleinen Degen, die sie am Gürtel trugen, aber der Prinz Don Paris beschwichtigte sie mit großer Autorität und sagte:

»Der Zwerg trägt keinerlei Schuld in diesem Fall, denn für Geld unternahm er diese Reise, so wie er uns jetzt auch für Geld als Post diente, und als Diener der Tochter von Doña Karolina war er eilfertig und höflich, denn ich weiß, daß er zwei Meilen vor London, als sie in der Hitze des Tages unterwegs waren, auf den dieses Jahr in England der Sommer fiel, unserer Herrin aus eigener Tasche ein ›Tuttifrutti‹ bezahlte.«

In seiner Sprache und mit großer Redegewalt brachte er seine Rotte vollends zur Ruhe. Don Paris weinte, und es weinten die Seinen, als wir sie im Morgengrauen mit der gleichen Zeremonie, mit der wir sie empfangen hatten, in den Apfelkorb zurückbeförderten. José mit der Stocklaterne, mein Herr mit dem doppelten Mantel und der Zwerg mit dem flachen Strohhut in der Hand. Ich brachte sie nach Cabos, und es erschien schon der Tag, um auf der Erde zu rasten, als ich sie bei den Felssteinen freiließ, und durch einen Spalt in dem großen Felsen schlüpften sie aus diesem Land in die unteren Gefilde. Er tat mir leid, jener verliebte Don Paris mit seinem Schnurrbärtchen und seinen freimütigen Augen, und wenn die gefangene Doña von der Größe der Pfautaube war, wie sie sagten, dann würden sie gewiß ein glückliches Paar abgeben. Als ich nach Miranda zurückkehrte, erwartete mich mein Herr am Tor.

»Wenn diese Bewohner der Unterwelt darauf verfallen, den Goldenen Balken zu Münzen zu prägen«, sagte er zu mir, während er mir half, das Maultier unterzubringen, »dann halte ich dafür, daß der Riß der Welt von Cambray bis nach Mondoñedo reichen würde.«

»Und was war das für eine Geschichte mit der anderen Familie?« fragte ich.

»Das untere Reich, mein Felipe, ist genauso in Parzellen geteilt wie das obere Reich, und jene, die heute zu uns kamen, sind von christlicher Nation, den Chaldäern verwandt, und gehen seit ihrer Versetzung in die tiefste Tiefe keiner anderen Arbeit nach als der Suche nach der Schlange Smarís, deren Eier, so groß wie dein Kopf, mit Verlaub, eine Essenz bergen, welche, durch Hahnenkamm gefiltert, die zum Wachsen bringt, die von ihr trinken, und dann wird dieses Volk von Hirsekörnern in der oberen Welt zu einem Volk von Riesen werden. Sie haben so viel in der Erde gewühlt und ihre winzigen Höhlen so oft um und um gekehrt, daß sie, mitten in einem geheimen Fest, auf das Volk der bretonischen Wichtelmännchen stießen, welche Schatzwächter sind, die sich als Hündchen verkleiden, indem sie sich einen Ringelschwanz wie von einem Hund der flämischen Malerei an das Birett stecken. Und die Chaldäer spotteten über sie, und so entstand die Zwietracht zwischen beiden

Parteien, und wenn die Wichtelmännchen jetzt ahnen, daß ein Chaldäer sich an die Oberfläche der Welt begibt, dann sind auch sie zur Stelle und bringen sie mit listigen Streichen vom Weg ab und rauben ihnen die Erinnerung an die Aufträge, die sie mit sich führen, und nur Glöckchen, Lichter und die Erwähnung ihres Ringelschwanzes bewirken, daß diese Starrköpfe an sich halten. Und jetzt, wo du so gebildet bist, daß du dich in Sagres in geheimer Geographie prüfen lassen könntest, gehst du besser zu Bett und schläfst, denn morgen ist auch noch ein Tag, und es wird hoher Besuch eintreffen.«

Die griechische Sirene

Als ich erwachte, war es schon etwas über zwölf hinaus, ich fand schon das Frühstück auf dem Tisch, und jene süße Kürbissuppe, die Frau Marcelina in der Herbstzeit bereitete, war sehr nach meinem Geschmack; so gut schmeckte sie mir, daß ich nachzunehmen pflegte. Ich verbrachte eine Stunde in der Küche und erzählte den Hausleuten die Geschichte von Don Paris und der Gefangenen in Thule, und ich wäre noch eine weitere mit diesem Kommentar fortgefahren, hätte nicht der Herr Meister nach mir gerufen; um so mehr, da mir zur Seite meine Manueliña Kastanien schälte, es schien, als lockte sie mit dem sanften und erstaunten Blick, den sie auf mir ruhen ließ, die Plaudereien aus mir hervor; das Bild einer Amsel muß ich abgegeben haben, wenn dieser kleine Sänger das Weibchen mit der Gabe seines Gesanges betört . . . Ich lief, mich dem Befehl zu stellen, und Don Merlin war gerade dabei, gemeinsam mit José del Cairo in der Mitte der Kammer den großen Waschtrog aufzustellen, welcher halb so groß wie eine Valdorranische Bütte von zwölf Weinmaßen war, und als Hilfe war die Näherin aus Pacios gekommen, die sich daran machte, dem Trog einen Faltenrock aus einem sehr glänzenden und geblümten Stoff in Grün und Rosa umzuhängen. Meine Herrin Doña Ginevra kam herunter, um sich jene Vorstellung anzusehen, und als José del Cairo und meine Wenigkeit den Trog zur Hälfte mit Wasser gefüllt hatten, goß die Herrin ein Fläschchen Parfüm hinein, das nach Zimt roch. Don Merlin war vergnügt und heiter, schrieb Zahlen auf die Wachstafel und sagte zu Doña Ginevra, die ebenfalls lächelte:

»Wenn sie nicht mehr als zwei Pfund zugenommen hat, dann ist in dem Trog just so viel Wasser, daß sie nicht einen Löffelvoll vergießt.«

Ich erfuhr sogleich, und es gab keine andere Unterhaltung an jenem Nachmittag in Miranda, daß wir eine griechische Sirene mit Namen Doña Theodora erwarteten, der ein portugiesischer Vicomte gestorben war, den sie zum Freund hatte, und des Schmerzes wegen wollte sie in ein Kloster eintreten, das diese Frauen im See von Luzern unter Wasser besitzen, und sie kam, damit mein Herr sie bei der Aufbietung am Gericht der Mathildenbrücke in der Stadt Rouen vertrete, welches für die Rechtshändel dieser Ränkeschmiedinnen zuständig ist, und ihr die Schuppen des Schwanzes in doppelter Trauer färbe.

»Euer Gnaden sollten sie nicht mit ewiger Trauer einfärben«, sagte Doña Ginevra zu meinem Herrn, »denn ehe man sich versieht, wird sie Reue zeigen und gleich in Luzern einen neuen Geliebten ausprobieren.«

»Das weiß ich«, antwortete Don Merlin, »denn sie lassen nicht leicht von der Hurerei, auch wenn sie als konvertiert gelten. Ich kannte eine, die sich vergiften wollte, weil auch ihr der Freund gestorben war, der als zweiter Sopranist dem römischen Kirchenorchester angehörte, und die Doña Sirene sagte, sie könne nicht leben ohne das Duo, das sie bildeten, und ohne die Bandnudeln, die dieser Mann an den Sonntagen für sie kochte. Sie sandte mir eine schriftliche Nachricht, in der sie mich um einen auflösenden Sirup bat, und als ich ihr mitteilen ließ, ich würde es nicht tun, da lebte sie schon in wilder Ehe mit dem Marineadjutanten von Honfleur, der einen Fischteich für sie anlegte, und von damals bis zum heutigen Tage hat er schon mehr als vier Aufseher ausgewechselt und alle mit zerwühltem Bett, mit Verlaub. Selbst mich wollte sie locken in dem Sommer, als ich mich zur Seepromenade von Calais begab, um ein Fußbad zu nehmen.«

Mein Herr und Doña Ginevra lachten, und wir alle stimmten ein, und die Frau Herrin hieß Marcelina den Seehecht im Eimer des Brunnens kaltstellen. Ich glaube, die ganze Familie von Miranda war in freudiger Aufregung ob einer solchen Neuigkeit.

Das Gefolge traf in der Abenddämmerung ein, alle kamen auf großen Maultieren, die Sirene als traurige Witwe mit langen Schleiern, und noch zwei Reiter, die, wie ich erfuhr, Erben und Verwandte des Portugiesen waren, und ein Page, der um die vierzehn Jahre alt sein mochte, und dieser kam auf der Kruppe des Maultiers der Sirene geritten, mit einem großen aufgespannten Regenschirm, und lenkte den Regen auf die schmerzerfüllte Dame. José del Cairo fing Doña Theodora in seinen Armen auf und brachte sie in die Kammer und setzte sie in den Sessel meines Herrn, während der portugiesische Herr Almeida, ein hochgewachsener Mann mit großem, dichtem schwarzem Schnurrbart, Doña Ginevra und Don Merlin begrüßte und um Verzeihung für die Verspätung bat, die dadurch verursacht wurde, daß sie auf der drei Tage dauernden Reise von Braga die reizende Theodora mehr als zwei Stunden lang im Miño hatten wässern müssen. Diese saß fest im Sessel und nahm sich mit Hilfe der Näherin aus Pacios die Trauerschleier ab, und ich sage euch, wenn der Herr Rosen sendet, dann kam jetzt die schönste der Welt zum Vorschein, und die Augen der Rose waren zwei grüne Tautropfen. Und als sie sich auf dem Sessel rekelte, wurde unter dem langen Rock die Spitze ihres Schwanzes sichtbar: ein rosafarbener Halbmond. Wenn ich sage, ich war perplex, dann drücke ich noch nicht die ganze Verwunderung aus, die mich erfaßte.

»Frau Doña Theodora«, sagte mein Herr sehr höflich zu ihr, »nun seid Ihr in Miranda, wo Ihr Euch wie zu Hause fühlen möget, und wir alle bedauern, daß Euch eine so treue Liebe gestorben ist, wie Ihr sie an den Stränden von Portugal fandet. Jene, die Ihr hier seht, ist unsere Herrin Doña Ginevra, Prinzessin von Britannien, diese sind meine Gehilfen, und dieser ist mein Page Felipe, den ich Euch zum Hand-Pagen gebe für jedweden Auftrag. Und dieser parfümierte Trog ist Euer Lager, und jetzt mache ich mich daran, die Aufbietung für Euch zu erledigen, die Ihr wünscht, und die flüssige Farbe ist bereitet, um Euren Schwanz in doppelter Trauer einzufärben.«

Hättet ihr die Stimme vernommen, mit der diese wunderschöne Dame sang, wenn sie nur sprach! Es gibt Vögel mit geheimnisvollem Gesang, aber kein Vergleich hält stand. Wer sie doch des Morgens statt der Lerche hören könnte!

»Ich sehe schon, daß ihr alle traurig seid über das Gut, das ich verlor, und wahrlich, es gibt nichts, was der Liebe eines Portugiesen gleicht! Doña Ginevra, meine Herrin, ich küsse Eure Hände, und ich grüße Euer Hochwohlgeboren, Don Merlin, und diese ganze Familie und den Pagen, den Ihr mir zur Seite stellt. Und ich befinde mich tatsächlich in großer Eile, denn am Tag des heiligen Lukas möchte ich mich mit abgeschnittenem Haar vor der Pforte des Klosters von Luzern einfinden.«

Und bei diesen Worten fuhr sie sich mit beiden Händen durch das lange, goldfarbene Haar, und es war, als führte man den Geigenbogen über die vier wohlgestimmten Saiten.

Da sie in so großer Eile war, setzten sich die beiden

portugiesischen Herren zum Abendessen an den Tisch von Doña Ginevra, und ihr Page und ich blieben vor der Tür, während mein Herr letzte Hand an die Vorbereitungen für das Färben legte. Doña Theodora erklärte, sie wolle zum Abendessen nicht mehr als ein wenig rohen Seehecht vom Mittelstück und als Nachtisch einen Löffel Salz und ein Gläschen Kaffeelikör, und ich und ihr Page, der Theophilos hieß und ebenfalls Grieche war, servierten es ihr auf einem Silbertablett, und sie lächelte mich eins ums andere Mal in so süßer Weise an, daß sich mir das Herz zusammenpreßte. Und als sie mit dem Abendessen fertig war, gab sie zu verstehen, daß sie es vielleicht bequemer in dem Trog hätte, und ich wußte nicht, wo ich hinschauen sollte, als sie sich den langen Rock und die enge Bluse auszog und Doña Sirene genauso zum Vorschein kam, wie diese schönen trügerischen Wesen in den Geschichten vorkommen. Noch dazu war sie die erste Frau, die ich nackt sah, und wenn ich es auch nicht wollte, so verirrten sich meine Augen doch zu jenen weißen, vollkommenen Brüsten, zu den fröhlichen rosafarbenen Knöspchen und den blauen Äderchen, die sie durchzogen. Theophilos mußte schon daran gewöhnt sein, aber für mich war das ein halb frohes, halb banges Fest. Und ich mußte mich ihr sogar nähern, es Theophilos gleichtun und mich anbieten, damit sie uns ihre Arme über die Schultern legen konnte, und als sie in den Trog glitt, machte sie eine neckische Bewegung mit dem langen, glänzenden Schwanz. Immer wenn ich mich an diese heikle Situation erinnere, scheint mir, als würde mein Körper von jener sanften Wärme liebkost, die von ihr ausging. Aber es war richtig und anständig, meine ich, daß sie sich, einmal im Trog, eine Astrachanpelerine umtat, die ein solches Maß an Liebreiz verhüllte.

Mein Herr kam mit den vorbereiteten Schriften, welche aus einer Bekanntmachung an das Gericht der Mathildenbrücke, einer Rückerstattung an die Neffen eines Apothekers in Genua und einem christlichen Glaubensbekenntnis bestanden, und es fehlte nur noch die Unterschrift von Doña Theodora, die sie mit nur einem Federstrich ausführte, und dann fügte sie in Latein hinzu, was Herr Merlin ihr vorsagte.

»Wir Sirenen«, sagte sie mit einem Lächeln zu meinem Herrn, »haben alle die gleiche Handschrift, denn wir haben alle in der Schule mit den Vorlagen von Iturzaeta gelernt.«

Und da der Augenblick des Färbens kam, stellten wir Doña Theodora einen Schemel in den Trog, so daß das Wasser, als sie auf ihm saß, nur ihren rötlichen Schwanz bedeckte, und während wir mit dieser Beizung beschäftigt waren, gab ich acht, weil ich so sündhaft wie neugierig war, und sah, daß Doña Theodora keinen Bauchnabel hatte. Don Merlin richtete ein Responsorium und Ermahnungen an das Wasser, in einer Sprache, von der ich kein Wort verstand, und hernach streute er Pulver aus sulfatisiertem Gold und vier Mixturen aus Nußbaumrinde, Blauholzextrakt und Weinstein hinein, und mit dem Silberstab rührte er eine Stunde lang um, und als diese vorbei war, warf er eine Handvoll Salz hinein und erklärte das Färben für beendet.

»Es wird«, tat er Doña Theodora kund, »ein glänzendes Schwarz zurückbleiben, das man in Italien ›neapolitanischer Rabe‹ nennt, und am Rand jeder Schuppe ein heller Goldsaum. Seit Don Amadis gestorben ist und Doña Oriana ewige Trauer trägt, hat man keine so festliche Beileidsbezeigung in der Welt gesehen. Jetzt empfiehlt es sich, daß Ihr die ganze Nacht in der Lauge verbringt, und am frühen Morgen könnt Ihr in Richtung der edlen Stadt Luzern abreisen.«

Doña Theodora hieß Theophilos meinem Herrn einen Beutel geben, den sie mit klingendem Geld bei sich trug.

»Ich weiß, daß ich die vielen Gunstbeweise, die mir in diesem Haus zuteil wurden, nicht bezahle, aber in dem Beutel befindet sich, in gedrehten florentinischen Talern, das ganze Geld, das mir von meinem alten Vermögen bleibt, und es wurde nicht durch den Liebreiz dieses willfährigen Körpers gewonnen, sondern ist die Erbschaft einer Kusine von mir, der Nichte eines römischen Kardinals, von der Ihr schon gehört haben werdet, denn ihr Onkel übertrug ihr das Monopol der Tiberwasser.«

Mein Herr bedankte sich für das Geschenk, Theophilos legte sich auf die Truhe, um ein Schläfchen zu halten, und Don Merlin und ich begaben uns in unsere jeweiligen Betten, nachdem wir uns tief vor der berühmten Sirene verbeugt hatten. Und ich würde lügen, wenn ich behauptete, das anhaltende, unruhige Fieber, das meinen Körper erfaßt hatte, habe mich in jener Nacht schlafen lassen: Es war ein närrisches Gefühl, das mich viele Tage plagte, und auch jetzt noch, da ich alt bin, lenkt es mich bisweilen ab, und ich wende mich um, weil mir ist, als hörte ich im vorbeifließenden Wasser jenen sanften Singsang, halb in Versen, der ihr eigen war, und dann lache ich über mich Narren und sage zu mir selbst: Was willst du von mir, mein Lieb?

Es war noch nicht Tag, als ich schon mit der neuen Tuchmütze bereit stand und Doña Theodora angekleidet war, aber sie hatte sich einen geschlitzten Rock aus Merinowolle angezogen, der von der Taille bis zum Halbmond am Ende den anmutigen, in doppelter Trauer gefärbten Schwanz sehen ließ, und wie mein Herr gesagt hatte, umrandete ein glänzender Goldsaum die Schuppen, was ihr sehr gut stand. Der Herr Almeida und die Exzellenz Novas saßen bereits im Sattel, und José del Cairo und mein Herr halfen Doña Theodora, sich auf ihr Maultier zu setzen, und legten ihr eine Decke um den Schwanz, und Theophilos stieg auf die Kruppe, mit dem Regenschirm, denn es regnete immer noch. Die Portugiesen gaben die üblichen lusitanischen Artigkeiten von sich, Doña Theodora zwitscherte noch einmal ihren Dank und ein trauriges Lebwohl, und auf den Balkon trat Frau Doña Ginevra, um mit einem bestickten Taschentuch einen Abschiedsgruß zu winken. Als sie fort waren, gewahrte mein Herr, daß ein kleiner Kummer an mir nagte und irgendein Faden der Verführungskunst der Sirene mir den Hals zusammenschnürte.

»Ruhig, nur ruhig, mein Felipe«, sagte er zu mir und klopfte mir auf den Rücken. »Trockenen Fußes fängt man keine Forellen, und was werden diese talentierten Früchtchen einem Galan wie dir anderes abfordern als das Leben? Ich möchte nicht gerne sehen, wie du an einem Strand von Arosa von den Fischen gefressen wirst.«

»Außerdem«, fügte José del Cairo hinzu, der immer kenntnisreich und sentenziös sprach, »außerdem hätte sie bei ihrem stämmigen Schwanz, wäre sie eine Frau wie die anderen, bestimmt dicke Beine.«

Sagte er und spuckte aus, als empfinde er Ekel. Und ich brach in Tränen aus.

Die Reise nach Pacios

Mein Herr beschloß, sich nach Pacios zu begeben, denn in jener Herberge lag ein Freund von ihm krank zu Bette, der sich auf dem Weg zu ihm befand, und es war dies ein Herr aus der Schweiz, der mit Schneekugeln handelte, von denen er sehr schöne im Koffer mit sich führte, wie man sehen wird. Und die Sache war die, daß ihn unterwegs ein leichtes Schwitzen befallen hatte, und er dachte, ein doppelter Rumpunsch würde ihn neu machen wie eine frischgeprägte Münze, aber das hohe Fieber verließ ihn nicht, und er lag schon eine Woche im Bett. Don Merlin fragte mich, ob ich schon einmal Schneekugeln gesehen hätte oder Landschaften auf Bildern, in denen es schneite, und ich sagte ihm, nein, ich hätte Schnee nur draußen auf dem Land gesehen und einmal im »Teatro Ideal« des Valencianers, auf der San Froilán-Kirmes in Lugo, in dem sie den Schnee mit Mehl nachmachten, als die Wölfe vor der Tür des Ritters Don Cruces heulten, der mitten in der Vorstellung unter Zukkungen starb, und bis zum Ende wußte man nicht, daß eine leibliche Nichte ihn vergiftet hatte.

»Dann also«, sagte Don Merlin zu mir, »werde ich dir diese Reise nach Pacios schenken, und ich werde Müsjö Simplom sagen, er soll dir seine ganze Kollektion zeigen.«

Auf dem Weg, mein Herr als geübter Reiter zu Pferde und ich drei Schritte voraus, wie es geboten ist, erzählte mir mein Meister, jener Müsjö Simplom sei Kammer-Uhrmacher der Herren Herzöge von Savoyen gewesen und sie hätten Freundschaft geschlossen, als Don Merlin sich in Turin aufhielt, um Herzog Filiberto den Alten zu entzaubern, denn seiner Hoheit war ein Webteufel in den Leib geschlüpft, der Tag und Nacht am Webstuhl saß, und der Herzog tat nichts anderes als bunte Wollreste ausspucken und auskacken, die der Schädling in seinen leiblichen Gemächern webte. Der Teufel wurde ausgetrieben, aber der Herr von Savoyen behielt eine große Mattheit von der Operation zurück, und nach kurzer Zeit befiel ihn eine Lähmung und er starb, und dem neuen Herzog gefiel die Uhrmacherkunst nicht, denn all seine Zeit schien ihm nicht auszureichen, um Karten zu spielen, und so entließ er Müsjö Simplom, nachdem er ihm bei einem Spiel, das sie »juleppe au carré« nennen, seinen letzten Lohn und ein Legat des Herzogs Filiberto abgenommen hatte, das aus einem Weinberg und einer Windmühle in Alessandria della Palla bestand, und alle am Hof wußten, daß der Schweizer Simplom unter Zwang auf dieses Spiel eingegangen war, denn er war überhaupt kein Freund der Karten. Alt und mittellos, widmete sich Müsjö Simplom der Herstellung von Schneekugeln mit Spannfederapparaten, und jetzt befand er sich auf dem Weg nach Portugal, um ihrer ein Dutzend dem Bischof von Lamego zu verkaufen, der verrückt nach ihnen war, so sehr, daß er eine, die er in Rom gekauft hatte und die die Geburt in Bethlehem darstellte, von der Kanzel herab den Gläubigen vorführte, die weinten, wenn sie es dicht schneien sahen und das Jesuskind nackt in der Krippe.

Unter diesen Gesprächen gelangten wir an den Fluß, und ich überquerte ihn hüpfend auf den Steinen des Übergangs, siebzehn an der Zahl, und mein Herr durchtrabte die Furt, und unser Stern machte tausend Schaumwirbel mit seinem behenden Schritt. Das ganze Ufer dort ist ein Apfelbaumgarten und das kleine Tal ein Wiesengrund. Es war noch nicht elf Uhr, und schon befanden wir uns in Pacios und gelangten vor die Herberge des Liaño, die ein Spalier aus Weinreben hat, das den ganzen Balkon der Südseite bedeckt. Der Wirt trat heraus, um meinen Herrn mit großer Freundlichkeit zu begrüßen, und als Don Merlin sich nach dem Kranken erkundigte, antwortete der Liaño, es sehe nicht gut mit ihm aus, denn das Fieber habe sich dem Heiler von Arnois zufolge zu den Pulsen verlagert, die nicht mehr übereinstimmten, und der dritte Aderlaß habe ihn in Ohnmacht fallen lassen, aus der er gerade mit Hilfe einer Brühe mit Jerezwein nach und nach zurückkehre. Der Liaño war ein häßlicher, außerordentlich dicker Mann mit Kaiserwilhelmschnurrbart, den er in Wahrheit nur trug, um sich ein ernstes Aussehen zu geben, denn er war der lustigste und heiterste Mensch der Welt. Wenn er zwei Gläser zu viel getrunken hatte, begann er, den Schankwirt aus der Maragateria nachzuahmen, und die Leute krümmten sich vor Lachen.

Er führte uns in das Zimmer von Müsjö Simplom hinauf, der Schweizer war nahe daran, den Geist aufzugeben, und schwitzte unter neun Decken, und aus den Laken schaute nur die spitze Nase heraus, und den Kahlkopf bedeckte zur Hälfte ein weißer, blau gestreifter Strumpf, der sich als sehr possierliche Mütze erwies. Mein Herr trat an das Bett, suchte unter dem Zeug eine Hand des Schweizers und stieß ein sehr prononciertes »Bonjour!« hervor und ein »Was gibt's Neues?«, und es dauerte eine Minute, bis der Kranke ein Auge öffnete, meinen Herrn gewahrte und mit einer Stimme, die schon die Luft in den Gefilden der anderen Welt suchte, antwortete:

»Ach Merlin, Merlin, diesmal hab ich ausgeschissen.«

Mein Herr machte sich daran, ihn wie ein titulierter

Arzt abzutasten, maß ihm Fieber mit dem Serpentinstein, ließ ihn die Zunge rausstrecken, tröpfelte ihm einen Tropfen Vesperwasser ins rechte Ohr und verfolgte eine Weile seine beiden Pulsschläge, und nachdem er mehr als eine Viertelstunde überlegt hatte, schien mir, nach seiner Miene zu urteilen, daß er dafürhielt, den Kern jenes Übels gefunden zu haben.

»Dieses ganze Leiden«, erklärte er, »kommt daher, daß die Körpersäfte ihren Siedepunkt überschritten haben, und was er hatte, war memoriales Fieber, und jetzt ist es nicht einfach, ihm die inneren Flüssigkeiten zu stabilisieren und auf den Stand zu bringen. Die Körpersäfte befinden sich schichtweise im Körper, ähnlich wie die mageren Streifen im Speck oder Öl und Wasser im Gefäß der Nachtlampe. Und wenn sie sich verändern oder sich vermischen, dann erweichen sie die Innereien. Und dieser Kasus ist noch heikler, weil dieser Müsjö Simplom ein Mann war, der mit großem Ungestüm gegen das sechste Gebot sündigte, und spärlich ist der Wein, den er im Schlauch bewahrt.«

Mein Herr trug die Medizintasche bei sich und bereitete ein Pulver aus Sennesgeist und einen Abführwein nach Le Roy und gab durch den Neffen des Liaño bei der Apotheke in Meira ein geeignetes Gegengift und beruhigende Honigpillen in Auftrag und vertraute darauf, daß dem Kranken mit diesen spezifischen Heilmitteln und dem Saft aus Chinarinde, den er bereits zu sich nahm, die Hilfe zuteil würde, die er benötigte.

»Für all diese Kosten komme ich auf«, sagte Don Merlin zum Liaño, »denn dieser Schweizer Herr ist mein lieber Freund.«

Durch den Sennesgeist und vielleicht auch durch die

liebreichen und freundlichen Worte meines Herrn erholte sich der Schweizer ein wenig, ließ den grauen Spitzbart am Umschlag des Bettuches zum Vorschein kommen und sprach ein bißchen französisch mit Don Merlin, und mein Herr ging hin und öffnete den eisenbeschlagenen Reisekoffer, der zu Füßen des Bettes stand und an dem der Schlüssel steckte, und begann die in farbige Tücher eingewickelten Schneekugeln hervorzuholen. Was für ein Fest, meine Freunde! Der Liaño ließ die Frau und die Tochter und den kleinen Neffen rufen, und mit diesen kamen die Kinder des Schmieds und dann der Schmied und die Frau, die ohne den Segen der Kirche Tochter des vormaligen jungen Herrn von Humoso war. Und ich ging mit jeder Kugel, die mein Herr enthüllte, auf den Gang hinaus und zeigte sie dieser ganzen Familie, die sich auf die Treppe zum Dachboden gesetzt hatte, um der Vorstellung beizuwohnen. Und die erste Schneekugel war ein Schweizergardist des Papstes, der mit seiner Hellebarde Wache stand, er vollführte zwei kleine Schritte seiner Runde und eine halbe Drehung, und plötzlich begann es zu schneien, und der kolorierte Wachsoldat begab sich in sein Schilderhäuschen. Die zweite war eine Hirtin, die sich mit ihren Schäfchen auf einem Feld befand, und überdies eine musikalische Kugel, denn es schien, als sänge und tanzte die Hirtin, und als der Schnee herabfiel, öffnete die Hirtin den Regenschirm, und die Schafe kauerten sich neben ihr nieder. Eine weitere gab es, die mir sehr gefiel, darin ein edler Herr mit Hut, der unter einem Fenster einer vornehmen Dame den Hof machte, und es schneite, und der Schnee bedeckte den Herrn, und dann kam aus der Tür des Palastes eine Zofe mit einem Besen heraus und fegte dem Galan den Schnee ab. Auch diese hatte Musik, und mein Herr sagte, sie heiße »Die lustige Witwe«. Herr

Merlin sagte mir das Thema, und ich fabulierte es dem Publikum vor. Noch eine andere gab es, mit einem zu Pferde, und es schneite, und das Pferd, ein sehr hübscher kleiner Falbe, stampfte im Schnee. Die ganze Kunst des fallenden und wirbelnden Schnees steckte in einem Schwungrad, und die Kugeln wurden wie Uhren aufgezogen. Eine weitere führte ich vor, mit einem Gitarrespieler, der ein Ständchen brachte, und eine andere zeigte einen Eremiten, der den Schnee mit seinem Hirtenstab wegwischte, und rote Blumen sprossen aus dem Boden, und mein Herr sagte, Sankt Goar Alpino, wie er leibt und lebt. Und wir sahen die Kugel mit dem Wildschweinjäger und die mit dem Pilger, dem ein Wolf folgt, und den Schneefall in Paris im Jahre 1861 und eine Italienerin mit Sonnenschirm, die ausging, um einen Spaziergang zu machen, und es begann zu schneien, und sie kehrte ins Haus zurück, und da hörte es auf, und auch den Schneefall beim Begräbnis des Kaisers von Österreich, bei dem sich die Mitra des Erzbischofs mit Schnee füllte, und schließlich noch eine, mit Walzermusik, in der eine Französin eingeschlossen war, die vor die Tür ihres Hauses trat, wenn es am dichtesten schneite, und den Rock hob und dabei ein sehr hübsches Bein mit schwarzem Strumpf und rotem Strumpfband zeigte. Und wir warteten gerade, daß diese Kugel ablief, als Müsjö Simplom, als käme er aus einem Traum, halb heiser sagte:

»Wenn ich in der Fremde sterbe, dann seid ihr Zeugen, daß ich mit diesem Spielzeug in den Händen begraben sein will, und wenn man ihm das untere Rädchen dreht, dann ist es für sieben Tage aufgezogen.«

Mein Herr ermahnte ihn, an andere Dinge zu denken, denn er würde noch eine volle Stunde lachen, wenn er es dem Herrn Bischof von Lamego vorführte. Und wenn denn die Totenglocke geläutet würde, dann sollte man nicht zu einem französischen Schenkel hinschielen, sondern lieber beginnen, mit der Seele ins reine zu kommen. Der Neffe des Liaño kam mit dem geeigneten Gegengift und den beruhigenden Honigpillen aus Meira zurück, und Don Merlin verarztete den Schweizer, und wir ließen ihn ein Schläfchen halten, während wir zu Mittag aßen. Und als wir mit dem Essen fertig waren – es schauten ebenso viele Leute zu, wie mein Herr sich den Mund ausspülte und ich ihm die Hände wusch, wie zuvor den Schneekugeln –, gingen wir wieder zu dem Schweizer hinauf, er war schon wach, mit lebhaften Augen, und vertrieb sich die Zeit damit, die Stirnfransen zu kämmen.

»Mich dünkt, mein Herr Zauberer, ich bin geheilt«, sagte er zu meinem Herrn.

»Auch ich bin davon überzeugt, und es ist kein Wunder, denn das geeignete Gegengift beruht auf einer Heilkraft, die so beschaffen ist, daß sie einen entweder ein für allemal dem Schein dieser Welt enthebt oder den Kranken auf der Stelle heilt. Wir wollen dem Herrn danken, daß wir rechtzeitig gekommen sind.«

All dies und andere Nachrichten legte mein Herr dem Schweizer in französischer Sprache dar, und er streckte ihm, wie ich erfuhr, eine Unze vor, damit er seinen Weg fortsetzen konnte, und Müsjö Simplom beschenkte Herrn Merlin mit einer Schneekugel; mein Herr Meister hieß mich auswählen, und ich gab der mit dem Reiter im Walde den Vorzug, weil mir der Falbe so gefiel und die Schellenmusik, welche die Kugel im unteren Gehäuse barg. Und da es im Herbst leicht dunkel wird, beschloß Herr Merlin, nach Miranda zurückzukehren und den Pontigo bei Tage zu überqueren, denn zwischen San Lucas und Santos heult schon der Wolf auf diesen Rodungsäckern, und er hieß mich hinter ihm aufsteigen, im Damensitz. Wir trabten so flink, daß es schien, als dehnte sich der Nachmittag.

»Wir gleichen«, sagte mein Herr, »dem alten Abt von Meira, wenn er sich nach Lugo begab, um Erbpachten zu beurkunden, denn hinter ihm saß immer ein junger Laienbruder, wie du im Damensitz, damit er nicht die Schienbeine entblößte.«

Es war noch nicht dunkel, als wir am Pfarrhaus von Seixo vorbeikamen, aber in der Ferne leuchteten schon freundlich die Lichter unseres Hauses in Miranda.

Ein ordentliches Verzeichnis der wunderlichen Schar aufzustellen, die nach Miranda kam, um die Wissenschaft von Herrn Merlin in Anspruch zu nehmen, wäre das gleiche, glaube ich, als wollte man in wenigen Morgenstunden die Sandkörner des Meeres zählen. Auf eine solche Arbeit verlegte ich mich nicht, sondern auf das Vergnügen, mich meiner fröhlichen Zeiten zu erinnern, als dieser schwache Körper das Gefäß der vertrauensvollen Jugend war. Miranda und alles, was durch jenes Tor ein und aus ging, ist für mich nicht so sehr eine Erinnerung an Vergangenes als vielmehr ein Osterei oder eine Schneekugel mit Spannfeder, wie jene, die Müsjö Simplom dem Herrn Bischof von Lamego zum Kauf anbot. Die vergangenen Tage, die Wolken, die sie verhüllen, die verschiedenen Gedanken, die sie mir zutragen und entführen, und das Leben, das sich in mir angesammelt hat, könnte ich ohne weiteres mit dem Schnee vergleichen, der sanft herabrieselt, sich wie ein Teppich über diese Welt legt, Ackerfelder und Wege, Wiesen und Gärten bedeckt und das Antlitz unserer Erde in eine riesige, gleichförmige Ebene verwandelt. Aber bisweilen geht plötzlich die strahlende kleine Sonne einer Jugenderinnerung auf, und an irgendeinem Ort schmilzt der Schnee, und es ist, als würde ein unbekannter Reisender in der Einsamkeit der Welt ein kleines Feuer entzünden, und du gehst hin und wärmst dich eine Stunde lang an ihm. Erinnerungen, Erinnerungen, Erinnerungen!

ZWEITER TEIL

JENER WEG WAR EIN ALTER BETTLER

I

Die Wege gleichen Ackerfurchen, und so wie die Äcker das Brot geben, geben die Wege die Menschen, die Herbergen, die Sprachen und die Länder. Man hält am Rande des Weges inne, um zu ernten, oder man reist auf ihm. Jener Weg, von dem ich heute berichte, erscheint mir wie ein alter Bettler, obwohl jeder Reisende, der ihn betritt, ihn neu erschafft und auf der rissigen und staubigen Straße die erste Jugend wieder zum Leben erweckt. Von Miranda aus sehe ich ein Stück des französischen Weges, der die Furt des breiten Flusses sucht. Er kommt einen von Kastanienbäumen gekrönten Hügel herab und eilt durch eine fruchtbare Ebene mit blühendem Korn und sprießenden Maisfeldern dem Ufer zu, einer langen Prozession von Familien, die das Wasser lieben: Weiden, Ulmen, Schwarzpappeln, in denen die Lerche ihr Lied anstimmt, wenn die Amsel ihren Gesang beendet hat. In der Ferne überspannt die Brücke, die man die römische nennt, den Fluß auf zwanzig Doppelbögen, von denen der Reisende nicht selten die Ringeltaube verscheucht, die dort trinkt. Das andere Ufer ist eine rauhe, bröckelige Schieferlandschaft, und der Weg muß sich mühsam voranarbeiten, bis er die Höhe jenes großen dunklen Steinwalls erreicht, um sich dann froh durch das Tiefland von Beiral ziehen zu können, vorbei an den frei daliegenden Sommerweiden, dem feierlichen Chor der Eichenwälder der Bernhardiner und den anmutigen Birken, die sich schaudernd in den stillen Weihern betrachten. Von den Mauerzinnen von Belvís sah ich den Rauch aus einem fernen Schornstein aufsteigen: Es war die Herberge von Termar, zu der ich ging, bevor ich Fährmann in Pacios wurde – dies sind andere Knäuel, die man abwickeln, andere Erinnerungen, die man aufwärmen, andere Spiegel, in denen man sich betrachten kann –, um die Menschen kennenzulernen, die in diesen Geschichten – will sagen: auf diesem Weg – kommen und gehen.

Termar war zunächst Pilgerhospital und unterstand der Lehnsherrenschaft der benachbarten Bernhardinerabtei, deren Wappen, von Jakobsmuscheln gesäumt, noch immer über seinem Portal zu sehen ist. Es verödete, als die Mönche fortgingen, und war bereits eine Ruine, als der Herr Morán das Dach neu deckte und einen Laden dort eröffnete und Unterkunft bot, den Umstand nutzend, daß die Kutsche aus Lugo das Gespann wechseln mußte. Es wurde damals Gasthof des Kastiliers genannt und trägt diesen Namen noch immer, und mit der Zeit und weil am Vierzehnten jedes Monats dort das Vieh übergeben wurde, entstand der Markt des Vierzehnten, der sehr berühmt ist und in einem heiteren Hain stattfindet, das freie Feld ist, wie in dieser Gegend üblich, zumeist von Lorbeerhecken umsäumt, und es gibt dort zwei reichfließende Quellen. Herr Morán suchte sich eine Frau in seiner Heimat, und die drei Söhne des Ehepaars folgten dem väterlichen Beispiel. Neben dem alten Gasthof baute ihnen ein Portugiese neue Häuser, und die ganze Nachbarprovinz Maragatería nahm Quartier in Termar, das jetzt als Marktflecken gilt. Aber ich erinnere mich noch an die Zeit, da auf jener sturmliebenden Anhöhe kein anderes Haus stand als das alte Pilgerhospital. Immer gab es im Eichenhain von Termal einen frühen Kuckuck und eine wahrsagende Eule. Termar! Die beiden Quellen des Feldes bilden ein Rinnsal, das, kaum ist es ein Jüngling, schon als Müller eingesetzt wird, und die ganze Vogelfamilie von Beiral, in der Mehrzahl feingestimmte Singdrosseln, gab sich ein Stelldichein in der Lorbeerhecke. Zu der Zeit, da ich als Diener des Herrn Priors des Zisterzienserordens nach Termar kam, sprach man noch von den früheren Mönchen, von den barmherzigen Pilgern, von den verrückten Herren Grafen, die hier auf dem Roß ihres Zorns einhergaloppierten, von den Wundern des benachbarten heiligen Kosmus in Galgao und von den Gespenstern des alten Gasthofes ... Auf jener Anhöhe von Termar, so scheint mir, vor dem Portal mit dem Wappen von Meira, gewähren mir noch immer Schatten ein Stelldichein, die beim Näherkommen einen Augenblick lang leibliche Gestalt annehmen und sich an der alten Feuerstelle aus liliengeschmücktem Stein zusammendrängen, in der die blauen, roten und gelben Flammen der Geschichten einer vergangenen Zeit Funken sprühen.

II *Der griechische Zwerg*

»Toter Zwerg, neuer Zwerg«, sagte Don Munio, der Abt, während er ein Zwerglein aus der Kapuze holte, ein zwei Spannen großes Männchen, bekleidet mit dem Ordensgewand der Bernhardiner, das Gesicht rund und rosig, das Haar in Fransen in die Stirn fallend, mit lebhaften schwarzen Äuglein und so graziös in seiner ganzen Gestalt wie eine Florentiner Puppe. Er setzte ihn auf den Tisch, und der Zwerg vollführte eine artige Verbeugung vor den Mönchen und Pilgern, die an jenem Maiabend dort eingekehrt waren, und mit einem Stimmchen, das einem silbernen Glöckchen ähnlicher war als menschlichem Gesang, hub er an, über seinen Ursprung und seine Geschichte und seinen Eintritt in den Zisterzienserorden zu berichten.

»Gemessen an dem, was in meiner Familie üblich ist, liege ich etwas über dem Maß, das bei Zwergen die Musterungsgröße wäre, und ich und die Meinen dienten dem Pfauen des Patriarchen von Konstantinopel als Pagen, und die Frauen versahen die Stickarbeit, die man in der Levante ›Adaner Stickerei‹ nennt und die, wie man weiß, abwechselnd aus Luft und einem Garnfaden und Spiegeln aus dem Wasser der Perle gemacht wird. Ein Brüderchen von mir war so verschwindend klein, daß der Erzpriester von Blanquernas ihn am Geburtstag der Jungfrau Maria, welcher der Tag ist, an dem die Griechen die Weinlese feiern, als Amsel verkleidet auf einem Büschel katalanischer Weintrauben herumpicken ließ. Einer sehr ernsthaften Meinung zufolge, die oft mit großer Fülle an Beweisen verteidigt wurde, stammen wir von den Samaniden-Fürsten ab, und daran ist ein verliebter Dichter schuld, genannt Firdausi von den Rosen. Dieser holde Dichter, der inmitten der Wüste die Schönheit und Frische einer Quelle besang und bewirken konnte, daß die Nomaden plötzlich in der Luft Kelche aus Bagdad mit einer kristallklaren, kalten Flüssigkeit erblickten, sagte, als er einmal zwei Kinder betrachtete, die in Damaskus mit einer Orange spielten, so wie die Verliebten mit dem Mond spielen, ach, mögen dieser glückliche Tag und dieses unbeschwerte Alter doch nie für sie zu Ende gehen. Und so geschah es: Sie behielten ihre kindliche Gestalt und die fröhliche Unbeschwertheit jener Zeit, und aus ihrer Heirat ging unsere Familie hervor. Als das Samaniden-Reich durch die Wechselfälle der Zeiten untergegangen war, verschlug es meine Großeltern nach Antiochia, wo sie zum Christentum übertraten, und von dort führte sie der Weg nach Konstantinopel, weil der Basileus jenes Trüppchen kennenlernen wollte, das vereint kaum Platz fand in einem Feigenkorb aus Smyrna. Anfänglich beschäftigten wir uns in Byzanz damit, den Bart des Kaisers zu kräuseln, was, wie man weiß, der Tonleiter nach geschieht, und damit, den Kaiserinnen und Prinzesinnen den kleinen Fingernagel zu dekorieren, eine der verfeinerten Sitten, die jene isaurischen Herrschaften pflegten. Es gab eine Kaiserin, genannt Doña Arquipas, auf deren einem Fingernagel – man mußte das Vergrößerungsglas zu Hilfe nehmen – der Kaiser und sein Gefolge auf dem Weg vom Palast zur Pferderennbahn aufgemalt waren, mitsamt den Straßen und den Menschen und den ›Grünen‹ und den ›Blauen‹, die ihm zujubelten, und dem ganzen Hofbeamtenstab mit seinen Mitren, Stäben und Schleppenträgern, und auf dem anderen Fingernagel eine Fasanenjagd in Kolchis, mit den kaiserlichen Falken, die über den bunten Herbstwald flogen. Aber mit dem Wechsel der Moden übernahmen wir neue Ämter.«

Der Zwerg besaß eine sehr anmutige, kunstvoll gedrechselte Redeweise, denn er war ein Schüler der alten Redekunst. Er holte unter dem Skapulier ein fingerhutgroßes Silberbecherchen hervor und tauchte es in den großen Pokal des Abtes, der aus dickem, geschliffenem Glas bestand und mit Rotwein aus Valdeorras gefüllt war, ein Tal, in dem die Bernhardiner als Lehnsherren von Meira Weinfässer zuhauf als Tribut erhoben, sowohl vom Weißen als auch vom Roten. Das Zwerglein begoß die Pause und setzte die Geschichte fort.

»Es besaß die Prinzessin Macarea, in deren Gemach ich als Flöten- und Schaukelgehilfe Dienst tat, ein sehr possierliches weißes Mäuschen, dessen Schwanzspitze drei schwarze Flecken zierten. Die Maus sprang im ganzen Palast herum, man ließ sie kommen und gehen, wie es ihr gefiel, denn wenn man glaubte, sie habe sich verirrt, rief man nach mir, und dann pfiff ich in einer bestimmten lieblichen Manier nach ihr, und das Mäuschen hörte mich und kehrte wieder zu seiner Herrin zurück, die sich die Tränen aus den umschatteten blauen Augen wischte, sobald sie mich nur pfeifen hörte. Das geschah tausendundeinmal, und sowohl die Maus als auch die Prinzessin erblickten darin ein lustiges Spiel. Aber bei einer dieser Lustbarkeiten kam das Mäuschen auf mein Pfeifen nicht herbeigelaufen, ich eilte erstaunt durch den ganzen Palast und pfiff sogar im Thronsaal nach ihm, als mir die Nachricht gebracht wurde, man habe es im Garten gesehen. Ich ging hinaus und pfiff inmitten der Tulpen nach ihm und sah es durch die Tore verschwinden, und während ich nach ihm pfiff, durchquerte ich die Meerengen und Griechenland, und da Boten kamen, die es in Mostar und in Salzburg gesehen hatten, setzte ich meinen Weg fort und gelangte nach Rom, denn man hatte gesehen, wie es den Tiber auf der Brücke überquerte, an der sich das Schloß des Papstes befindet. Ich selbst sah es in Florenz, auf dem Platz, und es machte mir sogar eine lange Nase unter seinem kleinen Schwanz, und mit mir auf den Fersen durchquerte es Frankreich und Spanien, und durch die Kunde einiger Pilger, die es in einem Käse in Villalón de Campos gesehen hatten, wußte ich, daß es sich auf dem Weg nach Compostela befand, und gestern war meine Freude groß, als ich es wiedersah, während es im Schutz eines Baumes am Ufer eures Flusses eine Kastanie knabberte, mager war das arme Ding und ohne den Glanz, den die armenische Milchpomade meiner kleinen Prinzessin seinem Fell verleiht, und ich pfiff abermals die Weise unseres Spiels, die mir nun, da ich mich des Schmerzes meiner fernen Herrin entsann – in die ich, weshalb es nicht gestehen?, sogar ein wenig verliebt war – nicht mehr nach fröhlicher Lustbarkeit, sondern nach Grabgesang klang, und das Mäuschen hörte mich und kam wie in früheren Zeiten auf mich zu, verspielt, und im Spiel tat es einen Satz, rutschte aus und fiel in den Fluß, und der Strudel an den Weiden dort verschluckte es. Jetzt gelobe ich, daß ich hierbleiben werde, in eurem heiligen Hause, als Diener eures Abtes, und ich werde dem Basileus einen Brief schreiben und ihm das Unglück berichten und warum ich nicht wage, noch einmal die weinenden Augen meiner Herrin, Doña Macarea, wiederzusehen. Und wie, sagt ihr, heißt der Fluß, in dem die Maus ertrank, damit ich es in dem Brief schreiben kann?«

»Den Fluß«, sagte der Pater Abt, »der gleich hier nebenan entspringt, nennen wir Miño, und dieser Teil der christlichen Welt ist Galicien, zu beiden Seiten des Weges der Jakobspilger.«

Das Zwerglein zerdrückte eine Träne und kehrte in sein Versteck, die Kapuze des Priors, zurück, um seinen Kummer zu besänftigen.

III *Der Page aus Avignon*

»Dieser Herr Zwerg«, sagte ein Grünschnabel, der mit großer Aufmerksamkeit die Geschichte von der Maus und dem Zwerg verfolgte, so sehr, daß er die gebratenen Speckscheiben mit Eiern auf seinem Teller kalt werden ließ, »pilgerte zum Apostel Jakob, ohne es zu wissen, und ich bin fest überzeugt, daß er die meisten Meilen der Liebe wegen gegangen ist, die er jener fernen Infantin mit den blauen Augen entgegenbrachte, Macarea genannt. Ich hingegen pilgere absichtlich von der Papststadt Avignon her, und zwar um den Patron zu bitten, er möge mich wenigstens einmal noch auf diesem Ufer des Lebens des blasse Gesicht einer anderen weit entfernten und wunderschönen Prinzessin betrachten lassen. Diese meine Dame heißt Anglor und lebt in einem Fluß.«

Der junge Bursche, der um die achtzehn Jahre alt sein mochte, war sehr schmuck von Gestalt und hochgewachsen, gebräunt vom Sonnenschein der langen Pilgerreise, und sein Haar war über der Stirn kurzgeschnitten, nach Art der Laienbrüder des heiligen Paulus, welche man »Findelkindfransen« nennt. Er trug provenzalische Kleidung mit lebhaften Farben und den roten, sehr weiten Umhang. Die Nase ragte adlerhaft und ein wenig zu groß geraten aus dem Gesicht, aber in seinen grauen Augen und auf dem freimütig lächelnden Mund lag große Anmut. Er sagte, er heiße François, Pichegru mit Spitznamen.

»Die Liebe ist zumeist Sache eines Augenblicks. Meine entstand auf diese Weise und in einer Johannisnacht, in der des letzten Jahres, um genau zu sein. Damals verließ ich den Kreis der Laienbrüder als Page eines Herrn Kanonikus aus Avignon, der in einer solchen Nacht sehr gern über die Brücke spazierte und dem lebhaften und bunten Treiben zusah, vor allem, um die Trommeln zu hören, eine Musik, in der die Domherren von Avignon, wie die von Tarascon, seit jeher Experten waren. Ich ging zwei Schritte hinter ihm, mit dem zusammengeklappten Sonnenschirm unter dem Arm, einer italienischen »ombrella« aus grüner Seide, für den Fall, daß der Fluß in jener Nacht die durchbrochenen Lilien des Nebels auf seinen Wellen erblühen ließe, denn der Rhône-Nebel bescherte dem Kanonikus die sogenannte Begleitfluxion, so ziemlich das Schlimmste, was einer Nase in Sachen Schleim passieren kann. Und meine blumige Sprache möge Euer Hochwürden nicht verwundern noch Eure Gnaden erstaunen, denn ich bin provenzalischer Herkunft und schmerzlich verliebt, und damit ist alles gesagt ... Mein Herr war stehengeblieben, um die Kunststücke eines Dalmatiners zu betrachten, der mit Feuerkästchen spielte, als er den ersten Nebelschwall in der Luft der Johannisnacht verspürte und mir befahl, ich solle den Sonnenschirm aufspannen, und als ich ihn aufspannte, fiel innen aus der Seide, wie eine Rose aus einer Vase fallen mag, eine reizende Jungfer heraus, die nur mit ihrer Röte, dem langen, goldfarbenen Haar und einem güldenen Band am linken Fußknöchel bekleidet war. Die ganze Brücke war perplex, der Dalmatiner ließ die Feuerkästchen verlöschen, und die Leute begannen zu lachen, als sie das Mädchen in diesem Schmuck an seiner Seite sahen, und mein Herr erhitzte sich sogleich, setzte sich auf die glühenden Kohlen seines Zorns und begann, Bologneser Dekrete zu ersinnen, alle mit Bannfluch gegen die Spötter seiner Tonsur, als das Mädchen, unterdes in den Umhang eines Hüters des Hauptsenfnapfes des Papstes gehüllt, der zufällig dort vorbeigekommen war, um Ruhe bat und sagte:

›Spottet nicht! Vor einem Jahr kam ich, um im Nebel zu tändeln, und verbarg mich im Sonnenschirm des Herrn Kanonikus, um zu sehen, wie mir die grüne neapolitanische Seide stand, just in dem Augenblick, als der Page ihn zusammenklappte, und in ihm blieb ich gefangen und mußte bis zu diesem Jahr warten, um meine Freiheit und meine natürliche Gestalt wiederzuerlangen, die ich nur in der Johannisnacht besitze, denn alle übrigen Tage bin ich Wasser, das unter der Brücke von Avignon hindurchfließt. Seht alle auf Anglor, die Prinzessin des Flusses!‹

Das sagte sie, ließ den Umhang des Hüters fallen und kehrte mit dem Nebel durch die Luft in die Schatten und Wasser zurück, und als sie verschwand, ließ sie mich verliebt zurück ... Weh mir! Heimlich roch ich an der ›ombrella‹, die einen Duft nach Jasmin und Rosenwasser aus Genua verströmte, und schrieb Gesänge auf farbiges Papier, die ich in den Fluß warf, für den Fall, daß die vorbeifließenden Wellen, die ein glücklicher, schaumiger Teil ihres Körpers sind, sie lesen könnten, und einmal schien mir sogar, als hörte ich in den Bäumen am Ufer, im Murmeln der ruhig dahinfließenden Rhône, Worte aus meinen Liedern.«

Der Page verstummte, um sich in ein großes gelbes Tuch zu schneuzen, eines von denen, die man Bündeltücher nennt, und ich bin überzeugt, daß es ihm nicht so sehr um das Schneuzen zu tun war als darum, sich die Tränen abzuwischen. Dann fuhr er mit bewegter, belegter Stimme fort:

»Ich verbrachte meine Tage auf der Brücke und an den Ufern des Flusses, vernachlässigte die Schokolade meines Herrn, vergaß, die Silberschnallen auf Hochglanz zu polieren, den Wein kühlzustellen, die Flinte einzufetten, und verschob alle meine Pflichten auf den nächsten Tag. Und Anglor kehrte heuer zu Johannis nicht zurück! Vielleicht kehrt Anglor niemals mehr zurück! Und aus Furcht, etwas so Trauriges – sie nicht wiederzusehen! – könne geschehen, pilgere ich nach Compostela, und unterwegs zerstreue ich mich, indem ich dieser Amsel eine klagende Weise beibringe, die ich in Sahagún, in der dortigen Herberge, komponiert habe, und wenn die Amsel sie gut beherrscht, werde ich sie freilassen, damit sie anderen Amseln als Lehrerin dient und alle sie zwitschernd singen. Und so wird alle Welt wissen, daß der Page François, besser bekannt als Pichegru in der alten Stadt Avignon in der Provence – der mit der schönen Brücke –, Anglor, die Prinzessin aus dem Fluß, liebt und immer lieben wird.«

Der Page erhob sich von seiner Bank und ging aus dem Hospital, um einen Spaziergang auf dem Weg zu machen, und als die abgerichtete Amsel ihn fortgehen sah, tirilierte sie jenes Liebeslied in die Luft, das Pichegru sie gerade lehrte und das wirklich eine klagende Weise war.

»Man sieht deutlich«, sagte ein Schneider aus Zamora, ebenfalls ein Pilger, »daß der junge Mann verliebt ist, denn sonst würde er nicht den gebratenen Speck mit Eiern auf seinem Teller lassen.«

Noch immer scheint mir, als befände ich mich in jener Abenddämmerung in Termar und als sähe ich, wie der Page Pichegru mit gesenktem Kopf unter dem Nieselregen geht, während der Wind den weiten roten Umhang zum Flattern bringt.

IV *Der Hugenotte aus Riol*

Von dem Tisch, an dem die Pilger in Termar aßen, wurde erzählt, er habe einen Blutfleck, den kein Mensch jemals abwaschen noch auslöschen konnte und der selbst durch das Bürsten des Holzes nicht verschwand, denn das frische Blut war tief in das dicke Brett aus Kirschbaumholz eingesickert, und dies hörte ich von dem Zimmermann, der nach Miranda kam, um die neue Dachbodentreppe zu zimmern und die Dielen im hinteren Dachboden zu legen, Herr Felpeto genannt, der von meinem Herrn Don Merlin hochgeschätzt wurde, denn dieser Herr Felpeto war ein sehr berühmter Zimmermann und derselbe, der ein Dreirad aus Eichenholz für jenen Bischof von Mondoñedo gefertigt hatte, der als Don López Borricón unterschrieb und beim ersten Karlistenkrieg die Mitra an den Nagel hängte, um in die Provinzen zu gehen und die Kanonen des rechtmäßigen Königs zu hören. Jener Bischof durcheilte die Alleen des bischöflichen Gartens auf diesem Apparat, und auf der Achse der Hinterräder führte er einen Chorknaben mit sich, der in eine Pfeife blies, um Neffen, Diener und Domestiken zu warnen, damit sie beiseitesprängen, denn Seine Bischöflichen Gnaden näherten sich nachgerade im Fluge. Seit jeher gingen die Meinungen über jenen Blutfleck auseinander. Viele behaupteten, er müsse das Zeichen sein, das ein unschuldiges Kindlein aus Bethlehem auf seiner Pilgerreise nach Santiago hinterlassen hatte, ein anderes unschuldiges Kindlein habe ein ähnliches Zeichen in der Grande Chartreuse hinterlassen und noch ein anderes in Palermo, in einem Haus des heiligen Franziskus, und dieses unschuldige Kindlein befleckte mit Blut nicht nur den Tisch, an den man es setzte, sondern auch das Brot, das es aß, und das Glas, aus dem es trank. Andere deuteten an, man habe dort vielleicht in einer dunklen Nacht einen unbekannten Pilger ermordet und es sei angebracht, in Lugo Bescheid zu sagen, damit Nachforschungen angestellt würden. Es fehlte auch nicht an einem, der die Zeichen aufs Tapet brachte, die der Ewige Jude hinerließ, noch an einem, der den Schlaumeier spielte und versicherte, seitdem Leute aus Katalonien und aus der Maragatería Wein im Lande kelterten, gebe es in Wahrheit häufig solche Flecken auf den Tischen der Schenken und Herbergen. Aber es war wirklich und wahrhaftig Blut, menschliches Blut, und folgende ist seine Geschichte, die mir der ehemalige Klosterbruder von Goás, Don Ernestino Tejada, erzählte, als er einmal während meiner Zeit als Fährmann auf dem Weg nach Lugo durch Pacios kam, um einem Richter aus seiner Heimat La Rioja ein Geschenk von Junghennen in Essig zu verehren. Ständig war dieser Prediger mit dem Fimmel seines spanischen Pfeffers zugange!

Es gab ein Jahr in Frankreich, das war das Jahr fünfzehnhundertzweiundsiebzig, und ich kann versichern, es war ein Jahr des Herrn, denn ich habe es schriftlich in einer Folge der »Verteidigung des Verbrechens von Ravaillac«, und das Verbrechen bestand darin, daß der besagte Ravaillac einen überaus christlichen König mit Dolchstichen durchbohrt hatte, manche behaupten, um ihn für seine Hurerei büßen zu lassen, aber die meisten stimmen darin überein, daß er ihn für einen Ketzer hielt, der sich von der Heiligen Kirche abgewandt hatte; in jenem Jahr fünfzehnhundertzweiundsiebzig also fanden einige Seeleute aus Luarca an der Küste der Asturien von Oviedo, dort, wo der Navia mündet, gegen Ende des Monats August ein abgetriebenes Boot, in dem ein verletzter Mann mit dem Tode rang; es war ein junger Edelmann aus dem Adel des Landes Médoc, ein fanatischer Hugenotte, der vor dem Blutbad geflohen war, das eine Doña Katharina von Medici, die in Frankreich herrschte, in der Bartholomäusnacht unter den Anhängern des Protests hatte anrichten lassen. Sie brachten ihn zum Herrenhaus von Riol, dessen Garten sich bis zu den Felsen am Meer hinunterzieht, und dort starb er zwei Stunden später, seiner Sekte treu, nach Rache rufend und Doña Katharina verfluchend. Und so verstockt war der Hugenotte, so groß die Bitterkeit seines Zorns und so stark sein rebellischer Geist, daß er keine Ruhe im Tod zu finden schien, denn jedes Jahr erscheint er am Vorabend des Bartholomäustages im großen Salon des Herrenhauses, nähert sich dem Balkon, stützt die rechte Hand auf eine der Fensterscheiben und hinterläßt auf ihr eine blutige Spur; dort am Balkon verschwindet der Edelmann, aber das frische, warme Blut benetzt das Glas ... Und weiter so jedes Jahr bis zu jenem, da ein französischer Kleriker in Riol Herberge nahm, der sich auf dem Weg nach Compostela befand und Briefe der Familie Gaston de Isaba aus Frankreich für ihre Verwandten in Oscos bei sich trug, die Herren Ibáñez von der Steingutmanufaktur in Sargadelos. Den gallischen Geistlichen erfaßte Mitleid mit dem Hugenotten, der fast sein Schloß- und Weinbergnachbar war, und mit der Strafe, die er für seinen häretischen Hochmut erleiden mußte, und es kam ihm in den Sinn, den Protestanten dem Herrn Jakob als Pilger darzubringen, und er dachte die ganzen Tage bis zum Bartholomäustag darüber nach, wie er die Darbringung bewerkstelligen sollte, und wußte nicht, wie er das Gespenst, das schließlich ein umherirrender

Schatten war, mit sich nach Compostela nehmen könnte, und nachdem er hin und her überlegt hatte, kam ihm der Gedanke, in einer Phiole aus Muranoglas, die er mit Pfefferminzgeist gefüllt bei sich trug, der so fein und hilfreich bei Kopfdruck ist, das Blut aufzufangen, das der Hugenotte an der Fensterscheibe hinterließ und das nach Aussage von Zeugen bisweilen ausreichte, um eines von den Anislikörgläsern zu füllen; der Kleriker würde einfach mit dem Blut in Santiago erscheinen und den Apostel um Vergebung für den Starrkopf bitten. So dachte und so tat der Herr Abt, der Laffite hieß und dick und bäurisch war, mäßig in Latein, mit dichtem Bartwuchs und in nichts den französischen Äbten der Romane ähnlich, die der Zwerg und die Komteßchen von Belvís lasen. Dieser Père Laffite war von älterem und ländlicherem Schlag, ein Kleriker, der sich der Jagd und dem Weinbau widmete, auch tat er sich durch das Mästen junger Puter für Weihnachten hervor und war in Guyenne sehr gefragt, um die Predigt der Kreuzabnahme zu halten; man muß noch hinzufügen, daß er ein frommer und heiterer Mann war, großzügig im Almosengeben, und als er, noch ein Kind, einmal auf Einladung einer leiblichen Tante in Vic-Fesenzac die Stiere mit den Schutzkugeln auf den Hörnern sah, hatte er auf dem Rückweg eine Vision des Erzengels Michael gehabt.

Am Vorabend des Bartholomäustages kniete Herr Ehrwürden Laffite in der Nähe des Balkons nieder und wartete auf das Erscheinen des Hugenotten, der so pünktlich war wie Mitternacht auf einer englischen Uhr, und er war genauso gekleidet, wie ihn die Seeleute in dem Fluchtboot gefunden hatten, und sein Gesicht umhüllte eine Art phosphoreszierender Nebel. Er näherte sich dem Balkon und stützte wie üblich die rechte Hand auf die Fensterscheibe, und es schien, als spähe er in die Nacht hinaus und lauschte dem Rauschen des Meeres, und plötzlich umhüllte ihn dieser glimmende Nebel ganz, bevor er sich in der Dunkelheit verlor. Rasch erhob sich der Pfarrer und fing mit Scharpie das Blut auf, und der Herr von Riol half ihm mit einem Löffel, und sie füllten die Phiole aus Murano zur Hälfte und sahen, daß das Blut nicht gerann und lebendig und frisch blieb. Am folgenden Tag begab sich Père Laffite auf die Reise, und nachdem er zwei Siestas in Lorenzana gehalten hatte, wo er von den Benediktinermönchen reich bewirtet wurde, kam er auf seinem Maultier aus Poitou – welche Rasse friedliche und vernünftige Tiere hervorbringt, da der Hengst aus Poitou vom Temperament her lymphatisch ist und etwas zögerlich beim Decken der Stuten, weshalb man ihn, wenn es so weit ist, mit Lobgesängen anfeuern muß –, um Rast in Termar zu halten.

Zu jener Zeit hatte ein gewisser Don Jovito Bejarano aus Salamanca, der Guerrillero unter Don Julián dem Salmantiner gewesen war und einen Profeß bei den Bernhardinern zum Bruder hatte, aus politischen Gründen Unterschlupf in Meira gefunden, und dieser pflegte auf einen Schwatz nach Termar zu gehen, für den Fall, daß ein Pilger oder ein einfacher Reisender dort vorbeikäme, welche nicht eben viele waren der unruhigen Zeiten wegen. Nebenbei jagte er mit seiner salmantinischen Reitweise die Stuten der Abtei zu Tode, zum großen Ärger des Laienbruders, der dort als Stallknecht diente und später Oberkutscher der Kutsche von Curtis wurde, aus Betanzos kam er, Herr Quatember mit Spitznamen. Don Jovito befand sich in Termar, als der französische Seelsorger eintraf, sie luden sich gegenseitig ein, und der Kleriker erklärte dem Guerrillero die Revolution von Frankreich und die Abenteuer von Don Napoleon, und sie fanden sich in der gleichen katholischen Politik zusammen und begossen diese Übereinstimmung mit einem Krüglein Wein aus Chantada, und der Pfarrer erzählte, daß er das Blut des Hugenotten in der Phiole bei sich trug und von seiner Absicht, die Gunst des heiligen Jakob für jene Seele im Fegefeuer zu erbitten. Don Jovito bat darum, die Phiole sehen zu dürfen, und Père Laffite zeigte sie ihm bereitwillig und wies ihn daraufhin, wie frisch und flüssig das Blut war, und als er die Phiole in der Hand hielt, sagte der salmantinische Guerrillero:

»Das kann kein Wunder der Hugenotterei sein, sondern nur die Kraft des treuen katholischen Schwertes, das seinerzeit die protestantische Haut probierte und wie ein Weinheber ins Weinfaß in sie eintauchte. Ich wäre gerne mit meinem Gewehr in diesem Médoc gewesen, von dem Ihr sprecht, um zu sehen, ob mir dieser franzosenkranke Majoratsherr entwischt wäre.«

Diese Worte Don Jovitos und ein Feuerblitz in der Phiole und das Zerbrechen des Muraner Glases in seiner Hand war alles eins. Der Salmantiner erbleichte und starrte auf das Blut, das sich auf den Tisch ergossen hatte und noch immer eine Flamme zu sein schien und das Holz verbrannte.

»So ein Mist!« rief Don Jovito aus, nachdem er sich ein wenig gefaßt hatte.

Père Laffite lag schon auf den Knien und betete mit verdrehten Augen für die Seele des notorischen Häretikers.

V *Der Hahn aus Portugal*

Immer hörte ich meinen Herrn und Meister Merlin mit großer Achtung von der alten Stadt Braga sprechen, aus der ich gebürtig bin. In dieser Stadt besaß ein schmucker Edelmann aus feinem Adel und mit großem Vermögen, Don Esmeraldino da Cámara Mello de Limia, Vicomte von Ribeirinha, reiche Wohnung in einem Palast in der Straße, welche die Straße der Konfidenten genannt wird. Es war dieser Vicomte Don Esmeraldino, nach dem, was ich von einem livrierten Diener und Flintenträger über ihn hörte, seinerzeit der schönste Mann von Portugal, mit prachtvollen Schönheitsflecken und mit einem so traurigen Blick in den großen schwarzen Augen, daß – so hieß es –, wenn er euch träumerisch verweilend betrachtete, ein Nebel dunkler Liebkosungen zwischen der flatternden Seide der langen Wimpern hervorzuquellen und euch einzuhüllen schien. Allein mit diesem Blick erweckte er allenthalben große Liebe, aber ihm half obendrein, daß er zierlich war und sehr anmutig in seinen Umgangsformen, gastfreundlich und in wertvollen Geschenken von großer Zuvorkommenheit; er brachte die Pariser Moden nach Braga, ob es sich nun um Kleidung und Westen oder Tänze, um Frisuren oder Spiele handelte, und er machte sogar Wörter zur Mode, wenn er aus Frankreich zurückkehrte, wie zum Beispiel sentimental, Bonbon, Nenuphar und »la merde latine« und »le doré aux cochons«, welchletztere Ausdrücke auf die Geistlichen beziehungsweise auf den Erzbischof anspielten und mir sehr lebhaft in Erinnerung geblieben sind, vielleicht weil mich die liberalen Umtriebe jener aufrührerischen Tage dazu brachten ... All die Feinfühligkeiten und Reize, die jener ritterliche Körper in sich barg, dienten Don Esmeraldino indes nur dazu, dem sechsten Gebot zuwiderzuhandeln, worin er immer tätig und pünktlich war, und um die Summe der Heldentaten nicht aus dem Blick zu verlieren, befahl er, ein geschwungenes Eisen an die Tür seines Palastes zu nageln, und hängte eine Tafel aus Mahagoni daran, auf der er die Triumphe der Venus verzeichnete, indem er persönlich mit einem Messerchen das Zeichen eines Andreaskreuzes einkerbte. Das gefiel den Einwohnern von Braga, und sie begannen sogleich, den Schritten des Vicomte zu folgen, darüber zu streiten, welche die gefallene Dame sein mochte, was für ein Geschenk ihr wohl ein Bein gestellt hatte oder ob es Liebe war, und alle versicherten, sie hörten heimliche Serenaden, und ganz Braga füllte sich mit leichthin abgelegten falsch' Zeugnissen über entehrte Jungfrauen und gehörnte Ehemänner, die ihnen wie angegossen saßen, so daß es kein ordentlicher Schreiber auf Siegelpapier hätte besser machen können.

Es war der Vicomte von Ribeirinha sehr erfolgreich in den Formen seines Umgangs und Aufwands und als Liebhaber hochgerühmt in ganz Portugal, als eine italienische Operntruppe nach Braga kam und als größte Zierde eine gewisse Primadonna Signorina Carla mitbrachte, blond, leicht bekleidet und mit Trillerstimme. Don Esmeraldino, der eine Parkettloge mit wappengeschmücktem Wandbehang im Theater besaß, ließ sich schon bei der ersten Aufführung vorstellen, und es traf sich, daß die Sängerin Carla eine große Vorliebe für Juwelen besaß. Don Esmeraldino ließ daraufhin sämtliche Juweliere Portugals für sich arbeiten, so daß Signorina Carla jeden Tag ein neues Schaufenster einweihen konnte. Der Vicomte brachte sie in seiner Karosse von der Schweizer Herberge zum Theater und vom Theater zur Herberge und ließ sogar den Wagen grün ausschlagen, denn grün waren Carlas Augen und grün ihre Lieblingsfarbe; es folgten Gitarreständchen unter den Balkonen der Sopranistin, Pique-niques in den Gärten des Vicomte und viele andere Aufmerksamkeiten und Geschenke. Und ganz Braga tat kein Auge zu und ging hin und her, um die Mahagonitafel zu konsultieren, für den Fall, daß das venerische Andreaskreuz bereits hineingeschnitzt war, und noch heute wird beim Erzählen dieser Geschichte versichert, der Mundschenk der Kathedrale sei heimlich hingegangen, weil er feststellen wollte, ob die Liebesschlacht ein gutes Ende gefunden hatte, um dem Domherrn und Bußprediger Bescheid zu sagen, der im Begriff stand, eine Pflichtpredigt gegen den neuen Don Juan vorzubereiten. Und die italienische Truppe sang zum letzten Mal im Theater von Braga die Aufführung, die »Der Liebeswerber« genannt wird, und gab ihr Gepäck nach Oporto auf, und Don Esmeraldino kam, um die Signorina Carla mit Handküssen und dem Geschenk eines Fächers mit goldenen Stäben und eingearbeiteten Amor-Figuren zu verabschieden, und der Edelmann stand mitten auf der Straße und winkte zum Abschied mit einem Taschentuch, bis die Kutsche um den Vorplatz der Canela bog. Gefolgt von seinen Freunden und unter heiterem Geplauder kehrte Don Esmeraldino langsam zu seinem Palast zurück, verabschiedete sich auf dem Bürgersteig von seinem Gefolge, halb Braga stand neugierig in der Straße der Konfidenten, und bevor der Herr Vicomte von Ribeirinha in seine Gemächer hinaufstieg, reichte er einem Diener seinen Stock, holte aus der Tasche der grünen Weste, grün wie die Augen der singenden Carla, das Messerchen hervor und ritzte in die Mahagonitafel ein Andreaskreuz ein, das kunstvoller und größer war als die anderen. Und die Umstehenden applaudierten wie im Theater.

Die Nachricht verbreitete sich in ganz Portugal, und allenthalben lobte man die lusitanische Höflichkeit Don Esmeraldinos, der bis zu Carlas Abreise gewartet hatte, um bekanntzugeben, daß er gehabt hatte, was der Herr Richter von Abadín Vorkaufsrecht des Anliegers nannte. Und als der Adelsstand zu einer Sitzung zusammentrat, kam man überein, einem so höflichen Rittertum, das einer älteren Zeit würdig war, eine Ehrung zuteil werden zu lassen, und es begab sich eine Abordnung von Lissabon nach Braga, angeführt von einem Marquis, der in Evora an Andalusierinnen und Portugiesinnen fast ebensoviel einkerbte wie Don Esmeraldino in Braga, und obwohl die alte Standesherrschaft von Braga der Huldigung nicht beiwohnen wollte, um keine Unruhe zu stiften, feierten die Menschen aus dem Volk auf Straßen und Plätzen. Und es blieb nicht aus, daß Don Esmeraldino die Pairs mit einer Erfrischung bewirtete, und das Volk applaudierte auf den Straßen, und die Adligen kamen überein, auf den Balkon hinauszutreten, um sich für die Viva-Rufe zu bedanken, und Don Esmeraldino war blaß vor Rührung, und der Marquis von Evora, dem es angebracht schien, dem Vicomte den Vortritt zu lassen, nahm den Zylinder mit drei Schnallen ab und rief:

»Für das zwiefach ausgezeichnete Braga! Hier ist der Hahn von Portugal!«

Und im gleichen Augenblick wurde Don Esmeraldino rot, blau und gelb, platzte wie eine Rakete und verwandelte sich in einen Hahn: in einen sehr schönen Hahn mit vollendetem Kamm und langschwänzig, der von einem Balkon zum anderen flog und sich schließlich auf dem geschwungenen Eisen niederließ, an dem, gleich dem Schild eines englischen Gasthauses, die Tafel hing, auf der die tausend Andreaskreuze eingekerbt waren, das vollständige Verzeichnis der Liebesgefechte. Der Adelsstand staunte, die Menschen aus dem Volk schrien und liefen durcheinander, die Frauen fielen in Ohnmacht, ein Franziskaner rief, dies sei die gerechte Strafe für soviel Dünkel und so große Sünde, und ein Neffe von Don Esmeraldino war so geschickt, den Hahn zu packen und ihn in einen Käfig zu sperren. Der Bußprediger verlegte die Predigt einen Monat vor, um deutlich herauszustreichen, welcher Preis die Fanatiker der freien Unzucht erwartete, und man kann sagen, versicherte mir der livrierte Diener und Flintenträger Don Esmeraldinos, daß Portugal in Traurigkeit versank, die Serenaden rar wurden und die Frauen dahinwelkten. Es genügt zu sagen, daß allein in Braga zwei Parfümerien schließen mußten.

Nachdem man Don Esmeraldino in einen bunt angemalten Käfig gesetzt hatte, kamen Ärzte herbei, um ihn zu sehen, der Exorzist aus Viseu kam ebenfalls, und es gab keinen Rat, der nicht eingeholt worden wäre, und der einzige, der ein wenig das Rechte zu treffen schien, war der Schneider aus Quintadinha, der groß im Einrenken von Knochen ist und verfügte, daß man Don Esmeraldino in einen größeren Käfig setzte und in diesen als Schaukel die Mahagonitafel mit den Andreaskreuzen hängte, um den Hahn munter und lebendig zu erhalten, solange man mit dem Austausch der Meinungen beschäftigt war. Don Esmeraldino hatte einen Vetter, der als Hieronimyt in dem strengen Kloster lebte, dessen sich diese Büßer in Lissabon erfreuen, der war ein sehr belesener Mann, und als er einen alten Folianten paginierte, las er darin, daß sich bereits zwei Fälle ereignet hatten, bei denen zum Vogel geworden war, wer einst ein Mensch gewesen, und daß die Pilgerschaft nach Santiago Abhilfe versprach, wo allgemein bekannt war, daß jene einst Gefiederten die natürliche Gestalt zurückgewonnen hatten. Die Familie einigte sich darauf, Don Esmeraldino dem Apostel darzubringen, und so erschienen eines Tages in Termar der Herr Hieronymit auf seinem Maultier, der livrierte Diener und Flintenträger auf einem sehr nervösen Fuchs und in einer Sänfte der Käfig, und außer den Pagen der Sänfte kamen noch zwei Ersatzdiener, und um Zeugnis vom Geschehen während der Pilgerreise abzulegen, kam der Herr Kirchenankläger von Braga als bestellter Schreiber. Nie habe ich einen so großen Mann auf einem so kleinen Maultier gesehen: Er hätte beim Reiten mit den Steinen des Weges Fußball spielen können.

In Termar versammelte sich eine halbe Gemeinschaft von Bernhardinern und die ganze der Hausleute und Diener, um den Hahn Don Esmeraldino zu sehen, der eine wahre Schönheit war: glänzend und bunt die Federn, die meisten von einem sonnigen Altgold, prächtig die Sporen, den blutroten Kamm mit den fünf Spitzen hochgestellt, und das Krähen kam ihm leicht und ständig aus der Kehle.

Und an der Decke des Käfigs hing als Schaukel die Mahagonitafel mit den Andreaskreuzen, und die Jüngsten der Mönche machten sich daran, sie zu zählen, und der Hahn stieß bei jeder Aufzählung ein Kikeriki aus. Einer der Pagen ging daran, ihm das Wasser zu erneuern und ein kleingehacktes Ei vorzusetzen, und hob dabei die Klappe mehr als nötig, und der Hahn nutzte die Gelegenheit – nicht einmal in der Schlacht von Solferino sah man raschere Pfeile –, um den bemalten Weidenstäben zu entfliehen, auf den Balkon des Speisesaals zu fliegen, von diesem auf den Rücken des Maultiers des Herrn Anklägers zu hüpfen und von dort aus das Weite zu suchen. Wir Anwesenden machten alle Jagd auf den Hahn, die Mönche mit geraffen Kutten, ein Laienbruder ahmte das Gegacker der Hennen nach, der Hieronymit betete, der Herr Ankläger fächelte sich Luft mit der Melone zu, und die Hausleute, Diener und ich lachten über das Abenteuer, perplex angesichts eines so unerwarteten Ereignisses. Der Hahn nahm den Weg zur Abtei von Meira, überflog die dornengespickte Mauer des alten Hühnerhofs, und als man ihn fand, spielte er schon den Galan unter den Hennen, sultanhafter als der Türke von Konstantinopel in seinem Harem, und wenn es möglich wäre, daß ein Hahn ein Messerchen in der Westentasche trüge und imstande wäre, burgundische Kreuze in eine Mahagonitafel zu ritzen, dann befände sich Don Esmeraldino bei der Arbeit, damit ihm die Zahl nicht aus dem Gedächtnis entschwände ...

Nachdem der Hahn eingefangen war, kehrte er in seinen Käfig zurück, und die Prozession der Verzauberung setzte ihren Weg nach Compostela fort, und die Nachrichten, die nach Meira und Termar gelangten, besagten, daß Don Esmeraldino in Mellid einen Schnupfen bekommen hatte und ihm zwei Grützbeutel am Kropf gewachsen waren, wie Zwiebeln aus Verín, mit Verlaub, und daß er von Sabbatfieber befallen worden war, das ihn in einer Herberge in Santiago verzehrte, wo er seine Seele aufgab. Die meisten behaupten, man habe ihn gleich dort begraben, mit der Mahagonitafel als Unterlage. Und jetzt gibt es in Meira und in Azúmara eine Rasse goldfarbener Hühner, sehr legefreudig und auch geeignet für Frikassee, denen man den Namen Portugiesinnen gegeben hat und die allem Anschein nach die Frucht der kurzen Stunde sind, die Don Esmeraldino im alten Hühnerhof der Ewig Illustren Abtei von Santa María la Real in Meira verbrachte. Wie hätte es meinem Don Merlin gefallen, als Meister mit diesem Kasus befaßt zu werden!

ANHÄNGE

Der Roman des Müsjö Tabarie

Je luy donne ma librairie,
et le *Romman du Pet au Diable,*
lequel Maistre Gui Tabarie
grossoya, qu'est hom veritable.
Par cayers est soubz une table.
Combien qu'il soit rudement faict,
la matière es si très notable,
qu'elle amende tout le meffaict.

François Villon: Grand Testament

In jenem Sommer fand ich – der Fluß führte kein Wasser, und Mensch und Vieh passierten trockenen Fußes den Übergang von Valiña, ich hatte die Barke an der Steinsäule festgemacht und Zeit mehr als genug, um mich im Haus dem Müßiggang zu ergeben –; fand ich also zwei Fortsetzungen von dem »Roman vom Teufelsfurz«, die mir der Maure Alsir geschenkt hatte, und als ich sie las – mit aufgesetzter Brille, die ich jetzt jeden Tag benötige –, mußte ich lachen, und jetzt kommt mich die Lust an, das Wichtigste dieses Romans zu erzählen, denn über den Teufel, von dem darin die Rede ist, Cobillón genannt, gelangten Nachrichten zu uns nach Miranda, als mein Herr nach Gallien reisen mußte, um aus einer Grafschaft dieses Reiches den Schwefelgeruch zu vertreiben, und die Sache war die, daß man zunächst geglaubt hatte, eine Mine zu finden, und nachdem man geforscht und geforscht hatte, stellte sich heraus, daß es sich um weiter nichts als einen Clan von Teufeln handelte, die der Oberteufel Luzifer über England hatte absetzen lassen und die dort in einer Höhle die alten Kleider zurückgelassen hatten. Mit dem Schwefel, der in diesen Lumpen steckte, hätte man halb Ribeiro schwefeln können. Dieser Cobillón war ein sehr feiner Teufel, der in Florenz in Italien Parfümerie studiert und dort die Gewohnheit angenommen hatte, in Pomadenwasser zu baden. In dem Roman wurde berichtet, daß es in Soria eine junge Witwe gab, die besondere Verehrung für den heiligen Cyriacus an den Tag legte, und da sie reich war von Hause aus und den Verstorbenen gut beerbt hatte, wollte sie dem Heiligen eine Wallfahrtskapelle errichten, just auf einem Hügel, auf dem die Hexen der Gegend von Osma die heißen Tage der Erntezeit zu verbringen pflegten. Um die Witwe von diesem Vorsatz abzubringen, wandten sich diese Zauberinnen an einen aragonesischen Gähnteufel, aber die Witwe wußte bald, daß es ein Teufel war, der sie versuchte, denn sie besaß eine feine Spürnase und erhaschte die bösen Gerüche in der Luft. Daraufhin suchte man in der ganzen Satanei nach einem Teufel, der keine Spur von Schwefel verriete und menschlichen Geruch besäße, und kein anderer war gerüstet als Cobillón, der sich zu jener Zeit in Paris befand, wo er Französinnen parfümierte. Die Witwe hatte sich bereits Maurer gesucht, und es war Eile geboten, um ihre Absicht zu durchkreuzen. So traf also Cobillón in Soria ein, elegant herausgeputzt, und gab sich für einen Verwandten der sorianischen Adelsgeschlechter aus, verteilte Trinkgelder und Almosen und verkündete, er trage zufälligerweise ein Fläschchen mit destilliertem Wasser vom Barte des heiligen Cyriacus in der Tasche. Daß die Witwe davon erfuhr und ihn zur Schokolade einlud, war alles eins, und Cobillón erschien im grünen Gehrock und mit silbernem Stöckchen, die goldene Uhrkette über der Weste, und daran hing das Fläschchen mit dem Wasser des heiligen Cyriacus. Die Witwe, dies war der Kasus, verliebte sich auf der Stelle in jenen Dionysos, der sie am Wasser des heiligen Cyriacus riechen ließ und ihr versprach, mit Malteser Kamille einen haarigen Leberfleck zu färben, den sie am Kinn hatte, und sie einlud, unverzüglich nach Tarragona aufzubrechen, wo er seinen Palast habe und sein Kaplan, ein Vetter des Herrn Primas, sie trauen könne. Doña Florinda, so hieß die Witwe, bat für ihre Antwort um einen Tag Bedenkzeit, den Cobillón ihr bereitwillig gewährte. Und während dieser eintägigen Frist flüsterte eine Kinderfrau des Verstorbenen, der die häuslichen Verrichtungen oblagen, der Witwe ein, ob der Freier nicht ein weiterer Teufel wäre. Doña Florinda bekannte, sie habe nur Rosen, Pomadenwasser und Mundwasser bei jenem Galan riechen können, dessen Heiratsabsichten ihr Fleisch, das wirklich prachtvoll, weiß und appetitlich war, vor Wonne vergehen ließen, aber sie hörte nicht auf, darüber nachzudenken, wie sie den Trug entdecken könnte, wenn denn ein solcher bei dieser Übereinkunft tatsächlich dahinter steckte. Cobillón hörte die Unterhaltung zwischen der Witwe und der Kinderfrau durch den Kamin und präparierte seine sämtlichen Düfte, um sich nicht zu verraten: Er badete in Pomadenwasser, wie er es zu tun pflegte, wusch sich die Füße mit Lilientrockenöl, pomadisierte sich die Locken mit Rosenhonig und trank einen Flakon Nardenwein, um den Atem zu kaschieren. Die Witwe erzählte Cobillón die Sache mit dem Gähnteufel und wie die Hexen ihre Pläne für den Bau einer dem heiligen Cyriacus geweihten Wallfahrtskapelle störten, und von ihrer Angst, vom Oberteufel und seiner Mannschaft aus Gehörnten versucht zu werden. Und mit Tränen in den Augen und ihn um Verzeihung dafür bittend, daß sie so verliebt war, ersuchte die Witwe Cobillón, einen Wind fahren zu lassen, um zu sehen, wonach er röche. Cobillón ließ sich bitten, aber als er sah, daß die Witwe noch immer weinte, und da sein Teufelswissen ihn annehmen ließ, der aromatisierte Wein, den er getrunken, sei bereits in die unteren Eingeweide gelangt, nahm er seine Kräfte zusammen und ließ einen gewaltigen, volltönenden Meteor fahren, der in seinen engen Unterhosen wie ein Paradetrommelwirbel dröhnte. Und das ganze Gemach füllte sich mit einem lieblichen Duft nach blühender Narde, woraufhin sich die Witwe in die Arme des Teufels Cobillón warf. Cobillón brachte sie in der Kutsche nach Tarragona, und in der Kiepe der Kutsche reiste in zwei Truhen das Gold der Witwe, und man konnte in der Ferne schon die Türme der Primatskirche sehen, als Cobillón Doña Florinda zwischen zwei Küssen bat, sie möge auf einen neuen Duft achten, und dicht vor jener feinen Nase einen Schwefelschwaden fahren ließ und lachend rief, sie ginge mit einem gelehrten bösen Geist ins Bett. Die Witwe starb vor Schmerz, ohne aus der Kutsche auszusteigen, und Cobillón kehrte mit dem Gold als Parfümeur nach Paris zurück.

Ich erzähle diesen Roman, weil er der erste war, den ich gelesen habe, und es gefiel meinem Herrn sehr, daß ich ihn erzählte, besonders, wenn wir Kastanien zu Mittag gegessen hatten und ich, wenn ich zum Wind in der Kutsche kam, sagte: die Anwesenden mögen verzeihen! und meinen Scherz machte. Ich erzähle ihn auch, damit man sieht, mit welchen Späßen wir die Winter in Miranda verbrachten, wenn die Zeit der Schneefälle kam, der Flurweg durch Wasser versperrt war und die Hunde den Wolf verbellten, der am hellichten Tag dicht an den Häusern vorbeistrich. Ach, kämen die vergangenen Zeiten doch wieder!

Paul und Virginie

Es war in Paris Mode, einen Roman mit dem Titel »Paul und Virginie« zu lesen, den einer geschrieben hatte, der, wie ich meine, katholischer Geistlicher war, Don Bernhardin de Saint-Pierre genannt. Der Fremdling Elymas hatte ihn auf einer seiner Reisen den Fräuleins von Belvís verkauft. Als Don Merlin nicht mehr in Miranda wohnte, wo als Hausverwalter José del Cairo blieb, der kürzlich just eines der Komteßchen geheiratet hatte, das mit dem blondesten Haar, das von dem jungen Herrn von Belmonte schwanger geworden war und ein Kind bekommen hatte, welches bei der Geburt starb, machte ich eines Nachmittags einen Besuch, um die Erlaubnis einzuholen, zwei Weiden zu fällen, die Don Merlin gehörten und die Karren am Wenden hinderten, die auf der Fähre von Pacios übersetzen wollten. Don Merlin hatte in einem Notizbuch vermerkt, in dem sämtliche Besitzungen von Miranda mit ihren Grenzen aufgeführt waren, die jeweiligen Dienstbarkeiten, was ihm vom Forst der Kirchendomäne von Doncide gehörte sowie die Wassertage in Cabos und Pontigo für die Bewässerung und für die Mühle, daß diese beiden Weiden Paul die eine und Virginie die andere hießen. Es war der Geschmack meines Herrn, Teil seiner Höflichkeit und Frucht seiner Erinnerung, den Dingen Namen aus den Geschichten zu geben: So nannte er die Flinte Neapel, den Tilbury Phaeton, den Wirbel des Miño, in dem der Kahn des persischen Teufels Pinto kenterte, Salamis, und wenn er sich nach Lugo oder nach Gallien begab und meiner Herrin Doña Ginevra ein wertvolles Geschenk mitbrachte, dann gebot er mir mit anmutsvoller Zärtlichkeit, ich solle mich ankleiden, um es ihr auf einem Tablett zu überreichen, und sagte zu mir, während er mir auf die Schulter klopfte:

»Bring Doña Dulcinea von Toboso diese Galanterie.«

Und über das freimütige Lächeln legte sich bei diesen Worten ein flüchtiger Schleier von Traurigkeit. Er war wohl immer ein wenig in sie verliebt. Aber wir waren dabei, daß ich um Erlaubnis bat, Paul und Virginie fällen zu dürfen, und José del Cairo erteilte sie mir schon – die Weiden gehörten zu denen, die man Trauerweiden nennt, und waren eher kümmerlich –, als seine Frau sich einmischte und sagte, der traurigen Erinnerung wegen, die sie an jenes Liebespaar Paul und Virginie bewahre, dessen Roman sie so oft in Belvís gelesen habe, zu Tränen gerührt, besonders als sie vom Majoratserben von Belmonte schwanger war, denn in jenen Mißgeschicken der Liebenden habe sie Trost für das ihre gefunden, wolle sie nicht, daß die Weiden gefällt würden. José del Cairo antwortete, ihr Wille geschehe, und ich bin überzeugt, daß er ihr den Gefallen tat, weil er nicht vergessen konnte, daß sie, obgleich seine Frau, eine der hochgestellten Damen des Schlosses von Belvís war, denn wenn er wie ich mit einer Kammerzofe verheiratet wäre, würde er über das Gejammere lachen und mir erlauben, die als Liebende benamsten Bäume zu fällen. Wo es José doch so leicht fiel, die Empfindeleien und Zimperlichkeiten der Frauen als Hurenwirtschaft zu bezeichnen!

Und während ich noch ein Glas trank, fragte ich das Komteßchen, wovon der Roman von Paul und Virginie handele, und sie brach in Tränen aus und sagte zu mir, sie könne ihn mir nicht erzählen, aus Angst, daß durch die Erinnerung an diese Schmerzen ihr die Milch versiege, denn sie stillte gerade den kleinen Leonardo, der in Wirklichkeit schon ziemlich groß war, und sie hatten ihn zwei Monate nach der eiligen Hochzeit bekommen. Und jetzt erinnere ich mich, daß ich noch nicht gesagt habe, daß die Frau Gräfin Doña Martina hieß. Sie verabschiedete sich, um ihren Pflichten nachzukommen, nicht ohne uns einen weiteren Krug Wein kredenzt zu haben.

»Diesen Roman hat Doña Martina mir vorgelesen, als ich ihr in Belvís hinter dem Rücken des wachsamen Zwerges den Hof machte, und wenn du noch immer neugierig auf seine Handlung bist«, sagte José del Cairo, »dann wollen wir diesen Krug leeren, während ich mich an die Verkettungen und Ereignisse erinnere, und ich werde sehen, ob ich ihn dir halbwegs zusammenstoppeln kann, uns bewegt ja nicht die Angst, die Milch könnte uns versiegen, und auch wenn es so wäre, dann ginge es nicht hauptsächlich zu Lasten Dritter.«

Wir tranken schweigend jenen Krug aus und führten uns noch einen weiteren zu Gemüte, und José del Cairo faßte mir die Geschichte von Paul und Virginie zusammen und bat mich um Entschuldigung für die Fehler, denn es sei das erste Mal, daß er eine Literatengeschichte erzähle.

»Dieser Paul, der dem Roman den Titel gibt, betrachtete von Kindesbeinen an sehr gerne die Einsamkeit des Meeres und setzte sich ans Ufer, um sich mit großer Melancholie Wege auf ihm auszudenken, und folgte ihnen im Geiste ein großes Stück weit und tat ihnen nach seinem Belieben hier die Herberge einer Insel hinzu, weiter voran die Begegnung mit einer Brigg und einem Mädchen, das ihm zum Abschied mit dem Taschentuch zuwinkte, dort das große, stetige Feuer eines Leuchtturms in der Nacht, rechter Hand fürchterliche, schroffe Winde, welche die Wellen zu Gefährtinnen der Wolken machten, linker Hand eine Flotte von riesigen Blauwalen, und am Ende der Reise fand er immer ein unschuldiges Land, in dem die Tiere sprachen, es weder mein noch dein gab, das schönste der Mädchen sich auf den ersten Blick in den gerade angekommenen Fremdling verliebte und wo vor der Tür jedes Hauses ein Baum stand, der Brot gab, und ein anderer, der Wein gab. Mit dem Buffon der Pflanzen und Tiere bevölkerte er Inseln und Länder. Das viele Phantasieren und Erinnern, welche beide auf dasselbe herauskommen, erfüllte ihn mit Erregung und Bitterkeit: Bitter schien Paul sein Land, bitter seine Familie, bitter der Beruf, die Freunde, die Tage und die Nächte. So große Unruhe erfaßte ihn, daß er beschloß, sich auf einem Dreimaster einzuschiffen, der Ostern aus dem Hafen auslief, den man Honfleur nennt und aus dem jener Admiral mit Titel stammte, an den du dich erinnern wirst, der zu unserem Herrn Merlin kam, um die silberne Gabel entzaubern zu lassen, die, wenn er mit ihr aß, das Fleisch in Fisch verwandelte. Er erzählte, daß Honfleur sehr hübsch sei mit den angemalten Häusern und im Erdgeschoß die Schenken mit kleinen Fenstern und farbigen Glasscheiben, und die Leute so fein, daß es in einer so kleinen Stadt zwei Handschuhgeschäfte gab, und von den Schenken waren die einen für Raucher und die anderen nicht. Paul schiffte sich auf dem Dreimaster ein, der »Die schöne Corentina« hieß, und reiste nach den Amerikas, um die Nordwestpassage zu suchen, und ich meine, nach dem, wie dieser Hauskaplan der Winde hier vom Gebirge herunterbläst, muß diese Route sehr windig und sehr günstig für Schiffbrüche sein. An einem sonnigen Morgen verabschiedete Paul sich von Frankreich und nahm die erquickliche Brise, die das Segelschiff aufs freie Meer hinaustrieb, für ein gutes Vorzeichen. Ich erzähl dir nicht die Reise noch die Stürme, und ich erinnere mich auch nicht, ob Paul seekrank wurde. Es begab sich, daß nach zweiundvierzig Tagen Schiffsreise, als Paul gerade an der höchsten Stelle eines Mastes seine Strümpfe zum Trocknen aufhängte, ihm der ferne Duft eines Landes in die Nase stieg, welcher nichts anderes war als das Aroma, mit dem er in seinen Phantasien das erträumte unschuldige Land ausstattete. Der Kapitän versicherte ihm, daß auf dieser Seite einen Monat lang kein Land zu finden sei, und die Matrosen, fast alle Normannen, machten sich über seinen Geruchssinn lustig; nur ein Portugiese glaubte gehört zu haben, daß auf dieser Seite Malakka nahe sei, wenn man die Route nach Guinea fände. Aber Paul empfing weiterhin den Duft, einer Liebkosung gleich; des Nachts legte er sich nieder, um ihn zu empfangen, ich meine, wie ein Hund sich ausstreckt, im Vertrauen darauf, daß die Hand des Herrn ihm köstlich über den Rücken streichen wird. Und da jene vergangene Unruhe zu ihm zurückkehrte, beschloß er, das Ruderboot an Bord zu stehlen und zu dem unschuldigen Land zu rudern, was er auch tat. In seiner Unruhe hatte er sich indes nicht mit Proviant versorgt, und nach zwei Tagen Rudern blieb ihm keine Krume mehr, nach der er in seinen Taschen nicht schon gekramt hätte, und er ernährte sich nur vom Duft des Landes, der ihn immer dichter und wärmer umgab. Aber nicht einmal mehr die Sehnsucht reichte aus, ihn am Leben zu halten, und in der Dämmerung des fünften Tages fiel er in Ohnmacht. Es scheint, daß eine Strömung das Boot erfaßte und zum Land hin führte, das in unmittelbarer Nähe lag, und die Strömung war so günstig, daß sie Paul auf einem Sandstrand absetzte, zur gleichen Zeit, als ein Mädchen namens Virginie im Sand nach einem verlorenen Ohrring suchte. Das Mädchen schrie auf, als es den ohnmächtigen Burschen sah, und eine Hebamme eilte herbei, die Doña Terencia hieß und das Leben in seiner Brust ertastete, und mit einem Schluck Rum und Zuckerwasser kehrten Paul die Sinne zurück, und das erste, was er sah, als er die Augen aufschlug, war das Gesicht von Virginie, das, obwohl sehr ins Braune spielend, von lieblicher Schönheit war. Doña Terencia ging fort, um den Kämmerer des Ortes zu holen, und Virginie blieb bei Paul und gab ihm Schlückchen Zuckerwasser und Zimtstangen, damit er sie lutsche, und strich ihm über die Stirn und murmelte ihm Worte der Ermunterung vor. Paul war, um die Wahrheit zu sagen, schon vor seiner Ankunft verliebt, denn er brachte die Liebe in den Träumen mit. Ich habe vergessen, dir zu sagen, daß Virginie, da es sich ja um ein unschuldiges Land handelte, völlig nackt war und alles Schöne in die Augen sprang. Und es meinte der Herr Graf, mein verstorbener Schwiegervater, Gott hab ihn selig, daß das größte Übel, das der Roman von Paul und Virginie in Paris angerichtet habe, darin lag, daß die Männer es Paul im Tagträumen nachtaten und sich wie er vor lauter Unruhe die Haare rauften, während die Frauen es Virginie nachtaten und leichtfertig im Ausziehen wurden; daher war es nicht verwunderlich, daß Don Napoleon nach kurzer Zeit Hörner aufgesetzt bekam.«

Ein weiterer Krug mußte geleert werden, denn dies war viel ununterbrochene Rede auf einmal für José del Cairo. Er drehte sich gemächlich eine Zigarette, holte einen Funkensprüher heraus und funkte, und nachdem er zwei Züge genossen hatte, fühlte er sich ermuntert, die Erzählung fortzusetzen. Er erzählte voll Freude darüber, wie gut ihm die Geschichte und der Kommentar gelangen. Nie hätte ich gedacht, daß er so über die Welt Bescheid wußte.

»Es dauerte eine Weile, bis Doña Terencia mit dem Kämmerer zurückkehrte, und Paul verbrachte sie damit, das Mädchen Virginie aufmerksam zu betrachten und sich vollends zu verlieben, und da er in seinem Beutel einen neuen Anzug mit sich führte, der aus einer Spitzenbluse und einer engen blausamtenen Hose mit einer rotseidenen Schärpe in der Taille bestand, erhob er sich mit Hilfe von Virginie und sah keine Unschicklichkeit darin, sich vor ihr auszuziehen und zu baden, bevor er sich die neuen Kleider anzog, und er verbarg sich nicht einmal, um Harn zu lassen, denn er wollte auch nicht den Schatten einer Sünde über den Ort fallen lassen, an dem er, nach allem, was er phantasiert hatte und was er sah, nichts anderes als anmutige und natürliche Unschuld fand. Mir scheint, in diesem letzten Punkt hat er mit seiner Vertraulichkeit etwas übertrieben. Als der Kämmerer und die Terencia eintrafen, fanden sie die beiden jungen Leute an den Händen gefaßt, Auge in Auge einander gegenüber. Der Kämmerer forschte Paul in verschiedenen Sprachen aus, er war ein dicker, bartloser Mann und trug eine Kette aus Kakaoperlen um den Hals, und Paul fand keine Möglichkeit, ihm zu antworten, und der Kämmerer führte ihn in eine Hütte neben einem Brunnen und ließ ihn dort Herberge nehmen, unter der Obhut von Terencia und mit einer Fülle verschiedener Nahrungsmittel. Virginie wollte ebenfalls bleiben, um seine Füße zu wärmen und ihm die Fliegen zu verscheuchen. Es waren glückliche Tage in jener Hütte, und Paul gewöhnte sich allmählich an die Unschuld, nackt herumzugehen, und Terencia half der Liebe der jungen Leute, die einander im Wald und am Strand Wörter lehrten. Am neunten Tag kehrte der Kämmerer zurück und brachte einen Befehl des Königs des Landes, der gebot, Paul vor ihn zu bringen, damit er einen

Blick auf ihn werfen könne, und der König war zwei Reisetage entfernt, und Virginie blieb weinend zurück, weil man ihr den jungen Burschen fortnahm. Der König – und jetzt muß ich abkürzen, um den Roman zu beenden – hatte eine schwarz geratene Tochter, und da Paul so weiß und blond war, gedachte er beide zu verbinden, damit der Ruhm der Familie sich mehrte, wenn sie zusammen ein Kind mit weißen und schwarzen Streifen bekämen, und in den Geschichten stand, daß der König einen roten Großvater hatte. Paul ließ alles mit sich geschehen, das war nicht weiter schwer, denn er verstand nichts. Er fand sich im Bett mit der Negerin wieder, die sehr fein und hübsch war und gern lachte. Da begab es sich, daß Virginie kam und ihn mit einer neuen Liebe beschäftigt fand: Das Mädchen weinte und floh in den Urwald, wo einige Indianer sie gefangennahmen, die sich auf der Jagd befanden, und sie verkauften sie an einen Holländer, der einen Kramladen in einer Bucht besaß, wo die Kabeljaufischer Wasser einnahmen. Paul, da er Virginie fliehen sah und ohne Aufsicht war, machte sich auf die Suche nach ihr. Auch ihn jagten die Indianer und verkauften ihn an den schwarzen König von Florida, der ihn als Sklaven benutzte und sich auf seinen Schultern zu den Festen tragen ließ. Der Holländer verkaufte die unschuldige Virginie, von ihren Tränen erweicht, an einen vornehmen Indianer, der das Geschäft betrieb, Frauen für die Könige von Mexiko zu mästen. Ich würde zu keinem Ende kommen, wenn ich dir erzählte, wie Paul siebenmal den Herrn wechselte, immer den Spuren Virginies folgend, und diese viermal gegen ihren Willen heiratete, zweimal geraubt wurde, und das letzte Mal, da man sie verkaufte, wieder in den Händen des Holländers landete, und dort in dem Kramladen legte sie sich zum Sterben nieder, und dabei befand sie sich gerade unter Tränen, als Paul eintraf, der einem neuen Herrn entflohen war, einem starken Raucher, der sich mit Havanna-Zigarren berauschte. Die Liebenden erkannten einander, und Paul beherrschte mittlerweile Virginies Sprache, und sie sagten sich alle Zärtlichkeiten der Welt und verziehen einander die Schicksalswendung, und Paul tat Virginie kund, wie gezwungen er in das Bett der königlichen Negerin gestiegen sei, der Beweis liege darin, daß das Kind, das sie bekamen, schwarz wie Ruß geraten war, da er keinerlei Liebeswillen und weiter nichts als die Arbeit seiner Verfertigung darangesetzt habe. Aber es war schon zu spät für Virginie, sie starb mit Worten der Verzeihung auf den Lippen und hinterließ Paul als Geschenk ein Kind, das sie vom König von Mexiko bekommen hatte und das dort, am Fuß der Pritsche, saß und Zimtstangen lutschte. Dies rührte Paul, da es ihn an jene Zimtstangen erinnerte, die er gelutscht hatte, als Virginie ihn am Strand fand, und er wollte es nicht dem Holländer verkaufen, der einen guten Preis bot, weil man ihn aus Spanien um einen indianischen Prinzen für eine Vorstellung gebeten hatte. Mir sagte der Pfarrer von Xemil, als wir einmal darüber plauderten, wenn diese Geschichte wahr sei, dann habe man das Kind bestimmt in Auftrag gegeben, um es auf der Ausstellung in Barcelona zu zeigen, in den Zeitungen sei gestanden, daß die Königin Cristina ihre Pforten öffnen würde.«

»Und was wurde aus Paul?« fragte ich.

»Er kam nach Frankreich und trug ein Beutelchen Gold in der Tasche, mit dem er in Honfleur einen Laden für Karten und Fernrohre eröffnete, und das Prinzchen schickte er in die Schule. Und er fand Trost darin, die Schiffe ein- und ausfahren zu sehen und Zimtstangen zu lutschen. Und vielleicht hat er zum zweiten Mal geheiratet, denn ein Mann allein kommt schlecht zurecht.«

So kehrte ich ohne die Erlaubnis, die Trauerweiden zu fällen, nach Pacios zurück. Im Winter neunzehnhundertzwei wurde Virginie beim Hochwasser flußabwärts getrieben. Paul blieb allein neben der Furt zurück. Aber als der Fluß bei Lanor gestaut wurde, deckten ihn die Wasser zu.

VERSCHIEDENE NACHRICHTEN VOM LEBEN DON MERLINS, ZAUBERER VON BRITANNIEN

In den letzten Maitagen setzte in der Barke von Felipe de Amancia ein englischer Herr über, rothaarig, ziemlich klein, aber sehr stattlich und resolut, der sich durch einen grün- und schwarzkarierten Pelerinenmantel gegen die Unwetter schützte und seinen Kopf mit einen steifen Hut aus cremefarbenem Wachstuch bedeckt hielt. Unter dem Arm trug er eine große Aktentasche aus schwarzem Leder und tat Felipe kund, er komme aus Rennes in der Bretagne nach Miranda, um festzustellen, ob Don Merlin während seiner galicischen Ferien Nachkommen gehabt habe.

»Dieser war mein Herr«, sagte Felipe, »von dem ich seit Sankt Markus vor sieben Jahren nichts gehört habe. Ist er etwa gestorben?«

»Es ist noch nicht ein Jahr her, daß man ihn in Neapel mit einigen irischen Geistlichen gesehen hat, in Santa Maria della Grotta. Er sagte zu ihnen, er würde die Palme nehmen.«

»Diesen Fimmel hatte er, nicht zu sterben, ohne nach Jerusalem gegangen zu sein.«

Felipe bekreuzigte sich, ohne den Stab loszulassen, indem er mit dessen oberem Ende das Kreuz vor seinem Gesicht schlug.

»Ad multos annos! Und was die Nachkommenschaft in Miranda betrifft, nein, er hatte keine. Mein Herr pflegte zu sagen, er sei aus drei hauptsächlichen Gründen enthaltsam, und der erste stützte sich darauf, daß mein Herr Merlin Philosoph war und die Dame Philosophie Keuschheit verlangt. Hier führte Don Merlin das Beispiel eines alten Verwandten von ihm an, Abaelard aus Paris, den die Diener eines Kanonikers, Onkel einer gewissen Heloise, die er umwarb, gewaltsam entmannten. Das war eine große Unbill. Den zweiten Grund nannte mein

Herr, indem er auf sein Alter verwies, und fügte hinzu, wenn er sich von der Fleischeslust verwirren ließe, dann würde er sich unter Fünfzehnjährigen umtun und das Ganze innerhalb einer kanonischen Ehe, was die Öffentlichkeit zu Hohn und Spott verleiten müßte, denn diese sei vollkommen auf dem laufenden über die Alten, die sich mit jungen Mädchen vermählten, das Paar habe die Kirche noch nicht verlassen, da erfänden die mißtrauischen Gemüter schon Hörner. Hier las er mir einen Brief des Bischofs dieser Diözese, Don Guevara, an Mosén Rubín den Valencianer vor, einen Alten, der ein junges Mädchen geheiratet hatte, oder er erzählte die Geschichte des Barbiers Valls, Chirurg und Bader aus Vinaroz, der mit siebzig eine Siebzehnjährige heiratete, weil er so großen Gefallen daran fand, daß sie ihn kämmte, und er ließ sich das Haar lang wachsen, bis auf die Schultern, nur um in den Genuß dieser Liebkosung zu kommen. Und eines Tage knüpfte das Mädchen dem Alten mit ihrem eigenen Haar eine Schlinge um den Hals und zog sie zusammen. Er erzählte auch von seinem Freund Fouché aus Frankreich, dem heimlichsten Mann seines Jahrhunderts, dem er eine Chiffre verkauft hatte, mit der man im Dunkeln schreiben konnte, und der, schon alt und müde, eine gewisse Ernestine heiratete, die ihn mit Hörnern krönte. Und den dritten Grund verschwieg er und schlug sich dabei auf die Brust, als wollte er sagen: mea culpa, mea culpa, und nur einmal hörte ich ihn mit bebender Stimme ausrufen:

›Ach, Felipe, ein treues Herz ist die Sonne und den Mond wert!‹

Wir von seinem Haus in Miranda glauben, daß er in den Jahren, die er dort verbrachte, in Doña Ginevra verliebt war, unsere vortreffliche Herrin, Gott hab sie selig, und daß er das Feuer der Seele mit der Hochachtung besänftigte, die er der verwitweten Königin entgegenbrachte und bewies.«

Der Engländer schien nicht sehr überzeugt zu sein und sagte, er arbeite mit der Methode der höheren Schulen und müsse einen Blick in die Taufbücher der Provinz werfen und, wenn möglich, einen weiteren auf die Papiere von Don Merlin.

»Und das mit der Enthaltsamkeit als Philosoph mag jetzt im Alter so sein, als junger Mann und an den Höfen jedenfalls hat dein Herr leicht blankgezogen.«

Dabei lachte der Engländer, der trotz eines Anflugs von Hochmut, der vielleicht durch seinen kleinen Wuchs bedingt war, höflich und höfisch im Umgang war und ein gefälliger Plauderer. Er setzte sich ins Heck, entblößte das Haupt und legte den Hut auf die Knie, holte einen großzahnigen Kamm aus der Tasche und kämmte sich den Haarschopf und zog zwei Scheitel, einen rechts und einen links, so daß in der Mitte eine gewellte Tolle stehenblieb, nach der Mode, die man damals »moisson« nannte. Die kleinen hellen Augen des Engländers waren lebhaft wie der Schwanz der Eidechse.

»In der Herberge werde ich dir die eine oder andere alte Nachricht von deinem Herrn erzählen, und ich hoffe, daß du mein Vertrauen belohnst und mir welche aus der Zeit berichtest, die der Zauberer Merlin an diesem abgelegenen Ort verbracht hat.«

Da Felipe de Amancia immer neugierig gewesen war auf die Herkunft, die Schulen, das Leben und die Künste seines Herrn und Meisters, willigte er gern in die Vereinbarung mit dem Engländer ein, der sich als Mister James Craven bekannt machte, bevollmächtigter Schreiber der Stadt und des Dechanats Truro in Cornwall, mit patentierter Schrägschrift, und Testamentsvollstrecker des Edelmanns von Galloden, Vetter von Don Merlin.

»Von diesem«, sagte Felipe, »habe ich den Herrn erzählen hören, daß er ein großer Jäger war, und von einem Buch, das er in Latein geschrieben hat, mit dem Beweis, daß die Erde nicht rund ist und daß sich die Antipoden ausschließen.«

»Selbiger ist der mit der Testamentsvollstreckung. Er brachte die eleganten Moden nach Wales, wie man an diesen winterlichen Kleidungsstücken sehen kann, die ich trage und die er mir durch eigenhändiges Kodizill hinterließ. Der Pelerinenmantel ist für einen Verwandlungskünstler.«

Mister Craven stellte sich in die Mitte der Barke, zog an einem Schnürchen, das unter dem Kragen hervorschaute, und der Pelerinenkragen verschwand im Gewebe des Kleidungsstücks. Dann zog er an einem Knopf, und der Stoff wechselte die Farbe und zeigte graue und rote Streifen.

»Und der Hut ist nicht minder bemerkenswert. Schau, ich drücke auf das Band, und, siehst du: schwarz. Schon kann ich in das Audienzzimmer Seiner Hochwohlgeboren von Truro eintreten. Ich drücke stärker, und siehe und staune: weiß. Ich spaziere durch das Wäldchen des Schlosses, im Sommer. Ich mildere den Druck und habe die Cremefarbe wieder, das Richtige für Reisen, wegen des Staubs auf dem Weg. Und drinnen, hier Tintenfaß, hier Feder und hier eine Uhr, von Evans gefertigt, mit Unterschrift und Siegel. Die Uhr ist von großem Nutzen, denn bei den Gerichten von Wales wird die Zeit der Beweisführungen durch eine Sanduhr gemessen, und die meisten Anwälte lassen sich ablenken, indem sie auf den dünnen Faden schauen, der von einem Glas ins andere rieselt, und verlieren den ihrer Rede. Ich, wenn ich den König oder die Charta Magna anrufe, grüße ehrfürchtig und vergewissere mich nebenbei der Zeit. Mehr als einen Prozeß hat mir diese Vorrichtung gewinnen helfen.«

Felipe freute sich über soviel Neuheit, denn ihm schien, als kehrte er zu den guten alten Zeiten in Miranda zurück, da er bei Merlin als Page lebte und es eine Vielzahl seltsamer und kurioser Besucher gab. Als die Barke vertäut war, sprangen Reisender und Fährmann an Land. Die Mainachmittage ziehen sich in Pacios mit niedrigem Nebel zu, und der Fluß fließt still über jene Furten hinweg. Man hört nur eine große Menge Vögel und irgendeine ferne Stimme. Sie stiegen zur Herberge hinauf, und Felipe tat dem Engländer kund, es gebe einen Wein aus León, sehr kalkreich und einjährig, der für den Humor des Körpers im Frühling angezeigt sei. Mister Craven, der sehr langsam trank und den Mund ganz vollnahm und dann in kleinen Mengen schluckte, wie man es in der Gironde tat, wodurch, wie er erklärte, ein Übermaß an Luft vermieden wird, die, wenn sie mit dem Wein hereinkommt, diesen zu sehr emulgiert und ihm, zumal dem roten, Temperatur und Fülle nimmt, fand ihn freundlich und überhaupt nicht nach Schlauch schmeckend.

»Seitdem es die Eisenbahn gibt«, sagte der Wirt, der gerade die Kostprobe der Brühe vornahm, »kommen die Weine gefässert.«

Der Engländer öffnete die Aktentasche aus schwarzem Leder, holte ein paar Papiere aus ihr hervor, zog den Stuhl ans Fenster und sagte zu Felipe:

»Ich werde dir einzelne Nachrichten aus diesem und jenem Buch vorlesen, einige, die ich vom Herrn von Galloden und andere, die ich auf meinen Reisen hörte, und alle über das Leben und die Werke deines ehemaligen Herrn, Don Merlin, Zauberer von Britannien. Die meisten von ihnen habe ich gesammelt, als ich halb Europa auf der Suche und Jagd nach den Erben des Herrn von Galloden durchstreifte, denn um dessen Erbe aufzuwecken, das im Gerichtsbett Seiner Gnädigen Majestät in der Stadt Cardiff schläft, muß ich, der Vollstrecker, die Liste der Erben vollständig und mit Wohnsitz beisammen haben, und jetzt fehlen mir nur noch diejenigen, die dem Bäumchen von Don Merlin entsprossen sein könnten, und diejenigen, die von einer Nichte des Oberpsalmisten der Presbyterianischen Kirche abstammen, die vor Jahren Schottland mit einem italienischen Bildnehmer verließ und später als Witwe im Reich von Aragón

mit Lumpen handelte und Nachttöpfe und Geschirr aus Talavera für alte Kleider tauschte.«

Mister Craven holte eine Lupe mit Silberfassung aus der Westentasche, und nachdem er sich mit zweimaligem Hüsteln den Hals freigeräuspert hatte, las er, nasal und deklamierend, das Folgende vor:

Geburtsort von Merlin

Allem Anschein nach war der Geburtsort von Don Merlin eine Lichtung in dem alten Wald von Dartmoor, in Großbritannien, jenseits der königlichen Schmieden und nahe der Kreuzung der Drei Sitze, von denen man weiß, daß die Feen sie früher benutzten, um auszuruhen und zu spinnen, denn man hat Fäden von feiner Wolle an ihnen gefunden. Merlins erste Wiege war der Schwingel des Wiesengrundes, denn auf der Lichtung stand nie ein Haus noch eine Hütte, und dorthin kam die entflohene Mutter in spe, welche als lediges Mädchen von einem Knopfmacher empfangen hatte, der ihr den Hof machte, als sie in der irischen Stadt, in der ihr Vater das Gewerbe des vierten Schmieds des Königs ausübte, aus dem Fenster lehnte. Der Bericht über diese Liebe steht in den Geschichten der Artussage, als Nebenepisode, dort, wo die Rede ist von den Schwertschmieden und ihren Genealogien, und einige führen ihn gesondert an unter dem Titel

Geschichte der bärtigen Frau

Diese bärtige Frau war die einzige Tochter des vierten Schmieds des Königs Donteach von Irland und hieß Scianabhan, was verdolmetscht heißt »das Juwel der Frauen«. Und kaum war sie getauft worden, sproß ihr der Bart. Er sproß ihr dicht und ohne Unterlaß, auf der linken Seite des Gesichts als seidiges grünes Haar und auf der rechten Seite als krauses rotes Haar. Sie wurde mächtig bestaunt und das Haus des Schmieds von den Königen besucht, wenn sie sich zu Zusammenkünften nach Tara begaben, und von einer Vielzahl von Menschen jedes Standes, die nicht müde wurden, die Bärtige zu rühmen, welche sehr anmutig und reizend heranwuchs und höflich war und jeden anlächelte und lernte, die Harfe zu spielen, und sich meisterhaft auf die Kunst des Stickens verstand. Aber der Bart verbot ihr die Liebe. In ganz Irland gab es keinen Prinzen, Krieger, Bettler, Bauern oder Rudersmann, der gewagt hätte, ihr den Hof zu machen oder um ihre Hand anzuhalten, selbst wenn er ihre vortrefflichen Gaben, die Anmut ihres Körpers, die Sanftheit ihres Blickes und ihrer Stimme, die Schönheit ihrer Hände und die Reichtümer ihrer Mitgift zu schätzen wußte, und alles des Bartes wegen. Scianabhan stand schon im neunundzwanzigsten Jahr, das sie am Tag des heiligen David vollendet hatte, und begann traurig zu werden. Und es konnte keine Rede davon sein, sich des Bartes zu entledigen, denn je mehr sie ihn abrasierte, um so leichter gedieh er, und in einigen Stunden bedeckte er abermals das Gesicht, das sie mit Bimsstein abgeschabt hatte. Scianabhan sang nicht mehr, von der Harfe begleitet, denn sie und die Harfe weinten zu gleicher Zeit.

Doch die Liebe kam. Es begab sich, daß an dem Haus des vierten Schmieds ein junger Bursche vorbeiging, dessen Name Achy – das heißt, Roter Nacken – lautete, und die Bärtige im Fenster erblickte, wo sie eine Wollweste für eine befreundete Nachtigall bestickte, sie geriet schon in die Jahre, diese abendliche Sängerin des Waldes, und die Winter machten sie krank. Die Bärtige antwortete sehr hold auf den fröhlichen Gruß des Burschen, der, ohne es lange zu bedenken, in die Schmiede hineinging und einen Diener fragte, der dort den Blasebalg trat, ob jene die berühmte Tochter des vierten Schmieds und noch immer ledig sei. Von sich berichtete Achy, er habe eine gebärfreudige Stute auf einer Wiese nahe bei Dublin, die Bregia genannt wird, und zwei Kalenden in einer Mühle im Connaught, und von Beruf sei er Knopfmacher, und dortselbst, vor dem vierten Schmied und seiner Tochter, fertigte er aus einem Ochsenhorn einen kompletten Mantelknopfsatz, und die Knöpfe ahmten die Form vierblättriger Kleeblätter nach. Der vierte Schmied und seine Tochter fanden den Burschen sehr nach ihrem Geschmack und gewährten ihm Unterkunft in der Schmiede, denn er sagte, er wolle sich mit dem Charakter jenes Liebchens bekannt machen,' bevor er in den Stand der Ehe trete.

Ganz Irland sprach über die Liebe, die der Bärtigen begegnet war, und der Knopfmacher freute sich jeden Tag mehr, daß er dieses Juwel gefunden hatte, und sprach schon davon, zu Sankt Martin in Cork zu heiraten. Auf dem Weg nach Tara, wo er ein Harfenkonzert hören wollte, befand sich König Chluas Haistig, mit anderen Worten Flaches Ohr, einer der bekanntesten unter den zweihundertsiebenundvierzig Königen, die es damals in Irland gab, und wollte die Brautleute begrüßen, und als er nach dem Mittagessen allein mit dem jungen Knopfmacher aufs Feld hinausging, fragte er ihn, wie er sich in die Bärtige verliebt habe, und ob diese farbigen Haare nicht ein Liebeshindernis darstellten. Und der junge Knopfmacher antwortete:

»Ich verliebte mich, Herr König, als ich sie im Fenster beim Sticken sah, und mir schien, ihr schönes Gesicht ruhte mit der linken Wange auf einem Stück grüner Wiese, das des Morgens in der Luft schwebte, und als sie sich zu mir umwandte, um meinen Gruß zu erwidern, sah ich, daß sie auf der rechten Seite rot geworden war.«

»Dann«, beharrte der König, »hast du also nicht gesehen, daß dies ein zweifarbiger Bart war?«

»Die Liebe ließ mir keine Zeit, so viel zu sehen, um so mehr, da ich vollauf damit beschäftigt war zu beobachten, wie ihre sanfte Stimme durch die Luft auf mich zukam.«

Der König Chluas Haistig, der Sohn einer Hexe gleichen Namens war, suchte noch am selben Abend seine Mutter auf und erzählte ihr seine Unterhaltung mit dem verliebten Knopfmacher und fragte sie, ob es keine Abhilfe gebe für den großen Bart der Tochter des vierten Schmieds. Es gab sie, und sie bestand darin, eine Dufterbse eingehüllt in eine Unze Walderde in die Dichte des Bartes zu pflanzen, und in dem Maße, wie die Erbse wüchse, würde sie sich von dem Haar nähren, so daß der Bart, wenn sie in Blüte stünde, aus dem Gesicht der schönen Bärtigen verschwunden wäre. Flaches Ohr sandte dem Knopfmacher die Nachricht zusammen mit einer Dufterbse und wünschte ihm ewige Liebe, eine glückliche Hochzeit und reiche Nachkommenschaft.

Es traf sich jedoch, daß die Medizin ihre Wirkung nur

dann entfaltete, wenn das Mädchen, das sie anwandte, seine Jungfräulichkeit bewahrte, ginge es nämlich schon auf den sechsten zu, dann wäre sie ein so gegenteiliges Mittel, daß der ganze Körper sich mit Flaum bedecken würde. Kaum hatte die Erbse begonnen, Wurzeln zu schlagen, begann sich auch schon der ganze Körper des Mädchens mit Haar zu überziehen, und das Haar war struppig, ähnlich dem, das den Bergrindern zwischen den Beinen wächst, und schweißgetränkt. Und der Knopfmacher erschrak vor einem solchen Maß an Häßlichkeit und floh nach Frankreich und suchte sich eine Anstellung in Aachen, in der Garderobe der Zwölf Pairs. Scianabhan war schwanger im fünften Monat und Tag, und um sich nicht vor ganz Irland zu verraten, das aufmerksam ihre Liebe verfolgte, begab sie sich heimlich mit einer Amme nach Großbritannien und brachte im Wald von Dartmoor ein Kind zur Welt, dem der Name Merlin gegeben wurde, als es die Taufe erhielt. Damals herrschte in beiden Britannien Galain der Faule, der Großvater des ewigen Königs Artus.

Die Schule von Longwood

Als Merlin drei Jahre alt war, trat er in die Schule von Longwood ein, in der geistige Wissenschaften und Kriegshandwerk gelehrt wurden, wo er Latein nach dem Donat und Griechisch nach alexandrinischen Anfangsgründen der Logik, einfache Substanzen nach Dioskurides, galenische Pharmazie, hippokratische Medizin, Pyrotechnik nach Biringuccio, Säfte und Dämpfe nach Paracelsus und Alchimie nach Don Gabir Arábigo lernte, und mit fünf Jahren löste er schon das Problem des selbstlüftenden Kamins, was in der Kaminologie der Quadratur des Kreises gleichkommt. Und jeder sah erstaunt, wie dieser in die Höhe geschossene Lausbub, das Haar nach Art der Bettelmönche geschnitten, die Augen lebhaft, mit den Meistern disputierte und, statt den Drachen steigen zu lassen oder das Froschspiel zu spielen, die freien Stunden damit verbrachte, sich mit Hebräisch, Transmutation, Kriegskunst und Homer bekannt zu machen. Und da er nach Vollendung seines achten Lebensjahres in Montpellier mit dem Medizinstudium fortfahren wollte, schrieb die Amme nach Irland, an die Herrinnen von Gwirmoan, welche gute Feen waren – sie kamen im Frost des Jahres 1627 ums Leben, dem sogenannten gregorianischen Frost, weil er auf den Tag des heiligen Gregor gefallen war, und das Eis überraschte sie, als sie sich im Garten einer verwitweten Gräfin als Blumen ausgaben, um sie von melancholischen Einsamkeiten zu heilen –, und die drei Schwestern sandten das Wasser des zunehmenden Viertels in einem versiegelten Krug, und mit nur zwei Mundvoll wurde Merlin wie volle zwanzig Jahre alt, mit goldenem Flaumbart, groß und sehr schmuck. Aber bevor er nach Montpellier ging, begab er sich zu der königlichen Schmiede in Wales und half bei dem Schwert »Plantata« des Königs Artus, das Merlin in geheimem Wasser badete, so daß es niemals würde rosten können. Von seiner Hand stammt auch der Festungsgraben von Persse Castle, der aus einem Wasserkanal besteht, auf dem eine fingerdicke Erdschicht schwimmt, die ausreicht, um eine Fülle verschiedener Blumen zu nähren, und niemand ahnt, daß Wasser darunter ist, und es kommen die kühnen feindlichen Ritter angeritten und versinken in dem, was sie für einen Rasen und Garten des ewigen Sommers hielten. Als Merlin mit diesen Werken beschäftigt war, pflegte er sich in den doppelten roten Umhang der königlichen Meister zu kleiden, holte für nichts und wieder nichts das Vergrößerungsglas aus dem Futteral, sehr bestimmt in seinem Urteil, und tat keinen Schritt ohne eine griechische oder lateinische Sentenz, um mit Schriften und Kenntnissen aufzutrumpfen. Im Schloß von Persse lebten die bretonischen Infantinnen als Ehrenfräulein bei der alten Gräfin, und an den Donnerstagen stieg Merlin in das Studierzimmer hinauf, um sie in irischen Genealogien und karolingischer Heraldik sowie in der Kunst der Falkenjagd, in Edelsteinen und in medizinischen Kräutern zu unterweisen. Unter den kleinen Infantinnen blühte auch jene, die Jahre später die kluge Königin Doña Ginevra sein sollte.

»Ich überspringe«, sagte der Engländer, während er die Papiere aus der Hand legte und die Lupe mit dem Taschentuch putzte, »den Aufenthalt und die Studien des jungen Zauberers in Montpellier, und die Reise nach Irland, als er schon seinen Titel in Medizin besaß, und auf der ganzen Reise legte er nie die Priestermütze und die gelbe Pelerine ab, und in Cork traten die

Menschen auf die Straße heraus, um ihn zu sehen, und es entstand sogar Verwirrung, weil er so geistlich daherkam, und auf den Wegen Irlands baten die Bettler und die Kinder ihn um Almosen und knieten im Schlamm der Straße nieder, vor allem auf den Brücken, da sie ihn mit dem römisch-byzantinischen Kaiser verwechselten, der dem Zeugnis der weisen Viviana zufolge angekündigt hatte, er werde als Pilger zum Brunnen des heiligen Patrick ziehen. Nachdem er das Erbe des vierten Schmieds eingefordert hatte – die bärtige Mutter war in einem Kloster in Canterbury, in dessen Chor sie sich als Harfenistin zurückgezogen hatte, an einer alternierenden Herzfluxion gestorben, welche neun Tage Aderlasse erfordert hatte, an denen die Leidende verschied, weil sie ihr unter dem Sternzeichen der Fische verabreicht worden waren –, begab er sich auf den Rat eines Monsignore aus Burgund, der ihn als Oberkammerherrn und geheimen Auditor in sein Gefolge einreihen wollte, nach Salamanca, damit man ihn zwei Semester Schriften lehre, und nach Toledo, um chaldäische Wissenschaft, Kabbala und Astrolabium zu hören. Und von seinen toledanischen Begebenheiten werde ich dir eine vorlesen, die eine große politische Neuheit ist.«

Merlin in Toledo

Der junge Merlin beschloß, sich von Madrid nach Toledo zu begeben, und er ging mit großer Sicherheit in die geschäftige Stadt mit ihren Dämonen, Juden, Hexereien und okkulten Wissenschaften, denn in einer Herberge in Medina del Campo hatte er Isaac Zifar den geheimen Namen von Toledo abgekauft, der erst vor kurzer Zeit bekannt wurde, und dieser Name ist lateinisch und lautet »Fax«, was Fackel bedeutet. Und es heißt, dieser Zifar sei reich geworden, indem er dieses Wissen vielen verkaufte, welche die Entdeckung nicht ausposaunten, weil sie sich als einzige in ihrem Besitz wähnten. In Madrid war Merlin in Bekanntschaft zu einem neapolitanischen Edelmann getreten, genannt Don Panfilo Atrisco dei Bottei, der Spanien besuchte, um beim Günstling des katholischen Königs, welcher zu jener Zeit der Herr Herzog von Lerma war, gegen den Herrn Vizekönig von Neapel zu intrigieren. Sie befreundeten sich im Haus einer Französin, die ein Geschäft mit Haarfärbemitteln betrieb, und einiger Fräulein, die als Nichten eines ehemaligen Gatten galten und fröhliche Mündel waren, und der Neapolitaner staunte alleweil über das Wissen von Merlin und besonders über seine Fertigkeit, geheime Botschaften zu entziffern. Don Panfilo fürchtete um sein Leben, denn wie es schien, verfolgten ihn Agenten im Sold der gegnerischen Partei, und er bat Don Merlin, er möge doch von seiner Hand die Briefe, die er aus dem »reame« mitbrachte, dem Herzog von Lerma überbringen, der seine Herbstfrische in Toledo verbrachte, er würde ihm eine vollständige Hausiererausrüstung leihen mitsamt Duftseifen, Rosenpulver und Haarnadeln. Merlin willigte ein, denn er sah die Gelegenheit, sich dem Günstling und der spanischen Politik zu nähern, und fand Gefallen an der Idee, heimlich in das heimliche Toledo einzuziehen.

Als Illescas in Sicht kam, trat Don Merlin eine dunkelhäutige, ansehnliche Frau in den Weg, ohne Schuh noch Strümpfe, um ihm ein Paar reich bestückte Ohrgehängsel und ein Stück Seife aus Alhama abzukaufen. Die junge Frau bezahlte den Kauf mit einer Silbermünze, und sobald Merlin sie in die Tasche gesteckt hatte, fühlte er sich geneigt, der Dunkelhäutigen zu folgen, wohin sie ihn führen würde, und vergaß den dringenden politischen Botendienst, der ihm oblag, seinen Stand und seine hohen Studien und sogar den Posten des Auditors in Burgund. Die Frau führte ihn zu einer Hütte in der Gegend, die Viso de San Juan genannt wird, und auf dem Weg sagte sie zu Merlin, ihm bleibe gar nichts anderes übrig, als ihr zu folgen, denn er trage eine Münze des Teufels in der Tasche. Und sie nannte ihn Don Panfilo und plauderte ihm etwas in Italienisch vor. Man verwechselte ihn also mit dem Herrn von Atrisco, und mit jenem Zauber konnte es nicht weit her sein. In der Hütte befand sich der Teufel, er saß neben der Tür und schrieb auf einen großen Bogen aus unbeschnittenem Barcoleneser Papier. Er besaß ein großes Vorderhorn, und mit dem Schwanz verscheuchte er die Fliegen, die wie gewöhnlich lästig waren im Herbst beider Kastilien.

Der Teufel, der seinen Namen nicht nannte, grüßte Merlin sehr höflich und nannte ihn Don Panfilo de Atrisco, dessen edle Vorzüge ihm wohlbekannt seien, und sagte ihm, er halte ihn nur auf, um zu erfahren, wie in

Neapel die Schnitten mit weißen Käse hießen, die in der Pfanne gebacken werden, nachdem man sie mit Ei paniert hat.

»Sie heißen«, antwortete Merlin, dem in dieser Minute die Erinnerung von Don Panfilo zu Hilfe gekommen sein mußte, ›mozzarella in carrozza‹, und ›mozzarella‹ ist der weiche und zarte, fast cremige Käse.«

Der Teufel notierte den Namen in einer Ecke des Blattes, und nachdem er sich aus Merlins Tasche die Silbermünze zurückgeholt hatte, befahl er der Magd, sie solle dem falschen Hausierer den Weg nach Toledo zeigen.

Merlin traf in Toledo ein. Mit Sicherheiten des Herzogs von Lerma ausgestattet, legte er Galakleidung an und begab sich zu ihm, um dem Günstling die vertraulichen Briefe zu überbringen, die er bei sich trug, und als der Herzog ihn nach der Reise fragte, unterließ Don Merlin es nicht, ihm von der Begebenheit bei Illescas zu erzählen. Der Herzog von Lerma sagte, es habe sich gewiß um einen Scherz schelmischer Vagabunden gehandelt, und lachte und sagte zu ihm, am nächsten Nachmittag könne er kommen und sich auf einem Landgut erfrischen, auf dem ein Neffe von ihm ein Fest gebe. Und kaum traf Merlin bei dem Pique-nique ein, als ihn der Günstling beiseite nahm und ihm sagte, es zieme sich, ein Vaterunser für die Seele von Don Giulio, Graf von Güini, zu beten, einem Florentiner in seinen geheimen Diensten, der im Wirtshaus des Franzosen in Madrid an Gift gestorben sei, und man habe ihm das Gift in »mozzarella in carrozza« verabreicht, nach der es ihn immer sehr gelüstete.

Don Merlin erhielt Gelegenheit, sich nach Italien zu begeben, und unternahm in einem heiteren Monat Juni eine sehr bequeme Reise von Valencia nach Ostia. Und kaum war er eingetroffen, tätigte er einen Kauf, von dem und anderen Neuigkeiten ich unter dem Titel berichte:

Die Reise nach Rom

Während Don Merlin in der Herberge der Lederhelme wartete, daß man ihm das Piemonteser Maultier frisch beschlagen brachte, das er für die Reise nach Rom gemietet hatte, setzte er sich unter die Weinlaube, um den italienischen Morgen und das Meerblau zu betrachten, und er träumte so vor sich hin, die Augen halb geschlossen der großen Helligkeit des Tages wegen, als sich ihm ein Bettler näherte und ihn um Almosen bat, und nachdem der Zauberer es ihm sehr großzügig gewährt hatte, steckte der Arme – ein dicker und sehr bärtiger Hinkefuß, vom Gürtel aufwärts nackt, mit Kniehosen, die, nunmehr alt, von einem Schweizer des Papstes stammten – den Zeigefinger in ein Ohr, drehte ihn hin und her und holte einen schönen goldenen Ring hervor, auf dem ein leuchtender Rubin saß, und bot ihn dem Zauberer von Britannien zum Kauf an, für zwei Silberengel aus den Meerstädten, die er in Merlins Tasche gesehen hatte, als dieser sie öffnete, um ihm das Almosen zu geben. Der Zauberer fand das Angebot sehr anständig und besiegelte den Handel. Der Bettler entfernte sich unter Verbeugungen, ein zerfranstes und geflicktes spanisches Birett schwenkend, mit dem er sein ungeschorenes Haar bedeckte, und Don Merlin betrachtete eingehend den Stein, den das morgendliche lateinische Licht in all seinen Facetten glitzern ließ. Als er die Hufe seines Maultiers im Hof vernahm, wickelte der Zauberer den Ring in ein Taschentuch aus grüner Seide und verbarg das Juwel in einer Geheimtasche am Kragen der kurzen Kapuze, die er des Sommers wegen trug, in dieser Tasche verwahrte er den Code, den er benutzte, um mit König Artus' Sekretär für die Briefe in keltischer Sprache zu korrespondieren, und eine mit karibischem Wasser vergiftete Nadel, die er in Toledo einem abgekauft hatte, der aus den Indien kam. Der Code der arturischen Kanzlei war der nämliche, den im alten Griechenland die Lakoniker benutzten, und heißt in ihrer Sprache »skitale«, und mit seiner Hilfe korrespondierten die Ephoren mit den Botschaftern und den Strategen, und er bestand darin, daß ein kleiner, eineinhalb Spannen langer Stab aus Olivenholz schräg in ein Stück Leder gewickelt und auf diesen, solcherart eingewickelt, von oben nach unten geschrieben wurde, so daß die einzelnen Buchstaben erschienen, wenn man das Leder abwickelte, und um die Botschaft zu lesen, mußte der Empfänger das Leder erneut um einen Stab der gleichen Länge wickeln.

Don Merlin traf ohne größere Zwischenfälle in Rom ein, zufrieden mit dem gemächlichen, wiegenden Schritt des Maultiers, dessen Name »Tirana« lautete, und betrat die Stadt durch die Porta San Paolo, und bevor er diese passierte, hielt er kurz inne, um die Pyramide des Caius Cestus zu betrachten. Der Via della Marmorata folgend überquerte er den Tiber auf dem Ponte Sublicio und hielt Ausschau nach dem Hospiz von San Michele, wo er bei einem logieren wollte, der sein Gefährte in Montpellier gewesen war und jetzt die Medizin in jenem Haus ausübte, in dem er gute Unterkunft besaß. Und dieser römische Arzt hieß Micer Orlandini, und als er in Montpellier lebte, verfiel er zuweilen in Melancholie, während er aus dem Fenster seiner Herberge lehnte, und wenn man ihn fragte, was ihn betrübe, pflegte er zu erwidern:

»Ich träumte gerade von ›carciofi alla giudea‹ und von ›spaghetti alla carretiere‹ und daß ich das Essen mit einer

Flasche Marino begoß, der von allen Weinen der Castelli Romani am meisten nach meinem Geschmack ist.«

Am ersten Abend, den Herr Merlin in Rom verbrachte, aß er »ciriole coi piselli«, trank Marino, und nachdem er eine Weile den Vollmond über den schicksalhaften Hügeln betrachtet hatte, ging er ins Bett, und als er die Kerze gelöscht hatte und ihm schon die Augen zuzufallen begannen, sah er, wie aus dem Kragen der kurzen Kapuze, wo er seine Geheimtasche hatte, eine weibliche Gestalt herausschlüpfte, in unbestimmtes grünes Tuch gehüllt, und dieses Gespenst, denn um ein solches handelte es sich, eine halbe Stunde aus dem Fenster schaute und dann ganz langsam in sein Versteck zurückkehrte. Drei weitere Nächte wiederholte sich das seltsame Ereignis, und da Merlin den in das grüne Taschentuch eingewickelten Ring jede Nacht an einem anderen Ort verwahrte und aus diesem das weibliche Gespenst hervortrat, gelangte der Zauberer zu dem Schluß, daß er einen verhexten Ring besaß. Unter dem Kopfkissen versteckte er ihn, und neben Merlins Kopf kam die schöne, reizende und überdies parfümierte Figur hervor, so daß unser Mann in Verwirrung geriet und sogar etwas Feuer fing. Aber in der fünften Nacht legte er den Ring, um sich der Unkeuschheiten zu erwehren, in die Geheimtasche zu der vergifteten Nadel, und es begab sich, daß überhaupt kein Gespenst erschien. Am nächsten Morgen ging er zu der Tasche, um das Stäbchen des Codes herauszunehmen und Don Artus zu schreiben, und er fand die Tasche voller Asche, und das Gold des Ringes war zu Kupfer geworden und der Rubin tot, verwandelt in blindes Glas, das nicht einen Funken sprühte, als er es in die aufgehende Sonne hielt, die den Palatinshügel auf dem anderen Ufer vergoldete. Micer Orlandini und Don Merlin studierten den

Kasus gemeinsam nach Cornelius Agrippa, Aristoteles und Dioskurides und entdeckten die Ursache: Als das Gespenst in der Geheimtasche Gestalt annahm, stach es sich an der mit karibischem Wasser vergifteten Nadel, und dieses Gift erwies sich als so wirkungsvoll, daß das Gespenst dortselbst seinen Tod fand.

»Eine Frau war es und sehr schön«, sagte Don Merlin. »Verliebte Asche ist dies vielleicht.«

Und ihm kam der Gedanke, zum Fluß hinunterzugehen, und vom Ponte Sublicio streute er sie, die Asche, in die Wasser des Tiber, die sie zum Meer tragen würden, und Merlin verharrte so melancholisch an der Brüstung der Brücke wie in Montpellier Micer Orlandini an seinem Fenster, wenn er sich nach den Artischocken auf jüdische Art sehnte, und von seinen Lippen kamen lateinische Verse, von denen der einzige, an den ich mich erinnern kann, lautet:

›Sic te diva potens Cypri ...‹

was horazisch ist; in italienisch wiederholte er es Micer Orlandini: ›Die Göttin und Herrin von Zypern, die Brüder Helenas, zwei leuchtende Sterne, und der Vater der Götter mögen dich leiten ...‹

Ich lese nicht die Rückkehr von Don Merlin nach Britannien und die Tage, die er am Hofe des ewigen und künftigen Königs Artus verbrachte, denn diese stehen in den Geschichtsbüchern, welche in den Schulen gelesen werden. Es mag genügen, wenn ich sage, daß die ganze Tafelrunde keinen besseren Freund noch aufmerksameren Ratgeber, Arzt und Politiker besaß, und einer seiner engsten Kumpane war jener Ritter Don Lanzelot vom See, der ihm, als er verschied, Doña Ginevra innig ans Herz legte, denn dieser Lanzelot führte mit Doña Ginevra hinter dem

Rücken ihres Mannes, des Königs, eine Liebe im Schilde, aber eine von der altmodischen und höflichen Art, die keinen Ehrverlust mit sich bringt, wie es heißt. Und ich habe dir schon manche Nachrichten vorgelesen, die dir unbekannt waren, und mein Hals ist überanstrengt. Ich werde dir zum Schluß nur noch sagen, daß Don Merlin sich in Paris aufhielt, um mit Don Franklin den Blitzableiter zu studieren, als ihn die Nachricht erreichte, er würde eine Tante – mütterlicherseits, wie die meisten behaupten – im Reich von Galicien beerben, in dem wir uns befinden. Und da dein späterer Herr des Lärms der Welt etwas müde war und weil Doña Ginevra durch die Revolution in Frankreich der Einkünfte verlustig ging, die sie aus dem Walfischöl des Primats von Rennes in der Bretagne bezog, und ihn um Hilfe bat, kamen beide überein, sich in Erwartung besserer Zeiten nach Miranda zurückzuziehen. Und in Miranda lebten sie Tage, die etwa sechzig Jahre ausmachen, bis Doña Ginevra, als sie ihre Stunde nahen fühlte, in ihrem Geburtsland Wales sterben wollte, in einem kleinen Garten neben den Ruinen von Persse Castle, wo sie den Lerchen lauschen und den Kopf eines alten Hundes streicheln konnte, der schwarz war, aber vom Alter schon braun wurde, und blind . . .«

»Das war mein Norés!« rief Felipe de Amancia aus. »Und war er weiß zwischen den Beinen?«

»Hier steht es: pechschwarz und zwischen den Beinen weiß gefleckt«, las der Engländer in einer Anmerkung.

»Mein Norés war das! Ach, mein Freund!«

Und die Augen des alten Fährmanns füllten sich mit Tränen. Die Dunkelheit brach herein. Die Ringeltauben flogen und suchten sich eine Ruhestatt in den Erlen und Weiden des Ufers. Der Mond stieg früh über dem Arneiro auf. Der Wirt entzündete eine Gaslampe und rief nach der Tochter, sie solle herunterkommen und den Tisch decken, der Engländer habe aufgeschobenen Hunger.

VERZEICHNIS DER NAMEN UND ORTE

ALSIR, Sidi Mohamed Ibn: Tunesischer Maure, der mit einem Geleitbrief der Hohen Pforte reiste und Magnetnadeln, Essenzen und Geschichtsbücher verkaufte. Er erwarb auf dem Markt in Tilsit den politischen Spiegel der Republik von Venedig und verkaufte ihn in Helsingör an Doña Ophelia. Er beschenkte Felipe de Amancia mit dem »Roman vom Teufelsfurz«, den Monsieur Gui Tabarie geschrieben hat, wie der Dichter François Villon in seinem »Grand Testament« berichtet.

ALMEIDA, Der Herr: Portugiese, der die griechische Sirene, bekannt als Doña Theodora, nach Luzern begleitete. Er war Uhrmacher in Chaves.

ANGLOR: Prinzessin der Rhône, die ein Jahr verborgen im Sonnenschirm eines Kanonikus von Avignon verbrachte, bekleidet nur mit ihrer Röte, dem Haar, das ihr über den Rücken fiel, und einem grünen Band am linken Knöchel. In sie verliebte sich der Page François, Pichegru mit Spitznamen.

AQUITANIEN: Provinz in Frankreich, die rechter Hand vom französischen Weg liegt, wenn man von Lugo kommt. Ein Land, das sehr berühmt ist ob seiner Weine und leichtfertige Frauen hervorbringt, nach dem Sprichwort: »Sandiges Land läßt Huren gedeihen«.

AVALON: Insel, auf der Don Amadís von Gallien seit seiner Vermählung mit der unvergleichlichen Oriana lebt. Sie ist einer der ältesten und berühmtesten Teile Britanniens, und ihr Name bedeutet »*die Geheimnisvolle*«.

AVIGNON: Stadt der Päpste in Frankreich. Berühmt wegen ihrer Brücke. Dort wird der Wein getrunken, der Châteauneuf du Pape heißt; trinkt man ihn im Herbst, ist es, als hänge man sich ein mit Turteltaubenflaum gefüttertes Mäntelchen um.

AVIGNON, Der Herr Kanonikus von: Herr des Pagen Pichegru, in dessen italienischem Sonnenschirm sich Anglor in einer Johannisnacht verbarg. Er war ein großer Liebhaber von Tambourmusik.

AUGUSTUS: römischer Kaiser, der sich mit Doña Livia vermählte, als diese im fünften Monat schwanger von einem anderen war.

BEJARANO, Don Jovito: Ein gewisser Salmantiner, der Guerrillero unter dem Charro Don Julián war. Ein Mann, der leicht in Zorn geriet. Mit seiner bäurischen Reitweise jagte er die Stuten zu Tode, zum großen Ärger des Laienbruders, der als Stallknecht diente.

BELIANIS, Don: Hochberühmter Jäger in den Ländereien von León, Vetter des alten Erzpriesters von Vados. Er gehörte zum Trupp des Pfarrers Merino, Schwadron des Briganten, Abteilung Kundschafter. Er kaufte dem Fremdling Elymas Bücher ab, die von Pulver handelten.

BELVIS: Palast, zwei Meilen von Miranda entfernt, dessen Verwalter der Zwerg mit den flachen Strohhüten war. In ihm lebten die Komteßchen von Folgar, die mit Quark großgezogen worden waren und eine große Vorliebe für Bänder aus Paris besaßen. Sie hatten ein Pekinesenhündchen, dem Don Merlin beibrachte, ein Morgenständchen zu pfeifen.

BELVIS, Der Herr Graf von: Der junge Graf von Belvís, der mit einer Federkappe und seinem Zwerg als Schleppenträger zum Begräbnis der Großtante väterlicherseits von Herrn Merlin kam. Er war dem Kartenspiel und der Gitarre zugetan und starb an einem Mondfluß, der ihn in Granada befiel, als er der Witwe eines Apothekers, der er schon länger die Röcke hochhob, ein Ständchen brachte.

BISCHOF VON LAMEGO, Der Herr: Der hinkende Bischof von Lamego in Portugal; er besaß einen Ariston aus Brüssel und zog einen Raben auf, der in Latein redete. Er kaufte Müsjö Simplom Schneekugeln und Spieldosen ab. Er setzte die Synodalen in portugiesische Verse und nahm dabei »Os Lusiadas« zum Vorbild für Oktaven, und lehrte seine Geistlichen, eigenhändig die Mayonnaise herzustellen, wenn er seine Pastoralbesuche machte.

BRAGA: Stadt, in der der Primas von Portugal lebt und Doña Theodora, eine griechische Sirene, den portugiesischen Edelmann begrub, den sie zum Geliebten hatte. In Braga trug sich die Geschichte von Don Esmeraldino zu. Vor Zeiten bereitete man dort eine hochberühmte Latwerge aus Orange, *Honigwasser von Braga*, geeignet, um den saturnischen Gemütern die Leber zu kühlen.

BRITANNIEN: Heimat von Doña Ginevra, meiner Herrin und Gebieterin, die dort einen Palast, zwei Rosenstöcke und eine Nachtigall besaß. Es ist ein großes Reich zwischen zwei Meeren, und jetzt aufgeteilt, denn sein letzter König, Don Artus, verwandelte sich nach seiner Niederlage auf dem Schlachtfeld in einen Raben.

CALIELA, Dame: Prinzessin von Ghasna, deren Name besagt *der Honig, der überfließt.* Sie zerwühlt das Bett des Herrschers Don Michaelos Comneno von Konstantinopel, mit der Absicht, ihm den Geist zu vernebeln und ihn mit seinem Heer im Wüstensand zugrunde zu richten. Sie bekleidet sich nur mit einem goldenen Glöckchen am Knöchel.

CALIODORA, Kaiserin Doña: Sehr bekannt in der Geschichte der byzantinischen Moden, denn sie setzte das Bemalen der Nägel der kleinen Finger durch, und auf den ihren sah man, wenn man durch ein Vergrößerungsglas blickte, auf dem einen den Kaiser und sein Gefolge auf dem Weg vom Palast zur Pferderennbahn und die »Grünen« und die »Blauen«, die ihm zujubelten, und auf dem anderen eine Fasanenjagd in Kolchis mit den kaiserlichen Falken, die über den bunten Herbstwald flogen.

CASILDA: Dienstmädchen im Haus von Don Merlin, vormals Magd des Blinden in Outes. Sie hatte einen Sohn vom Schirmmacher in Sebes.

CASTEL, Müsjö: Diener des Herrn Bischofs von Paris, der die Sonnenschirme und den Mondschirm nach Miranda brachte. Er war dick und rothäutig und besaß Stirnfransen, die eine Freundin ihm kräuselte, welche Klosterdienerin bei den Kapuzinerinnen in der Rue des Lapins war. Er hatte einen Notsitz mit Unterhalt im Chor von Sens in Aussicht, aber er starb, bevor er die niederen Weihen erhielt, weil er sich an in Zwiebeln und Öl gebratenen Amseln den Magen verdarb.

CERIS: Blinde Albinokatze, die Doña Ginevra nach Miranda mitbrachte, aus der Familie der königlichen Katzen von Britannien. Die Barthaare dieser Katzen werden sehr geschätzt, um den Leuten in die Augen geflogene Sandkörner herauszuholen.

CHALDÄER: Unterirdisches Volk, das auf der Suche nach der Schlange Smarís den Goldenen Balken fand, auf dem das Flachland der Welt ruht.

CHRISTOPHOROS: Polemarchos der Byzantiner; er sandte den Boten Leonís nach Miranda, um von Merlin den Weg zu erbitten, welcher »der abnehmbare Weg« genannt wird.

COBILLON: Parfümeur und parfümierter Teufel, ein großer Verführer, der eine Witwe in Soria mit Heiratsversprechen und einer Lufterscheinung täuschte, die nach valencianischer Narde roch.

CROIZAS: Teufel aus Pamplona, den Don Merlin in ein brennendes Strohbündel verwandelte. Er gehörte zum Zweig der Buhlteufel. Er gab sich in Miranda als Don Silvestre aus, verfassungsmäßiger Bürgermeister von Bordeaux in der Gironde.

DEKAN VON SANTIAGO DE COMPOSTELA, Der Herr: Er kam nach Miranda, um einen silbernen Nußknacker für das Domkapitel des heiligen Apostels zu kaufen.

EDINBURG, St. Andrews von: Medizinschule, welche die Blutegel *ad majores* benutzte. Eine der berühmtesten der Christenheit.

EHEMALIGE KLOSTERBRUDER VON GOAS, Der: Er hieß Don Ernestino und war Bernhardinermönch in Meira. Er hatte eine Geheimtasche in seinem Schaufelhut, in der er eine Schutzpistole mit sich führte. Er stammte aus La Rioja und säte auf der ganzen Kirchendomäne von Goás Spanischen Pfeffer, den man *Arschfeuer* nennt.

ELEONORA, Doña: Nichte des Großinquisitors von Neapel, der Herren Herzöge von Presenzano und von Francavilla. Kaufte die Teufels-Badewanne in Fossano.

ELYMAS: Fremder Zauberer, der sein Brot damit verdiente, geheime Bücher der Kunst zu verkaufen und Geschichten in den Herbergen zu erzählen. Er war vom Stamm der Chaldäer.

ESMERALDINO, Don: Der Hahn von Portugal.

FELICES, Don: Kantor in der Kirche von Santiago. Er legte Karten und machte Weissagungen nach der Sanduhr und durch Aleuromantik.

FELPETO, Der Herr: Zimmermann, der dem Bischof López Borricón aus Mondoñedo das Dreirad aus Eichenholz fertigte.

FLORINDA, Doña: Sehr vermögende Witwe aus Soria, die sich in den Teufel Cobillón, Parfümeur in Paris, verliebte.

FLUTE, Mestre John: Kammerflötist von Lord Sweet. Er begleitete die Bruchstückchen der seligen Lady Tear nach Miranda. Komponist der *Swan's Pavane*, mit dem Text der Witwe des reformierten Bischofs von Liverpool. Er war ein großer Liebhaber von Mehlspeisen.

FOG, Lady: Großtante der Könige von Thule, die mit einem französischen Stärkebügler in Versailles, durch den die Lilien von Frankreich nach Thule gelangten, in wilder Ehe zusammen lebte.

FRAU DES SCHMIEDS, Die: Tochter des erstgeborenen jungen Herrn von Humoso. Ihre Mutter kam sehr jung nach Pacios, verheiratet mit dem Schuhmacher von Noste, und der Majoratserbe von Humoso, der sich dort die Holzschuhe anfertigen ließ, hatte sie kaum gesehen, als er sich schon in sie verliebte, und so wachsam der Ehemann auch war, er konnte den Sperber nicht von der Taube verscheuchen, und da er ein friedlicher Mann war, der sich sein Brot verdiente, antwortete er nach der Geburt der Argimira, denn so taufte man die Neugeborene, auf die Scherze über das gewaltige Gehörn, das der Junker von Humoso ihm aufgesetzt hatte, mit den Worten: »Da ich ihn hätte umbringen oder gewähren lassen müssen!«

FROILAN, San: Berühmte Kirmes in Lugo, auf der Felipe de Amancia im *Teatro Ideal* des Valencianers die Tragödie von Don Cruces sah, der von einer leiblichen Nichte vergiftet wurde, um die ein Gendarmeriesoldat freite.

GABIR ARABIGO, Don: Meister der alchimistischen Wissenschaft, bei dem mein Herr Don Merlin in Damaskus Elixiere und Transmutation der Metalle studierte.

GALLIEN: Reich und Insel im offenen Meer, aus dem die Krone von Don Amadís stammt, und jetzt ein verborgener Teil des geteilten Reiches von Britannien.

GALLOWS, Mister: Englischer Arzt des Khediven von Ägypten. Er führte die Seerose in die britische Pharmakopöe ein.

GHASNA: Reich und Stadt im Osten des byzantinischen Imperiums. Dort herrschen sieben Riesenfürsten, Söhne eines Buckligen und alle aus einem Bauch, und die sieben haben keine andere Frau als Dame Caliela, mit der sie jeweils einen Mond zu Bette liegen, wobei sie ihr alle sieben Monde einen Ruhemond in einem Schwimmbad gewähren.

GINEVRA, Sehr hohe, edle und mächtige Frau Doña: Meine Herrin, einst Königin von Britannien.

GIOVANNI DE TREVISO, Don: Von den Herzögen von Aragón, Bannerträger der Heiligen Römischen Kirche. Er war mit Lady Tear verheiratet und starb aussätzig in Florenz.

HAIRY, Meister: Arzt von St. Andrews in Edinburg. Holte Lady Tear ins Leben zurück.

HAMLET, Don: Herr König von Dänemark, trauriger und zweifelnder Prinz, dessen argwöhnische Mutmaßungen und grausamer Tod durch die Theater geistern.

HELSINGÖR: Schloß in Dänemark, in dem der Maure Alsir eine Audienz beim unschlüssigen Herrn Don Hamlet erhielt und in dem Doña Ophelia lebte. Es liegt hoch über dem Meer, und den Garten hat es drinnen, der Seewinde wegen.

HUGENOTTE VON RIOL, Der: Französisches Gespenst des Herrenhauses von Riol, in den Asturien von Oviedo, das der Abt Laffite in einer Phiole aus Muranoglas als Pilger nach Santiago de Compostela bringen wollte. Es bewahrte die ganze protestantische Galle, wie man an seiner Reaktion auf Don Jovito Bejarano sehen konnte.

LAFFITE, Der Abt: Französischer Geistlicher, der nach Compostela pilgerte. Er ähnelte in nichts den französischen Äbten aus den Romanen. Er tat sich im Mästen junger Puter für Weihnachten hervor und war in der Guyenne und im Médoc sehr gefragt, um die Predigt der Kreuzabnahme zu halten. Auf dem Rückweg von Fesenzac, wo er, noch ein fröhliches Kind, die Stiere mit den Schutzkugeln auf den Hörnern sah, hatte er eine Vision des Erzengels Michael.

LEONIS: Page des Herrschers Michaelos Comneno. Er kam aus der Wüste nach Miranda, um den Weg zu suchen, den man »den abnehmbaren Weg« nennt. Er gehörte zu den Bewunderern von Dame Caliela aus Ghasna.

LIAÑO, Der: Schankwirt in Pacios. Er besaß die Wirtschaft bei der Steinsäule, an der die Barke festmachte.

LIAÑO, Der Neffe des: Er ging zur Apotheke von Meira, um das geeignete Gegengift und die beruhigenden Honigpillen für Müsjö Simplom zu kaufen. Namhafter Forellenfischer, der als erster im Land mit Fliegen fischte. Er besaß eine Barke in Sernandes, die über den Miño setzte. Er starb als Zollbeamter in Lugo, verheiratet mit einer Portugiesin, die Mündel der Großzügigen gewesen war.

LYON: Stadt und Markt in Frankreich, berühmt für ihre Seidenstoffe und den Ratafia. Manche vergleichen sie mit Medina del Campo.

MACAREA, Doña: Byzantinische Prinzessin, anmutige Herrin der possierlichen weißen Maus, deren Schwanzspitze drei schwarze Flecken zierten.

MANUELA DE CARLOS: Dienstmädchen des Hauses, der ich beibrachte, Kirschkerne zu spucken. Sie nahm ich zur Frau, als ich Fährmann wurde.

MARCELINA, Die Frau: Nichte des Schreibers von Azúmara und Oberköchin in Miranda. Sie verliebte sich in die Ankommenden, was keine geringe Arbeit war. Als Don Merlin fortging, richtete sie in Lugo ein Gasthaus ein.

MEIRA: Einstiges Bernhardinerkloster, Santa María la Real de Meira, an der Quelle, wo der Miño entspringt. Hochberühmte Maultiere, der Genügsamkeit und des wiegenden Ganges wegen, berühmte Apotheke, mit Schule für einfache Substanzen nach Dioskurides und für Phlegmas nach Theophrastus Paracelsus. Jetzt ist es eine Ruine.

MERLIN: Mein Herr Gebieter und Meister, von dem ich nicht sage »*Gott hab ihn selig*«, weil keine Nachricht eintraf, er sei gestorben.

MICHAELOS, Der Herrscher Don: Basileus von Konstantinopel, Comneno Angelis Lascaris, Hippogenet genannt, der zur Welt kam, während seine Mutter zu Pferde saß, und die illustre Dame stieg nicht einmal ab, um ihn zu gebären. Er hat sich im Wüstensand verloren.

MIRABILIA: Einer der Sonnenschirme des Bischofs von Paris. Seine Hochwürden benutzt ihn am Pfingsttag, und wenn der Prälat darunter steht, erwirbt er die Gabe der Zungenrede.

MONDOÑEDO: Stadt in Galicien, erwähnt in der Vorrede des »Quijote«, weil Cervantes berühmte Kurtisanen anführt, deren Leben der Bischof Guevara beschrieben hat. Sie hat berühmte Märkte am Tag des heiligen Lukas, mit wilden Pferden, Eisen, Buchsbaum und Honig. In ihr wurde der Herr Cunqueiro geboren, dort, wo man das Rauschen des Wassers des Alten Brunnens hört, derselbe, der diese Geschichten ins Kastilische übertragen hat. Sie ist reich an Brot, Wasser, beschaulichen Gärten mit Kameliensträuchern, Orangenbäumen und Amseln, und an Latein.

NEAPEL: Zweiläufige Flinte von Herrn Merlin, Geschenk des jungen Unterinfanten von Palermo an meinen Herrn, als dieser dem Hund Perris, einem gefleckten Brackhund, der eine Bulle des Papstes besaß, um die Rebhühner von Castelgandolfo zu stellen, die Nase in Ordnung brachte.

NEY: Hund des Hauses.

NISTAL, Romualdo: Einer aus der Maragatería, der einen Laden in Manzanal besaß. Es stellte sich heraus, daß er ein Wolfsmensch war, als er sich im Eichenwald von Dueñas erhängte.

NORES: Ein weiterer Hund des Hauses. Er war für die Fischotterjagd erzogen und schwarz wie die Nacht. Er gewöhnte sich an, in meiner Kammer zu schlafen.

NOSSOLINI, Don Piero: Monsignore Großinquisitor von Neapel und beiden Sizilien und der Insel Capri. Exorzierte den Teufel, der sich in Fossano in eine Badewanne verwandelt hatte, um die nackten Nonnen besser sehen zu können.

NOVAS, Seine Exzellenz: Portugiesischer Begleiter der griechischen Sirene Doña Theodora. Die Gazetten berichteten, die Ränkeschmiedin habe ihn unterwegs dermaßen umgarnt, daß Novás sich bei seiner Ankunft in Luzern mit der Sirene in die Tiefe des Sees begeben habe. Er besaß einen Kurzwarenladen in Mirandela, und den erbte eine Nichte, die mit einem Weber verheiratet war, der, mit Königlichem Titel, die weißen Strümpfe für die Infanten des Hauses von Braganza fertigte, welche sehr flache Waden haben, wie man den Gemälden entnehmen kann.

OMEGA, Don: Oberuhrmacher der Schweiz, einst Bewohner der Stadt Genf.

PARIS: Paris in Frankreich, Stadt des Bischofs mit den Sonnenschirmen und dem Mondschirm, am Ufer der Seine. Dort besitzt der Teufel Cobillón ein Geschäft für Parfüme und Duftseifen. Die Frauen der Stadt haben den Ruf, von der Feder zu sein. Dort wurde Meister Abaelard aufgrund der Liebesgeschichte mit der Nichte eines Kanonikers, genannt Heloise, entmannt; von beider Sohn, Astrolabium, stammen die Villiers de l'Isle-Adam ab, Verwandte meines Herrn Merlin. Die Stadt ist berühmt ob ihrer Reichtümer und ob ihrer Täuschungen.

PARIS, Don: Prinz des Zwergenvolks der Chaldäer, welche die Schlange Smarís suchen. Er wollte den Goldenen Balken zu Münzen prägen.

PARZIVAL, Don: Ritter aus Britannien, dessen Geschichte Doña Ginevra in Versen erzählte, wie er auf die Suche nach dem Gral auszog.

»PAUL UND VIRGINIE«: Roman von Bernardin de Saint-Pierre, welchen das blonde Komteßchen von Belvís unter Tränen las, als sie vom jungen Herrn von Belmonte schwanger war.

PAUL UND VIRGINIE: Zwei Weiden am Ufer des Miño, im Inventar der Besitztümer von Don Merlin in Miranda bei Lugo.

PETRUS MUNIUS, Dominus: Abt von Meira, in dessen Kapuze der byzantinische Zwergpage, der sich auf der Suche nach der Maus von Doña Macarea befand, sein Noviziat absolvierte.

PICHEGRU: Spitzname des Pagen François, der sich in Dame Anglor, die Prinzessin des Flusses, verliebte, nachdem er sie in der Johannisnacht auf der berühmten Brücke von Avignon nur einen Augenblick lang nackt gesehen hatte.

RUFAS, Al Hach Ismael Ibn Sina: Wüstenscheich, vergiftet, weil er an einem Pfirsich gerochen hatte. Kamelkastrator und Besitzer des fliegenden Teppichs.

SCAREFLY, Infant Don: Französischer Musiker, Stärkebügler in Versailles, Fixpunkt Lady Fogs, Königin von Thule, und Ursache dafür, daß die Thuler die erlauchten Lilien von Frankreich in ihrem Wappen führen.

SEGOVIA: Hatzhund Seiner Majestät, Don Carlos III., welcher der Spur des Wolfsmenschen in den Bergwäldern von León folgte.

SILVESTRE, Don: Ersatzgestalt, die der Teufel Croizás annahm, als er mit der verzauberten Doña Simona nach Miranda kam.

SIMONA: Prinzessin von Aquitanien, verzaubert vom Teufel Croizás, welche in Miranda die natürliche und wunderschöne Gestalt wiedererlangte, die ich nie vergessen werde.

SIMPLOM, Müsjö: Früherer Uhrmacher der Herren Herzöge von Savoyen; er wurde sterbenskrank in Pacios, als er sich auf der Reise nach Lamego befand, um dem Bischof die Schneekugeln zu bringen.

SMARIS: Schlange aus keltischem Geschlecht, zweisprachig, deren Eier aus den chaldäischen Zwergen ein Volk von Riesen machen werden. Es heißt, Gargantua wurde mit einem Löffel vom Eiweiß eines dieser Eier entwöhnt.

SONNE-KOMM-RAUS: Regenschirm des Bischofs von Paris; wenn man ihn am Morgen der Himmelfahrt unserer Lieben Frau aufspannt, scheint sogleich die Sonne, auch wenn es regnet.

SORIA: Stadt der Adelsgeschlechter, reines Haupt von Extremadura. In ihr lebte die Witwe Doña Florinda, die der Teufel Cobillón betörte.

SPINDLE, Miss: Regentin von Thule. Launische Frau, welche die winzige Tochter von Doña Carolina gefangenhält.

STERN: Das Pferd des Hauses. Es war eine Kreuzung zwischen einem einheimischen und einem amerikanischen und besaß einen langen weißen Schweif.

STERN: Der Mondschirm des Bischofs von Paris; wenn man ihn in dunkler Nacht aufspannte, dann konnte der, der unter ihm ging, wie am Tage sehen.

TADEO: Schnurrbärtiger Troll, der als Fußlakai des Teufels Croizás nach Miranda kam. Er starb am Galgen des Königs von Frankreich, in der Stadt Pons, unter der Anklage, mit den Hühnern zu sprechen und sein großes Geschäft durch die Kamine zu verrichten. Er war Schneiderlehrling in Toledo. Stets bezahlte er mit sevillanischen Duros.

TARRAGONA: Stadt in Katalonien, wo sich der Primas aller Spanien befindet. Sie hat sehr gelungene Weine, und der Teufel Cobillón behauptete, er besitze dort einen Palast.

TEAR, Lady: Silberne Schönheit, die Meister Hairy ins Leben zurückholte; später heiratete sie Lord Sweet und zerbrach in einem römischen Garten.

TERMAR: Herberge des Jakobsweges auf den Ländereien der Königlichen Abtei von Meira. Jetzt heißt sie Markt des Vierzehnten, und in der Ortschaft leben zum größten Teil Leute aus der Maragatería und aus Puebla de Sanabria.

THEODORA: Griechische Sirene, die nach Miranda kam, um ihren Schwanz in doppelter Trauer färben zu lassen, aus Liebe zu einem Portugiesen, der in ihren Armen gestorben war. Sie wollte als Nonne in ein Kloster auf dem Grund des Luzerner Sees eintreten.

THULE: Nordisches Reich, letztes Land nach dem Giant's Causeway. Fruchtbar an Ärzten. Es besitzt, wie Venedig, eine geheime Regierung, die sich auf die Weissagung der Zukunft gründet.

TILSIT: Sehr berühmter Markt in Borussia, groß wie zwei von Lyon oder vier von Monterroso in Galicien. Neun verschiedene Nationen stellen auf ihm Gewicht und Dragoman.

TOCHTER VON DOÑA CAROLINA, Die: Man streitet über ihren wahren Namen und vermutet, sie wurde auf den aller weiblichen Heiligen am Tag ihrer Geburt getauft, und dann hieße sie Verisima Pomposa Capitolina Romana Rolindes. Ging nach Thule, um den Spitzeneinsatz und den Mandelkuchen zu lernen. Sie war eine Prinzessin der Chaldäer und Don Paris als Ehefrau versprochen. Gefangene bei Miss Spindle, die sie als Pfautaube verkleidet.

TRURO: Stadt der Infanten von Cornwall. Der Nichte des Dekans von Truro verwandelte sich eine Hand in Silber. Don Paris, der Prinz der Chaldäer, studierte in jener Schule und stieg im Gasthaus des Ärmels des Oberkantors ab. Sie besitzt zwei Wälder, die sehr üppig an Nachtigallen sind, und ist reich an Brunnen.

TURPIN: Pferd des Hauses, sonnengelber Falbe, ein großer Läufer.

VERMEIL, Monsieur: Gesandter von Calais, Sirenenimpresario, die er in Rouen, am Gericht der Matildenbrücke vertrat. Er war sehr grillenhaft, was Westen betraf.

WICHTELMÄNNCHEN, BRETONISCHE: Geheimes Zwergenvolk, das unterirdisch lebt und dessen Amt nach Cornelius Agrippa darin besteht, Schätze zu bewachen. Die Wichtelmännchen verkleiden sich als Hunde der flämischen Malerei, um ihre Feste zu feiern. Es heißt, sie haben den Destillierkolben erfunden und stellen Trüffelschnaps her, der berühmt ist seit Paracelsus.

WINDSOR: Schloß der Könige von England, wohin man Lady Tear bringen wollte, um sie dort zu verheiraten und damit der König sie abtasten könnte, der blind war und sich eigenhändig von der großen Schönheit überzeugen wollte, die man ihm ausgemalt hatte. Ein sehr windiger Ort.

WITWE DES BISCHOFS VON LIVERPOOL, Die Frau: Sie machte den Text zur *Schwanenparade* von Meister Flute und setzte jedes Jahr zum Gebrauch für reformierte Engländer den Kalender in Verse. Sie heiratete in zweiter Ehe den Friseur von St. James' Court, der Italiener aus Fiesole war und das Geheimnis der Locke »au coup de vent« besaß, denn er hatte es in Rom studiert, als er Monsieur de Chateaubriand in seiner Ambassade frisierte. Der Italiener trennte sich noch in der Hochzeitsnacht von der schöngeistigen Witwe, weil sie künstliche Hinterbacken hatte.

ZWERG: Der Zwerg von Belvís oder von den flachen Strohhüten. Niemand kannte seinen Namen. Er hielt sich für einen Junker, trug einen Degen und ließ sich *Herr Meister* nennen. Immer hatte er Geschichten auf Lager, als Zwischenträger der Paläste. Er war sehr leicht entflammbar, starb jedoch ledig. Seine fixe Idee bestand darin, den Telegraphen von Lugo nach Belvís zu bringen.

Die Übersetzerin dankt Maria-Luisa Balseiro in Madrid für guten Rat und freundliche Hilfe.

E. W.

INHALT

ANHÄNGE

VERSCHIEDENE NACHRICHTEN VOM LEBEN DON MERLINS, ZAUBERER VON BRITANNIEN

URBANISTICA, ENTI TERRITORIALI, PUBBLICA AMMINISTRAZIONE

Vademecum per la tutela dei diritti soggettivi e interessi legittimi.

AUTORE

Giovanni De Luca

Libro scritto nel mese di Aprile 2020, riletto e completato nel mese di Settembre 2020

Indice dei contenuti

Prefazione

Conoscere Giovanni De Luca è stato per noi un grande onore e privilegio!

Contribuire a questo vademecum specialistico rivolto ad imprenditori e professionisti che si sono imbattuti in un contenzioso con la Pubblica Amministrazione o con gli Enti Locali è stato veramente formativo per tutti noi.

Abbiamo scoperto doti professionali, alta specializzazione e soprattutto un professionista orgoglioso della propria professione e dei suoi clienti. Stimolarlo a scrivere un libro in cui è evidente un percorso di crescita laboriosa, strategica, sistemica, costante, non senza difficoltà, appare come una visione ispiratrice in un settore di nicchia e fortemente innovativo. Conoscere per primi la storia è davvero

una forte emozione. Negli ultimi anni, abbiamo incontrato ai nostri workshop, ai nostri corsi e laboratori di formazione, tantissimi imprenditori e professionisti e senza dubbio alcuno, quando incontri persone come Giovanni, nel quale riscontri subito qualità, valori, principi, metodo e risultati, capisci subito che c'è la marcia in più!

Per noi, questo lavoro, condensato molto bene, con uno stile preciso, gradevolissimo, semplice anche per i non addetti ai lavori, dona la convinzione che si può essere eccellenti in un settore che ha un forte appeal ed enormi sicurezze.

Cambiare è possibile.

E questo libro offre il giusto strumento operativo.

Buona lettura.

Dr. Francesco Mele

Dr. Vittorio del Re

Dr. Giuseppe Nappi

Capitolo 1

La storia

Descrivere il proprio percorso professionale, la propria carriera è come fare un viaggio nel tempo, un percorso a ritroso attraverso il quale ti rendi conto che molto di quello che oggi sei, in realtà già l'avevi deciso nel tuo passato.

E' come se le azioni, le emozioni, gli atti concreti, la ricerca continua di nuove esperienze, sia di vita che professionali, diventano dei puntini che ad un certo punto si uniscono per mostrarti ciò che sei diventato, pur non avendo piena consapevolezza di dove quelle scelte ti avrebbero effettivamente condotto. Oggi, sono felicemente impegnato nella mia professione di Avvocato, esperto in diritto amministrativo, settore di grande

interesse ed al quale mi sono da subito appassionato fin dalle prime lezioni universitarie tenute dal compianto Prof. Roberto Marrama, Ordinario di diritto Amministrativo presso la Facoltà di Giurisprudenza dell'Università "Federico II" di Napoli.

Durante quelle lezioni è maturata in me la passione per l’esercizio della professione forense nell’ambito del diritto amministrativo, spinto dall’esigenza di poter aiutare in modo diretto e fattivo il comune cittadino e/o l’impresa, sempre più vessati da una pubblica amministrazione lenta, farraginosa e molte volte incompetente nello svolgimento del proprio ruolo specifico. Il mio approccio professionale con i clienti è sempre caratteriz-

zato da una forte componente di tipo empatico, cercando di cogliere sin da subito le aspettative degli stessi ed impegnandomi in una trasparenza comunicativa sin dalla fase di conoscenza iniziale.

Tale tipo di approccio, improntato alla chiarezza, fiducia e trasparenza, mi ha aiutato molto nel caratterizzare in modo distintivo la mia figura professionale.

L'esclusivo interesse del cliente, la definizione certa dei tempi del giudizio e la definizione immediata dell'impegno economico, hanno creato un protocollo operativo che definisco un'eccellenza del nostro studio professionale.

E' evidente, che non ho raggiunto questi obiettivi perché sono più bravo dei miei colleghi, ma solo perché esercito la mia

professione con la passione che contraddistingue chi cerca di fissare sempre nuovi traguardi e cogliere nuove opportunità.

Ho maturato l'idea di scrivere questo libro durante la pausa professionale imposta dal periodo di lockdown , deciso dal Governo per fronteggiare gli effetti della pandemia da COVID-19, codificando le mie esperienze professionali e le applicazioni pratiche del diritto amministrativo. Durante quel periodo, ho compreso che la quotidianità del post COVID-19 sarebbe stata caratterizzata da un aumento delle controversie nascenti da rapporti conflittuali con la Pubblica Amministrazione, in considerazione del crescente numero di disposizioni normative e regolamentari emanate dalla Pubblica Amministrazione.

In questo lavoro ho ricevuto un aiuto fondamentale dalla cofondatrice del nostro studio, mia moglie, a cui devo un forte ringraziamento, non solo perché mi ha sempre orientato nel modo più corretto ma, soprattutto, perché ha contribuito, con il suo lavoro, all'accrescimento professionale dello studio, senza di lei non sarei l'uomo ed il professionista che sono.

Un grazie doveroso anche alle mie figlie, alle quali, inconsapevolmente, sottraggo molto tempo per il lavoro, ma che nello stesso tempo mi donano la serenità necessaria per affrontare le sfide professionali. Scopo ulteriore di questo lavoro è quello di condividere il mio sapere e le mie conoscenze con colleghi ed addetti ai lavori, nella prospettiva dell'esercizio della professione in uno spirito di collaborazione, al

fine di affrontare al meglio la sfida dell'era digitale ed approfittare dei vantaggi che la stessa ci offre per crescere e migliorarsi.

AMAZON
URBANISTICA, ENTI TERRITORIALI, PUBBLICA AMMINISTRAZIONE
Vademecum per la tutela dei diritti soggettivi e interessi legittimi
AVV. GIOVANNI DE LUCA

Capitolo 2

I nostri protocolli operativi per la tutela giurisdizionale amministrativa

Enunciare in un capitolo le migliori pratiche, i protocolli operativi e i principi etici della nostra professione non è cosa semplice. Molti dei valori e dei principi che conducono le nostre azioni ogni giorno sono per noi delle convinzioni profonde, delle credenze acquisite, dei postulati di vita che è più semplice applicare che descrivere.

La base della nostra professione è fondata su una concezione filosofica, la concezione dell'uomo e della società in rapporto all'uomo che emerge dall'insieme di valori e principi ai quali il servizio sociale e il suo modo concreto di operare si ispirano. Prima di approfondire il

sistema di Valori e la deontologia professionale che contraddistingue la nostra attività, è necessario fare una riflessione sul concetto di Etica al quale ci ispiriamo.

Il termine "Etica" trae origine dal greco ethos e fa riferimento al costume, al comportamento e al modo di agire dell'uomo. L'etica studia la possibilità che ha l'uomo di agire in modo libero e di effettuare scelte di fronte a concetti come il bene ed il male, i principi ed i valori che regolano e guidano le sue azioni, che non possono essere mai neutre, in quanto sono mosse da intenzionalità che hanno sempre effetti valutabili, dal momento che possono essere giudicate sempre in senso positivo o negativo. Di conseguenza, **l'etica professionale,** a nostro avviso, deve intendersi

l’insieme dei valori che guidano ed orientano l’azione del professionista, declinando le azioni del professionista nel concetto di deontologia.

La deontologia professionale dal greco ***deontos*** “ciò che è necessario fare, ciò che si deve fare”, rappresenta l’insieme dei doveri e regole di comportamento eticamente fondati, che impegnano la nostra professione e noi professionisti, prima di tutto nei confronti della società e, successivamente, nei confronti di tutte le persone con cui entriamo in relazione.

Il nostro approccio professionale rispetto ai nostri clienti, è quello di considerare gli studi professionali come essere umani e, quindi, organismi viventi che crescono, cambiano e si adattano ai nuovi modelli di impresa. Questa *vision* di approccio si ispira al futurista

statunitense Alvin Tofler che nel 1970 pubblicò *"Lo choc del futuro"*, un'opera che prevedeva l'avvento di una percezione di troppi cambiamenti in un periodo di tempo molto breve.

Questo ritmo accelerato si sarebbe diffuso anche nel mondo del business e i professionisti, così come gli imprenditori, sarebbero stati costretti ad adattare i processi interni e i loro servizi, continuamente, per mantenere un vantaggio competitivo in mercati sempre più competitivi. Analizzare, Decidere, Cambiare, questi i tre punti fermi a cui ci ispiriamo per portare valore ai nostri clienti.

La visione di Tofler, a cui si ispirano i nostri principi di intervento sugli effetti del rapido cambiamento tecnologico, fu bollata al tempo

come inverosimile. Tuttavia, con la rivoluzione digitale in atto, ci sentiamo di affermare che il ritmo di cambiamento nelle attività professionali in generale e negli studi legali, in modo specifico, si è rilevato più veloce di quanto previsto.

I nostri interventi sono in grado di portare valore perché credono nel valore della persona umana, il che significa riconoscere che l'uomo è dotato di una sua dignità originaria e che, per questo, ha diritto ad essere rispettato, qualunque sia la sua condizione socio-economica, la sua cultura, le sue opinioni, la sua fede. La nostra professione si fonda sul valore, sulla dignità e sulla unicità di tutti i nostri clienti, sul rispetto dei ruoli e delle qualità professionali e personali. Pensiamo che

la nostra professione debba essere al servizio dei nostri clienti e dei professionisti, per contribuire al loro sviluppo, valorizzando i risultati, l'autonomia, la professionalità, sostenendo il processo di cambiamento nell'uso delle risorse proprie, ottimizzando processi, risultati e gestione delle risorse interne.

Ci ispiriamo a un principio di responsabilità che si sostanzia nel porci al servizio dei nostri interlocutori, offrendo le nostre conoscenze, le abilità e le tecniche professionali acquisite, per rafforzare risultati, risorse e autostima dei nostri clienti.

AMAZON
URBANISTICA, ENTI TERRITORIALI, PUBBLICA AMMINISTRAZIONE
Vademecum per la tutela dei diritti soggettivi e interessi legittimi
AVV. GIOVANNI DE LUCA

Capitolo 3

La particolare procedura di acquisizione al Patrimonio comunale degli immobili abusivi

L'abusivismo edilizio è un fenomeno molto diffuso su tutto il territorio nazionale. In tale contesto, la normativa che regola e disciplina tale fenomeno, prevede l'emanazione da parte della P.A. di un ordinanza di demolizione dell'immobile abusivo, dopo aver accertato l'esecuzione di interventi edilizi in assenza di permesso, o in totale difformità rispetto al titolo edilizio rilasciato. Qualora il responsabile dell'abuso non provvede alla demolizione e al ripristino dello stato dei luoghi entro novanta giorni, si innesca la procedura di acquisizione gratuita al patrimonio comunale dell'immobile costruito o modificato irregolarmente. Per me-

glio comprendere i vari ingranaggi che costituiscono la procedura di acquisizione, è fondamentale sapere cosa si intende per "immobile abusivo", e come si comporta la legge nei particolari casi in cui è considerata legittima l'acquisizione al patrimonio comunale.

L'abuso edilizio deve essere considerato un vero e proprio illecito e, comunemente, viene considerato "immobile abusivo" qualsiasi edificio residenziale e/o fabbricato industriale realizzato senza il preventivo rilascio del permesso di costruire da parte del Comune, o in assenza di segnalazione certificata di inizio attività (SCIA) o altra richiesta equipollente, a seconda delle opere da realizzare, così come richiesto dalla legge.

La definizione di “abuso” edilizio comprende anche l'ipotesi di aumento o modifica del volume dell’immobile senza l’autorizzazione amministrativa, ed il caso di cambio di destinazione d’uso (si pensi agli uffici convertiti in civili abitazioni) in assenza di autorizzazione.

E' evidente, quindi, che deve considerarsi abusivo, qualsiasi immobile costruito in assenza di autorizzazioni comunali, anche in caso di un semplice ampliamento della propria abitazione in violazione delle leggi e normative urbanistiche. In alcuni casi l’abuso edilizio può essere punito con una sanzione pecuniaria, ma in molti casi scatta la procedura di acquisizione al patrimonio comunale. Tale procedura viene notificata all'autore dell'abuso qualora egli non abbia ottemperato all’ingiunzione di demoli-

zione emessa dal Comune. L'art. 31 del Testo Unico per l'Edilizia, DPR 380/01, disciplina il procedimento acquisitivo al patrimonio del Comune dell'edificio costruito senza la preventiva autorizzazione o le cui variazioni non risultano approvate dal Comune.

In particolare, qualora l'autorità di Polizia Locale individua un immobile che risponde a questi criteri di irregolarità edilizia, redige apposito verbale e lo invia all'Ufficio Tecnico Comunale (U.T.C.) per l' emissione e l'invio all'autore dell'abuso di apposita ordinanza di demolizione e ripristino dello stato dei luoghi. Nel caso in cui, l'autore dell'illecito, (proprietario, detentore o costruttore), adempie alla demolizione, o in alternativa ottiene dal Comune la sanatoria edilizia, la procedura di

acquisizione al patrimonio comunale non sarà avviata. Al contrario, qualora entro 90 giorni dalla notifica dell'ordinanza non venga avviata alcuna demolizione o ripristino, il Comune avvierà la procedura prevista. E' necessario evidenziare, che tale procedura di acquisizione dell'immobile abusivo deve essere avviata dal funzionario comunale competente, dirigente o responsabile dell'ufficio tecnico, dopo il verbale di inottemperanza all'ordine di demolizione redatto dai Vigili Urbani. In assenza dello specifico provvedimento da parte del dirigente, l'acquisizione dell'immobile abusivo al patrimonio comunale dovrà ritenersi illegittima. Tale specifica questione è stata affrontata dal nostro studio in un giudizio innanzi al Consiglio di Stato - Roma, nel quale

abbiamo difeso le ragioni di un privato cittadino, nei confronti del quale il Comune di Nola (NA), aveva avviato la particolare procedura di acquisizione dell'immobile abusivo, con il solo verbale redatto dai Vigili Urbani di inottemperanza all'ordine di demolizione emanato dal Comune, senza un provvedimento specifico del Dirigente U.T.C.. Ebbene, il Consiglio di Stato, con sentenza n. 5914/2017, ha accolto il ricorso proposto dal nostro studio e, nel confermare la tesi prospettata, ha annullato l'acquisizione operata dal Comune di Nola (NA). In particolare i Giudici hanno stabilito che "il verbale di accertamento dell'inottemperanza alla precedente ordinanza di demolizione delle opere edilizie abusive, redatto dal personale della

Polizia Municipale, ha valore endo-procedimentale ed efficacia meramente dichiarativa delle operazioni effettuate, con la conseguente necessità dell'adozione di un atto di accertamento da parte della competente autorità amministrativa, che costituisca titolo necessario per l´immissione in possesso e per la trascrizione nei registri immobiliari".

Alla luce di quanto innanzi, possiamo, quindi, concludere che il solo verbale redatto dai Vigili Urbani, non può costituire atto idoneo all'acquisizione gratuita al patrimonio indisponibile dell'Ente, quando manca l'emanazione da parte del competente dirigente comunale, di un formale atto di acquisizione. In assenza di tale accertamento, il Comune non potrà mai procedere all'immissione nel possesso ed alla

trascrizione dell'acquisizione gratuita del bene. Conseguentemente, il Comune solo seguendo la procedura corretta, potrà realizzare l'acquisizione gratuita, che, a sua volta, includerà l'immobile abusivo e l'area di sedime. L'immobile, infatti, deve essere diviso in ciò che è l'edificio fisico e l'area di sedime, che deve essere determinata nelle sue dimensioni. In tal caso, la legge individua anche il limite dell'area di sedime, stabilendo che la stessa non può essere superiore a dieci volte la superficie utile costruita in modo abusivo. Una volta individuata sia l'area dell'edificio costruito abusivamente, che l'area di sedime, il Comune potrà procedere, finalmente, all'acquisizione dell'immobile. Verrà, quindi, inviata notifica di accertamento al responsabile del-

l'abuso, per informarlo dell'avvenuta acquisizione. Tale notifica funge anche da titolo per l'iscrizione nei Registri Immobiliari.

Le sorti dell'immobile edificato abusivamente, dopo la procedura di acquisizione eseguita correttamente, dipendono dalla volontà dei Comuni, tenuto conto del rispetto delle leggi e dei regolamenti vigenti. Difatti, la scelta del Comune è solitamente duplice: demolire l'edificio abusivo, oppure utilizzarlo per interessi pubblici. In tale ultimo caso, sarà necessaria una delibera del Consiglio Comunale, che dichiari il prevalente interesse pubblico al mantenimento dell'edificio, dopo aver accertato che l'immobile abusivo non sia in contrasto con interessi urbanistici e con l'assetto idrogeologico. E' chiaro, dunque, che

al Comune è riconosciuto il potere di disporre dell'immobile, destinandolo a utilizzi che abbiano interesse pubblico, nel rispetto della sicurezza e della salubrità dei luoghi per i potenziali fruitori.

AMAZON
URBANISTICA, ENTI TERRITORIALI, PUBBLICA AMMINISTRAZIONE
VADEMECUM PER LA TUTELA DEI DIRITTI SOGGETTIVI E INTERESSI LEGITTIMI.
AVV. GIOVANNI DE LUCA

Capitolo 4

Riclassificazione e sviluppo urbanistico. La tutela per il privato cittadino nei confronti degli enti territoriali

La **riqualificazione** e lo **sviluppo urbano** rientrano nell'ambito del **governo del territorio** e della relativa possibilità di apportare modifiche al **Piano Regolatore Generale (PRG)**.

Naturalmente le necessità dei cittadini si evolvono nel tempo e con esse, talvolta, anche quelle ambientali, al punto tale che è necessario rispondere nella maniera più accurata possibile alle nuove sopraggiunte esigenze.

Va da sé che in questo campo il diritto pubblico e quello privato si incontrano e si scontrano, ed

è per questo che è necessario essere in grado di mediare tra gli interessi specifici delle parti.

Se da un lato, l'esigenza della comunità sembra dover essere la prima ad essere soddisfatta, dall'altro non si può di certo ignorare il diritto del singolo, il quale facendo parte come elemento singolare del complesso collettivo, sarebbe paradossale ignorare.

Oltre allo Stato, le **Regioni** e i **Comuni** si occupano di apportare cambiamenti al PRG in collaborazione tra loro, in un ottica di capillarizzazione del diritto che dia a chi è presente sul territorio e può osservare da vicino le problematiche e il loro relativo sviluppo, la facoltà di prendere decisioni rilevanti. Un ruolo centrale nell'attuazione delle politiche di recupero e riqualificazione,

inoltre, è quello assunto, a partire dagli anni novanta, dalle **autonomie locali**.

I Piani di Recupero e di Riqualificazione Urbana si caratterizzano per gli **obiettivi** volti al **recupero del patrimonio edilizio esistente**, anche attraverso i vincoli conformativi imposti dallo **ius aedificandi**, e della **individuazione della destinazione d'uso di particolari aree cittadine,** in un'ottica di suddivisione territoriale in zone con finalità differenti.

I Comuni individuano, nell'ambito degli strumenti urbanistici, le zone che per le condizioni di degrado, rendano opportuno un recupero del patrimonio edilizio o urbanistico esistente, oppure una ridefinizione del tessuto locale, di un'area o di un complesso di aree, in un'ottica di ristrutturazione e riclassificazione urbani-

stica. Da ciò scaturisce che il recupero e la riqualificazione urbana sono principalmente processi basati sul **coordinamento** e **bilanciamento di interessi pubblici e privati** in cui si ricerca la mediazione tra gli obiettivi delle parti attraverso forme miste di finanziamento pubblico e privato.

Per quanto riguarda gli **strumenti negoziali ed associativi** sfruttabili per dare vita alle collaborazioni tra amministrazione pubblica e privati, la Dottrina e la Giurisprudenza ne hanno riconosciuto diversi, tra cui: il Project Financing, la Concessione di costruzione e gestione, la Società mista pubblico e privato, la Società di trasformazione urbana e così via.

Del resto la **procedura** per giungere all'**accordo di collaborazione** e conseguire il relativo

finanziamento comincia con l’approvazione del programma da parte del **C.E.R.** (Comitato per l'edilizia residenziale) o del **C.I.P.E.** (Comitato interministeriale per la programmazione economica), segue il raggiungimento dell’intesa con la **Conferenza tra Stato e Regioni**, la conclusione dell'accordo di programma e la pubblicazione nel **Bollettino Ufficiale della Regione**, oltre alla definizione della convenzione tra il Comune ed i privati col fine di regolamentare l'assunzione delle reciproche obbligazioni relative all'attuazione del programma.

I piani di recupero e riqualificazione, caratterizzandosi per la **concretezza** e **l’attualità** tipici di ogni **provvedimento amministrativo**, possono poi essere diret-

tamente **impugnati** innanzi al **Giudice Amministrativo** qualora ledano in maniera diretta ed immediata gli interessi di terzi, e il termine di impugnazione decorre dall'ultima fase inerente l'adozione dei piani e cioè la loro pubblicazione all'Albo Pretorio, in quanto da quel momento sussiste la presunzione di conoscenza. Per quanto attiene, invece, alla riclassificazione urbanistica, particolare attenzione merita il tema della scadenza del vincolo di P.R.G. preordinato all'esproprio per finalità pubbliche, di valenza quinquennale. Lo stesso, infatti, comporta che l'area interessata debba intendersi sottoposta all'applicazione, in luogo dell'originaria destinazione di zona, del regime proprio delle zone bianche. E' necessario

chiarire che gli stessi vincoli di natura espropriativa previsti dai P.R.G, sono quelli che incidono su beni determinati, non in base ad una generale destinazione di un'intera zona, ma della localizzazione di un'opera pubblica, la cui realizzazione non può coesistere con la proprietà privata.

Si tratta, quindi, di vincoli preordinati alla successiva **espropriazione** per la realizzazione di opere destinate esclusivamente alla fruizione pubblica quali ad esempio parcheggi pubblici, strade, parchi urbani, ecc. Tale vincolo ha un'efficacia di cinque anni ed entro tale termine deve necessariamente essere emanato il provvedimento che comporta la dichiarazione di pubblica utilità dell'opera. Il decorso infruttuoso del quinquennio comporta l'im-

mediata cessazione dell'efficacia dei vincoli urbanistici, **bensì della loro stessa esistenza quale previsione urbanistica**. In tal caso il Comune deve procedere alla nuova pianificazione dell'area rimasta priva di disciplina urbanistica. Nel caso in cui il Comune non adempia al proprio dovere di riclassificazione urbanistica, si determina un'illegittima inerzia da parte della P.A. ed il proprietario potrà agire in giudizio con la proposizione di ricorso al Tribunale Amministrativo Regionale, competente per territorio, per la tutela dei sui diritti ed interessi. E' necessario rilevare, che in tale ambito, sono numerosi i casi in cui il privato cittadino è costretto a fare ricorso alla Giurisdizione amministrativa per ottenere la tutela dei propri diritti, stante l'inerzia della

Pubblica Amministrazione. In tale ambito, il nostro studio ha avuto l'occasione di difendere la posizione di un privato cittadino innanzi al Consiglio di Stato - Roma. Ebbene, al soggetto in questione era stata respinta, illegittimamente, l'istanza volta ad ottenere la riclassificazione di un fondo di proprietà sito nel Comune di Nola (NA), ricadente in zona “R - Rispetto Infrastrutturale e cimiteriale”, area destinata alla realizzazione di una strada di progetto, ma a seguito della decadenza dei vincolo quinquennale preordinato all'esproprio, la zona di cui trattasi era rimasta priva di destinazione urbanistica. Pertanto, anche alla luce della giurisprudenza recente, era assolutamente indubbio che il vincolo di cui trattasi fosse **di tipo espropriativo** e non conformativo,

ossia realizzabile attraverso iniziativa privata. Questo principio è stato confermato, all'esito del Giudizio, dalla **sentenza emessa del Consiglio di Stato, n. 2339/2020 del 09/04/2020.**

Tale sentenza ha accolto l'appello e per l'effetto il ricorso di primo grado, annullando l'atto impugnato nella parte in cui aveva escluso la riclassificazione dell'area per la sussistenza del vincolo di rispetto stradale. Ebbene, con la sentenza indicata, a seguito di verificazione disposta dal Giudice ed effettuata dal Genio Civile di Napoli, è stato statuito che **"Il vincolo di PRG preordinato all'esproprio ai fini della realizzazione dello svincolo autostradale era decaduto".** Alla luce di quanto innanzi, in via definitiva, **è stata riconosciuta la natura espropriativa del vincolo di**

rispetto stradale imposto nella zona de qua, dal momento che la strada di progetto non era mai stata realizzata.

Con la sentenza de qua, inoltre, il Consiglio di Stato ha statuito che "il Comune di Nola, in sede di riesercizio del potere, sarà dunque tenuto a rivalutare l'istanza di riclassificazione proposta dal privato..."

E' evidente, quindi, che la recentissima sentenza emessa dal Consiglio di Stato, a seguito del ricorso proposto per conto del nostro cliente, chiarisce, in modo definitivo, una questione oggetto di innumerevoli contenziosi sorti negli ultimi anni ed aventi ad oggetto la riclassificazione dei fondi insistenti nella zona di cui trattasi. Pertanto, il vincolo di cui trattasi essendo senza dubbio di natura espro-

priativa e non conformativa, segue il regime giuridico della decadenza quinquennale previsto dalla sentenza della Corte Costituzionale n. 55/1968.

Quindi, si può senz'altro affermare che il decorso infruttuoso del quinquennio comporta l'immediata cessazione dell'efficacia dei vincoli urbanistici, non semplicemente della loro esecutorietà, bensì della loro stessa esistenza quale previsione urbanistica, con la conseguenza della necessaria riespansione delle ordinarie facoltà dominicali di utilizzazione del bene da parte del titolare.

AMAZON
URBANISTICA
ENTI TERRITORIALI
PUBBLICA AMMINISTRAZIONE
Vademecum per la tutela dei diritti soggettivi e interessi legittimi.
AVV. GIOVANNI DE LUCA

Capitolo 5

Edilizia, permessi ed autorizzazioni: come prevenire il contenzioso con la Pubblica Amministrazione

Acquistare una casa non è mai un affare semplice: tra permessi, autorizzazioni, mutui e discussioni c'è sempre un problema dietro l'angolo.

Uno dei rischi maggiori in questo caso è ritrovarsi tra le mani **un contenzioso con la pubblica amministrazione**. Questo può accadere per vari motivi: il costruttore non aveva tutti i permessi per iniziare i lavori, oppure durante la ristrutturazione si sono verificate delle difformità rispetto all'autorizzazione rilasciata dal Comune. Per proteggersi da potenziali contenziosi con la pubblica ammini-

strazione è necessario essere affiancati sin dalla fase iniziale di approccio all'acquisto. Infatti, nonostante ci siano moltissimi strumenti che possono tutelare un proprietario di immobili dopo l'apertura di un contenzioso, riteniamo sia possibile, con le opportune azioni di tutela, evitare del tutto questo problema.

Pertanto, in questa ottica ed alla luce delle esperienze professionali maturate, di seguito elenchiamo alcuni consigli utili per prevenire al meglio il contenzioso con la pubblica amministrazione in materia edilizia.

- Controllare la visura camerale del costruttore

Il primo passo è molto semplice e anche intuitivo: verificare con la **visura camerale** la situazione dell'azienda del costruttore dell'immobile. Da questo documento è possibile

capire se l’azienda edilizia ha avuto problemi come insolvenza, fallimento o pignoramenti degli edifici che ha costruito.

La visura camerale si può richiedere al Registro delle Imprese, anche sul sito ufficiale online.

Affidatevi ad un tecnico professionista (Geometra, Ingegnere, Architetto).

Se avete tra le vostre conoscenze un **geometra, architetto o ingegnere**, potete farvi affidamento per controllare lo stato di edificabilità di un immobile; se non ne conoscete nessuno, vale la pena di fare un piccolo investimento per avere la sicurezza di entrare in un immobile sicuro. Questo step è importante nel caso l’immobile sia ancora in fase di costruzione. Il professionista può richiedere i documenti necessari per verificare che sia tutto in regola.

Per esempio, può verificare se la costruzione è conforme al progetto presentato ed assentito con il rilascio del permesso di costruire e/o è stata effettuata la segnalazione certificata di inizio attività. Il tutto è fondamentale perché l'immobile non sia considerato abusivo.

- Non pagare mai in contanti

Per qualsiasi tipo di transazione che riguardi un immobile, **non è mai una buona idea pagare in contanti**. Affidatevi solamente a bonifici o assegni bancari o circolari, che siano tracciabili e documentabili. In questo modo, avrete sempre una documentazione come prova nel caso qualcosa vada storto, e nessuno potrà approfittarsi di voi. Inoltre, verificate sempre che la costruzione sia in corso prima di pagare qualsiasi somma.

- Verificare le clausole legali del contratto

In questi casi, è sempre bene **affidarsi ad un avvocato**. Prima di firmare il contratto preliminare, verificate sempre che siano presenti tute le voci, incluse anche i tempi di consegna ed eventuali penali o pagamenti. Ogni cosa deve essere obbligatoriamente messa per iscritto.

- Verificare le condizioni bancarie

Infine, è buona prassi **controllare anche la situazione bancaria dell'azienda**. Bisogna essere sicuri che ogni documento sia stato legalmente emesso da banche ed enti affidabili.

Con un po' di attenzione e molta precisione, è possibile evitare spiacevoli conseguenze quando si tratta di edilizia e permessi. Un

contratto ben fatto e delle assicurazioni sulla compravendita possono prevenire lo spiacevole contenzioso con la pubblica amministrazione.

AMAZON
URBANISTICA, ENTI TERRITORIALI, PUBBLICA AMMINISTRAZIONE
VADEMECUM PER LA TUTELA DEI DIRITTI SOGGETTIVI E INTERESSI LEGITTIMI
AVV. GIOVANNNI DE LUCA

Capitolo 6

Concorsi pubblici: come ricorrere in giudizio in caso di esclusione illegittima

Le presunte irregolarità nello svolgimento dei concorsi possono riguardare:

- la fase iniziale di predisposizione del bando;
- la fase di svolgimento della prova;
- la fase di compilazione della graduatoria finale.

Nella stesura di un bando, l'amministrazione deve sempre rispettare le indicazioni contenute nella normativa nazionale sui concorsi pubblici e nel decreto che regola lo svolgimento della procedura concorsuale. I motivi più frequenti per i quali si ricorre alla giustizia sono:

- i limiti d'età: in Italia, formalmente, i limiti di età per l'accesso ai concorsi pubblici sono stati aboliti con la legge Bassanini n. 127/1997, anche se sono consentite deroghe, alcune delle quali previste per i concorsi nel settore delle Forze Armate. Anche la Corte di Giustizia Europea, con una pronuncia del 13 novembre 2004, ha dichiarato che l'apposizione di tali limiti può risultare discriminatoria nei confronti di altri cittadini titolari delle medesime capacità, a prescindere dall'età. Pertanto, i limiti di età potrebbero essere oggetto di impugnazione innanzi al Tribunale competente per materia;
- la richiesta di titoli di studio: in giurisprudenza si afferma che "in assenza di

una fonte normativa che stabilisca autoritativamente il titolo di studio necessario e sufficiente per concorrere alla copertura di un determinato posto o all'affidamento di un determinato incarico, la discrezionalità nell'individuazione dei requisiti per l'ammissione va esercitata tenendo conto della professionalità e della preparazione culturale richieste per il posto da ricoprire o per l'incarico da affidare, ed è sempre naturalmente suscettibile di sindacato giurisdizionale sotto i profili della illogicità, arbitrarietà e contraddittorietà" (sent. 14 ottobre 2019, n. 6972);

- la richiesta di un punteggio superiore a 21/30: in questo caso l'illegittimità nasce dal fatto che l'art. 7 del d.P.R. 487/1994 afferma

che "conseguono l'ammissione al colloquio i candidati che abbiano riportato in ciascuna prova scritta una votazione di almeno 21/30 o equivalente". Sulla base di questa disposizione sono stati presentati numerosi ricorsi contro bandi che richiedevano un punteggio di 24/30 per superare la prova preselettiva;

- la previsione della doppia soglia di sbarramento: in alcuni casi i candidati non sono ammessi alla fase successiva anche se superano il punteggio minimo fissato dal bando e questo succede quando si stabilisce un numero massimo di partecipanti che possono sostenere le prove successive;
- il mancato rispetto dell'anonimato nello svolgimento della prova: un concorso

pubblico deve garantire la privacy di ogni candidato, tutti i dati personali devono essere riportati all'interno del plico e non visibili dall'esterno, quindi, ad esempio, se sono utilizzate buste trasparenti che consentono di individuare la persona che ha consegnato la prova questa deve essere considerata illegittima;

- l'inizio della prova concorsuale unica a livello nazionale in orari diversi: nei concorsi nazionali che prevedono lo svolgimento delle prove in varie sedi la mancata coincidenza dei tempi di inizio delle prove può rappresentare motivo di ricorso, dal momento che i candidati che hanno iniziato dopo potrebbero venire a conoscenza delle domande sottoposte in altre sedi.

Anche la successiva fase di predisposizione della graduatoria finale può essere oggetto di ricorso. In questi casi si contesta, soprattutto, il mancato riconoscimento di un punteggio aggiuntivo per titoli posseduti dal candidato o per situazioni personali che danno diritto a tale punteggio.

Le controversie in materia di concorsi pubblici sono di competenza della Giustizia Amministrativa, in prima istanza, quindi, il ricorso deve essere presentato al Tribunale Amministrativo Regionale (TAR), mentre come giurisdizione di appello ci si può rivolgere al Consiglio di Stato.

Dal momento che sono azioni che mirano a far dichiarare l'annullamento di un atto, il ricorso deve essere presentato entro 60 giorni

decorrenti dalla notificazione, o dal giorno in cui sia scaduto il termine della pubblicazione.

Per i concorsi il termine decorre:

- dalla pubblicazione del bando, se è questo atto che si vuole impugnare;
- dallo svolgimento della prova, se si vogliono denunciare irregolarità rilevate nel corso della stessa;
- dalla pubblicazione della graduatoria, se oggetto dell'impugnativa è quest'ultimo atto.

Il ricorso deve essere notificato, a pena di decadenza, all'Amministrazione che ha emesso l'atto impugnato, nel conteggio vanno inclusi tutti i giorni e non soltanto quelli lavorativi. All'avvocato occorre fornire

tutti gli elementi utili per poter istruire il ricorso ovvero:

- gli elementi identificativi del ricorrente, del suo difensore e delle parti nei cui confronti il ricorso è proposto;
- l'indicazione dell'oggetto della domanda, ivi compreso l'atto o il provvedimento eventualmente impugnato,
- la data della sua notificazione,
- l'esposizione sommaria dei fatti ed i motivi specifici su cui si fonda il ricorso;
- l'indicazione dei mezzi di prova e dei provvedimenti chiesti al Giudice.

Per le controversie relative ai concorsi pubblici la competenza è del Tribunale Amministrativo Regionale, se invece il concorso è bandito da

un’amministrazione centrale dello Stato (ad esempio il Ministero dell’istruzione) il TAR competente è quello del Lazio. Il ricorso al TAR è volto ad evitare che gli effetti dell’atto ritenuto illegittimo possano causare un danno irreparabile per il ricorrente. In questo caso le parti depositano presso il Tribunale i più importanti atti di causa e chiedono un provvedimento dagli effetti provvisori, la “sospensiva”. Si tratta di un’ordinanza del TAR, emanata in pochi giorni, con cui sono sospesi “temporaneamente” gli atti impugnati; con questo provvedimento si può partecipare, con riserva, al concorso, in attesa della decisione definitiva del giudice. Se questa è favorevole, il ricorrente procede con le successive prove concorsuali; se è contraria cessa la sua

partecipazione al concorso, qualunque sia stato l'esito delle prove sostenute con riserva. Con la fase di merito le parti depositano tutti gli atti e sono tratte le conclusioni, anche in base all'accoglimento della fase cautelare. Al termine del procedimento il TAR emana una sentenza con cui accoglie, se fondato, o respinge, se infondato, il ricorso. Le decisioni del TAR possono essere impugnate con ricorso al Consiglio di Stato, da proporsi entro 60 giorni dalla notifica della sentenza. Nel primo caso (ricorso fondato) il ricorrente, già ammesso a sostenere le prove "con riserva", prosegue nelle varie fasi della procedura concorsuale e ha il diritto ad essere inserito nelle relative graduatorie che dovessero formarsi. Nel secondo caso (ricorso infondato) è escluso

dalla procedura concorsuale. Si tratta di effetti comunque provvisori, dal momento che le decisioni del TAR possono essere impugnate con ricorso al Consiglio di Stato, entro 60 giorni dalla notifica della sentenza.

AMAZON
URBANISTICA, ENTI TERRITORIALI, PUBBLICA AMMINISTRAZIONE
Vademecum per la tutela dei diritti soggettivi e interessi legittimi
AVV. GIOVANNI DE LUCA

Capitolo 7

Il codice degli appalti e la tutela per le aziende escluse

Il codice degli appalti è stata una novità introdotta con il decreto legislativo n. 50 del 18 aprile 2016 (per cercare di seguire le linee guida dell'Unione Europea) che aveva il compito di regolare appalti, forniture, servizi, e in maggior modo i **contratti pubblici,** andando effettivamente ad annullare quello che era il precedente decreto legislativo in materia di contratti pubblici del 2006. In forza del suddetto decreto vengono, quindi, stabiliti tutti gli adempimenti necessari per i lavori pubblici, forniture ed opere pubbliche, ovvero tutti quei criteri necessari che questi beni, servizi, contratti e documenti devono possedere.

Inoltre presso l'ANAC è stato istituito l'albo nazionale obbligatorio dei componenti delle commissioni giudicatrici, organo attraverso il quale vengono gestite le procedure di affido dei contratti.

Per iscriversi a tale albo è necessario possedere i requisiti morali e di competenza indispensabili nel proprio settore di appartenenza (le linee guida vengono fornite dall'ANAC stessa).

Il decreto si preoccupa di precisare, inoltre, le caratteristiche delle stazioni appaltanti e delle centrali di committenza, i requisiti obbligatori che devono possedere i soggetti che partecipano alle gare di appalto (che siano pubblici o privati), ed infine di stabilire le procedure necessarie da seguire per poter affidare contratti di natura pubblica. Sarebbe

inutile prolungarsi oltre su questo decreto, poiché è stato modificato diverse volte durante il passare degli anni, tuttavia ha fornito basi importanti, per quanto definite "criptiche" per la materia trattata. L'ultimo aggiornamento del decreto si è avuto il 17 giugno 2020, con la modifica dell'articolo 35 (nello specifico il comma 18) attraverso la legge n. 27 del 2020 **(Cura Italia).**

Riportiamo, di seguito, la sua nuova formulazione:

"Sul valore del contratto di appalto viene calcolato l'importo dell'anticipazione del prezzo pari al 20 per cento da corrispondere all'appaltatore entro quindici giorni dall'e-ffettivo inizio della prestazione. L'erogazione dell'anticipazione, consentita anche nel caso di

consegna in via d'urgenza, ai sensi dell'articolo 32, comma 8, del presente codice, è subordinata alla costituzione di garanzia fideiussoria bancaria o assicurativa di importo pari all'anticipazione maggiorato del tasso di interesse legale applicato al periodo necessario al recupero dell'anticipazione stessa secondo il crono programma della prestazione. La predetta garanzia è rilasciata da imprese bancarie autorizzate ai sensi del decreto legislativo 1° settembre 1993, n. 385, o assicurative autorizzate alla copertura dei rischi ai quali si riferisce l'assicurazione e che rispondano ai requisiti di solvibilità previsti dalle leggi che ne disciplinano la rispettiva attività. La garanzia può essere, altresì, rilasciata dagli intermediari finanziari iscritti

nell'albo degli intermediari finanziari di cui all'articolo 106 del decreto legislativo 1° settembre 1993, n. 385. L'importo della garanzia viene gradualmente ed automaticamente ridotto nel corso della prestazione, in rapporto al progressivo recupero dell'anticipazione da parte delle stazioni appaltanti. Il beneficiario decade dall'anticipazione, con obbligo di restituzione, se l'esecuzione della prestazione non procede, per ritardi a lui imputabili, secondo i tempi contrattuali. Sulle somme restituite sono dovuti gli interessi legali con decorrenza dalla data di erogazione della anticipazione".

In tal modo, il legislatore ha inteso chiarire alcuni punti rivelatisi, nella prassi, poco esaustivi. Di seguito i punti salienti della riforma del

Decreto semplificativo:

Possibilità per l'appaltatore di ricevere il 20% in via anticipata del valore del contratto di appalto, entro 15 giorni dall'inizio dei lavori. Ciò è possibile solo se è stata stabilita una **garanzia fideiussoria bancaria o assicurativa** dal valore pari a quello dell'anticipazione aumentato del tasso di interesse corrispondente al periodo utile per recuperare l'anticipazione stessa.

L'appaltatore perde il diritto di ricevere l'anticipazione se si verificano ritardi nei tempi lavorativi per cause a lui imputabili. Dovrà, inoltre, restituire l'anticipazione ricevuta, con obbligo di renderla maggiorata da interessi.

- È possibile ricevere l'anticipazione anche su **interventi di urgenza** (secondo l'articolo 32,

comma 8, il quale precisa che una volta che l'appalto è stato aggiudicato, il contratto di appalto viene affidato entro 60 giorni, salvo eccezioni. Se il contratto non viene stipulato entro i 60 giorni, l'appaltatore ha il diritto di recedere dal contratto e di ricevere rimborso per le spese contrattuali sostenute). I contratti per interventi di urgenza vengono stipulati per situazioni che, senza opera immediata e tempestiva, metterebbero in grave pericolo la salute dei cittadini.

Al cittadini, il decreto del 2016, riconosce la possibilità di accedere alle gare di appalto e alla loro documentazione attraverso tre tipi di accessi:

- **Accesso documentale:** procedimento attraverso il quale è possibile richiedere dati,

informazioni e documenti alla pubblica amministrazione riguardo attività di interesse pubblico (solo se il richiedente è un diretto interessato dell'attività in questione). La richiesta deve essere necessariamente motivata, e la P.A, ha un arco di 30 giorni per decidere se accogliere la richiesta o meno (dopo il termine dell'arco di tempo previsto, è implicito il rifiuto della richiesta presentata).

- **Accesso civico semplice:** diritto attraverso il quale **chiunque** può richiedere informazioni riguardo dati e documenti alla pubblica amministrazione nel caso tali informazioni siano state omesse.
- **Accesso civico generalizzato:** diritto attraverso il quale chiunque può richiedere alla pubblica amministrazione dati aggiuntivi rispetto a

quelli già indicati (senza dover motivare la richiesta), a patto che tale richiesta non violi interessi giuridicamente rilevanti (come segreti di Stato, ecc.).

Per quanto riguarda l'accesso civico, la Pubblica Amministrazione entro 10 giorni dalla pubblicazione della domanda ha la facoltà di rifiutarla, motivando tale responso negativo attraverso l'indicazione di motivi contenuti nell'articolo 5-bis:

- Sicurezza nazionale
- Difesa nazionale
- Questioni militari
- Relazioni internazionali
- Stabilità economica e finanziaria del paese
- Conduzione di indagini riguardo reati e il

loro perseguimento

- Svolgimento di attività ispettive
- Protezione di dati personali
- Segretezza della corrispondenza
- Salvaguardia di interessi economici e commerciali di persone fisiche e giuridiche (come brevetti, diritti d'autore, segreti commerciali e proprietà intellettuali).

Da qui si evince, come lo Stato voglia rendere gli appalti più **trasparenti** per evitare inclusioni di organizzazioni criminali a carattere mafioso durante le aste e, al tempo stesso, voglia comunque preservare gli interessi delle persone giuridiche e fisiche coinvolte nelle aste, cercando di fornire tutti i dati utili preventivamente e rendendo disponibile la

P.A. nel caso sia possibile fornire ulteriori delucidazioni e chiarimenti. In caso di illegittima esclusione dalla gara o, in caso di illegittima aggiudicazione dell'appalto, la parte esclusa può tutelare la propria posizione attraverso il ricorso al Tribunale Amministrativo Regionale competente per territorio.

AMAZON
URBANISTICA, ENTI TERRITORIALI, PUBBLICA AMMINISTRAZIONE
Vademecum per la tutela dei diritti soggettivi e interessi legittimi
AVV. GIOVANNI DE LUCA

Capitolo 8

Diritto amministrativo militare: la tutela per il personale delle Forze armate e di Polizia attraverso il "Procedimento Disciplinare"

La disciplina militare rappresenta quell'insieme di norme, che stabiliscono i doveri di comportamento e le sanzioni finalizzate ad assicurare la realizzazione di tali doveri, da parte dei soggetti che rivestono lo status di militare, in relazione ai compiti istituzionali delle Forze Armate.

L'inosservanza di qualsiasi dovere connesso con lo status di militare dà luogo a respo-nsabilità civile, penale e amministrativa e all'eventuale irrogazione delle corrispondenti sanzioni. Quanto al rapporto tra la sanzione

disciplinare e il processo penale, instaurato a carico dello stesso soggetto, la Corte Costituzionale aveva già sancito, in passato, il principio per il quale il dipendente non può essere automaticamente destituito per intervenuta condanna penale. **Per dare certezza a tale principio è intervenuta la legge 7 febbraio 1990 n. 19** il cui art. 9, comma 1, prevede espressamente che “ ***il pubblico dipendente non può essere destituito di diritto a seguito di condanna penale. È abrogata ogni contraria disposizione di legge***”.

Quindi se è automatico che il procedimento disciplinare debba essere sospeso in pendenza del processo penale, non è altrettanto automatica l’applicazione della sanzione della destituzione in sede disciplinare sulla base

della sola condanna penale. E' necessario, infatti, che prima dell'emanazione del provvedimento espulsivo dalle Forze Armate, sia stata effettuate un'adeguata istruttoria, seguita da una congrua motivazione nei casi di destituzione, a seguito di procedimento disciplinare avviato dopo la sentenza penale.

In tali casi, al militare incriminato deve essere assicurato il diritto alla difesa e la possibilità di far valere le proprie ragioni in relazione alla misura espulsiva.

Il provvedimento emesso all'esito del procedimento disciplinare deve rispettare i principi di proporzionalità e di gradualità, che hanno acquisito, di recente, rango costituzionale a livello europeo, essendo stati canonizzati dall'art. II, 107, 2° comma della

Costituzione Europea. In particolare, il provvedimento espulsivo deve essere frutto di una scelta congrua, proporzionata, e rispettosa del principio di uguaglianza.

Ebbene, è evidente, quindi, che non può essere disposto in via automatica alcun provvedimento, essendo necessario, in via preliminare, avviare un procedimento disciplinare, così come imposto dalla legge 19/90.

La Corte costituzionale, infatti, ha da tempo affermato il principio secondo cui, "*nel campo della potestà disciplinare come nell'area penale, sussiste l'esigenza di esclusione di sanzioni rigide, imponendo l'art. 3 Cost. una gradualità sanzionatoria che assicuri adeguatezza tra illecito e irrogando sanzione*" (sentenza n. 270 del 1986). Corollario di tale principio

viene ritenuto quello della necessaria mediazione del procedimento disciplinare ed il divieto di automatismi sanzionatori a seguito di condanna penale.

Ebbene, proprio l'assenza dei presupposti previsti dalla legge, nonché le ipotesi di particolare levità, rendono chiara l'esigenza della mediazione di un procedimento disciplinare, attraverso il quale valutare la portata del concreto comportamento realizzato, in rapporto all'effetto desti tutorio che se ne vuole far derivare. Sul punto la giurisprudenza costituzionale è costante nell'affermare l'illegittimità dell'automatica destituzione da un pubblico impiego a seguito di sentenza penale, senza la mediazione del procedimento disciplinare. La Corte ha, infatti, chiarito che "*la*

sanzione disciplinare va graduata, di regola, nell'ambito dell'autonomo procedimento a ciò preposto, secondo criteri di proporzionalità e adeguatezza al caso concreto, e non può pertanto costituire l'effetto automatico e incondizionato di una condanna penale.

*(sentenze n. 234 del 2015, n. 2 del 1999, n. 363 del 1996, n. 220 del 1995, n. 197 del 1993, n. 16 del 1991, n. 158 del 1990, n. 971 del 1988 e n. 270 del 1986).*All'uopo, però, è opportuno rilevare che l'Amministrazione deve **chiudere il procedimento disciplinare entro il termine globale perentorio di giorni 270,** decorrenti dalla data della sentenza definitiva di condanna. Lo scopo di questo termine è quello di garantire la posizione del dipendente inquisito, il quale si aspetta di vedere definito il

procedimento in un termine ragionevole. Il potere disciplinare dell'amministrazione, quindi, non può essere procrastinato indebitamente, proprio per evitare quella soggezione perpetua del dipendente.

Una volta decorso il predetto arco temporale di 270 giorni dalla piena conoscenza da parte dell'amministrazione militare della sentenza definitiva di condanna, il procedimento disciplinare si estingue. Di conseguenza, è illegittimo il provvedimento sanzionatorio eventualmente adottato dopo tale termine.

E' noto che la Corte Costituzionale ha affermato che «l'azione disciplinare deve iniziare tempestivamente, senza ritardi ingiustificati – o peggio arbitrari – rispetto al momento in cui l'amministrazione ha conoscenza

della pronuncia irrevocabile di condanna» (Corte Cost., sent. 12-27 luglio 2000 n. 375, in G. Uff., 1a serie sp., 2.8.2000 n. 32; cfr. anche C. Cost. sentt. nn. 197/1999, 104/1991 e, prima dell'entrata in vigore della legge 19/1990, sent. 1129/1988).

La necessità di garantire lo svolgimento del procedimento, secondo regole precise che ne stabiliscano precise cadenze temporali, ha, pertanto, sempre più orientato il Giudice amministrativo nel senso della perentorietà dei termini prefissati (Cons. St., VI, 4.9.1998 n. 1217; Cons. St., Ad. Plen., 9 novembre 1999 n. 4/2000; Cons. St., IV, 26.6.2000 n. 3605).

L'art. 9 della L. 7.2.1990 n. 19, che ha portata estensiva in tutto il settore del pubblico impiego, dopo aver previsto, al comma 1°, il

divieto di destituzione di diritto – senza cioè la promozione di un procedimento disciplinare in contraddittorio – a seguito di sentenza penale di condanna, dispone (al 2° comma) che la destituzione può essere inflitta all'esito del procedimento proseguito o promosso entro centottanta giorni dalla data in cui l'amministrazione ha avuto notizia della sentenza irrevocabile, e concluso nei successivi novanta giorni, per un totale complessi di 270 giorni. E' evidente che, in tale contesto il caposaldo è rappresentato dalla sentenza 12 ottobre 1988 n. 971, con la quale la Consulta dichiarò l'illegittimità costituzionale dell'art. 85 lett. a) del DPR 10.1.1957 n. 3, nella parte che contemplava l'ipotesi della destituzione di diritto, non prevedendo l'apertura e lo

svolgimento del procedimento disciplinare. L’illegittimità della destituzione «automatica», ribadita più volte con numerose pronunce (sent. nn. 104/91, 415/91, 134/92, 126/1995, 363/96, 240/97, 197/99, 375/2000), trova la sua ragion d’essere nella necessità di ponderare, con le garanzie del contraddittorio, la rilevanza disciplinare dei fatti accertati nel corso del giudizio penale, tenendo conto, altresì, della personalità dell’incolpato, del suo rendimento in servizio e di ogni altro interesse pubblico che possa essere validamente considerato nell’ambito di un detto procedimento» (C. Cost., sent. 24-28 maggio 1999 n. 197). Un'altra fattispecie piuttosto frequente nell'ambito della disciplina militare, è costituita dalla violazione del termine

massimo di 90 giorni di inerzia tra un atto e l'altro del procedimento. Al riguardo, infatti, viene invocato l'art. 120, comma 1, D.P.R. n. 3/1957 ai sensi del quale il procedimento disciplinare si estingue quando siano decorsi novanta giorni dall'ultimo atto senza che, nessun ulteriore atto sia stato compiuto. In particolare, si rileva, che dopo l'instaurazione del procedimento disciplinare, avviato con la contestazione degli addebiti, non debbono trascorre più di 90 giorni senza che nessuna attività procedimentale sia stata compiuta.

E' evidente, che questo tipo di violazione rende ancora più chiaro il carattere perentorio di termini prefissati per l'avvio e la conclusione del procedimento disciplinare a carico del militare destinatario di una sentenza penale di

condanna. In forza di ciò, a quest'ultimo è riconosciuto il diritto di tutelare la propria posizione innanzi al Tribunale Amministrativo, nel termine di 60 giorni dalla notifica del provvedimento di espulsione, qualora lo stesso sia stato emanato dall'Amministrazione interessata, (Ministero della Difesa, della Giustizia, ecc.), senza l'instaurazione preventiva del procedimento disciplinare, e senza il rispetto del termine di 270 giorni complessivi per la conclusione dello stesso.

AMAZON

URBANISTICA, ENTI TERRITORIALI, PUBBLICA AMMINISTRAZIONE
VADEMECUM PER LA TUTELA DEI DIRITTI SOGGETTIVI E INTERESSI LEGITTIMI
SVV. GIOVANNI DE LUCA

Capitolo 9

La tutela dinanzi alla Corte dei Conti, in materia di contabilità pubblica e responsabilità dei funzionari ed amministratori pubblici

Il Codice di giustizia contabile, in vigore dal 7 ottobre 2016, disciplina la funzione giuridica della Corte dei Conti nelle seguenti materie:

- giudizi di conto (conti degli agenti contabili dello Stato e delle altre pubbliche amministrazioni);
- giudizi di responsabilità amministrativa per danno all'erario;
- altri giudizi in materia di contabilità pubblica;
- giudizi in materia pensionistica;
- giudizi aventi per oggetto l'irrogazione di

sanzioni pecuniarie;

- altri giudizi nelle materie specificate dalla legge.

La giurisdizione contabile trae spunto dai principi di effettività, di concentrazione e di giusto processo.

Gli organi della giustizia contabile sono:

- le sezioni giurisdizionali regionali;
- le sezioni di appello;
- le sezioni riunite in sede giurisdizionale;
- le sezioni riunite in speciale composizione della Corte dei Conti.

Nella Parte I del codice si trovano le disposizioni generali ovvero i principi e gli organi della giurisdizione contabile:

1. organi e competenza;

2. astensione e ricusazione del giudice;
3. parti e difensori;
4. atti e provvedimenti del processo.

Nella Parte II sono, invece, contenute le disposizioni che regolano lo svolgimento dei giudizi di responsabilità:

1. la fase pre-processuale: la disciplina della denuncia di danno erariale, l'apertura del procedimento e lo svolgimento della fase istruttoria;
2. le azioni a tutela del credito erariale: a tal fine il pubblico ministero può esercitare tutte le azioni a tutela del creditore previste dalla procedura civile;
3. il rito ordinario: la disciplina dell'atto di citazione, la costituzione del convenuto, lo svolgimento dell'udienza, i mezzi di

prova e la consulenza tecnica d'ufficio, la deliberazione;

4. i giudizi dinanzi alle sezioni riunite;
5. i riti speciali: rito abbreviato, rito monitorio e il giudizio relativo a responsabilità sanzionatoria pecuniaria.

La Parte III del codice stabilisce, invece, le regole del giudizio sui conti:

1. giudizio per la resa del conto;
2. giudizio sul conto.

Diversamente, nella Parte IV sono regolati i giudizi pensionistici quali quelli civili, militari e di guerra; la Parte V è dedicata agli altri giudizi su istanza di parte, mentre i giudizi di impugnazione sono disciplinati nella Parte VI. In chiusura, la Parte VII si occupa dell'interpretazione del titolo giudiziale, del-

l'esecuzione e del giudizio di ottemperanza. L’art. 1 del d.lgs. n. 174/2016, che ha approvato il “nuovo codice della giustizia contabile”, dispone che “la Corte dei Conti ha giurisdizione nei giudizi di conto, di responsabilità amministrativa per danno all’erario e negli altri giudizi in materia di contabilità pubblica”. L’art. 103, comma 2, della Costituzione stabilisce che “la Corte dei Conti ha giurisdizione nelle materie di contabilità pubblica e nelle altre specificate dalla legge”. In pratica, la Corte dei Conti è l’organo adibito al controllo della spesa pubblica dello Stato, è l’organo con funzione giurisdizionale, amministrativa e, soprattutto, di controllo e di vigilanza su tutte le spese pubbliche del bilancio. In poche parole, svolge la funzione di

garantire il corretto andamento della finanza pubblica, analizzando le entrate e le uscite; svolge le sue attività attraverso una complessa articolazione in sezioni centrali e territoriali. La Costituzione italiana ne fissa le competenze e le funzioni, attribuendogli sia funzioni giurisdizionali - come se fosse una magistratura autonoma - sia revisionali della contabilità pubblica. Le competenze principali sono:

- il controllo preventivo di legittimità sugli atti del Governo;
- il controllo successivo sulla gestione delle amministrazioni pubbliche;
- il controllo economico finanziario;
- Il controllo preventivo di legittimità sugli atti del Governo.

La Corte dei Conti deve accertare che gli atti

del Governo siano conformi alle leggi dello Stato, soprattutto in tema di bilancio pubblico. L'articolo 3 della legge n. 639 del 1996 determina quali atti sono sottoposti al vaglio della Corte:

- i provvedimenti emanati dal Consiglio dei Ministri;
- gli atti del Presidente del Consiglio dei Ministri con oggetto il conferimento di incarichi e le direttive generali per lo svolgimento dell'azione amministrativa;
- atti contenenti la programmazione di spese generali, attuative di norme comunitarie;
- provvedimento di disposizione del demanio e del patrimonio immobiliare pubblico;

- decreti di variazione del bilancio.

Il controllo preventivo sugli atti del Governo consta nell'invio dell'atto al competente ufficio della Corte dei Conti. Se risulta corretto e, quindi, legittimo, l'atto dell'esecutivo acquista efficacia e produce effetti giuridici; diversamente è necessaria una modifica ed una successiva valutazione. Altra importante funzione della Corte dei Conti è il controllo sulla gestione delle amministrazioni pubbliche, controllo che, a differenza di quello esercitato sugli atti del Governo, è di carattere successivo. Al termine dell'attività di controllo, la Corte dei Conti riferisce quanto appreso al Parlamento e alle istituzioni interessate. La Corte dei Conti vigila anche sulla gestione economico finanziaria degli enti che utilizzano risorse pub-

bliche ingenti. In particolare, la Corte controlla:

- gli enti che godono di contribuzione periodica a carico dello Stato;
- gli enti che si finanziano con imposte, contributi e tasse;
- gli enti che godono di un apporto al patrimonio in capitale, servizi, beni ovvero mediante concessione di garanzia;
- le società per azioni derivanti dalla trasformazione degli enti pubblici economici.

Il controllo viene esercitato nel corso della gestione dell'ente ed ha per oggetto la gestione finanziaria e amministrativa nella sua integrità. Al termine del controllo, la Corte dei Conti redige una relazione con tutte le valutazioni in merito all'attività finanziaria

dell'ente. Tale valutazione viene inviata sia all'ente controllato che al Parlamento nonché ai Ministeri vigilanti, i quali possono adottare le misure necessarie a migliorare la gestione economica.

La responsabilità amministrativo-contabile si configura qualora il dipendente pubblico, per inosservanza dolosa o colposa dei propri obblighi di servizio, provochi un danno alla propria amministrazione o ad altro ente pubblico.

Si possono individuare cinque elementi della responsabilità in questione:

- il rapporto di servizio tra danneggiante ed ente pubblico;
- la condotta illecita;
- l'elemento soggettivo;

- il danno ed il nesso di causalità.

Una speciale forma di responsabilità amministrativa, invece, è rappresentata da quella "contabile", che riguarda i pubblici dipendenti, cioè, coloro che si trovano ad avere la disponibilità di denaro o di altri valori pubblici per lo svolgimento di particolari compiti, normalmente consistenti nella riscossione delle entrate, nel pagamento delle obbligazioni della Pubblica Amministrazione. Tali soggetti sono tenuti per legge a presentare il conto della propria gestione alla Corte dei Conti, secondo un procedimento ben preciso, nel corso del quale spetta all'agente dimostrare che eventuali ammanchi non siano riconducibili a proprie condotte viziate da dolo o colpa grave, ovvero siano dovuti a caso fortuito o forza

maggiore. Particolare attenzione merita, in questa sede, l'attività giurisdizionale della Corte dei Conti in materia di Responsabilità amministrativa per danno erariale.

Questa ipotesi di responsabilità è quella per cui frequentemente sono citati in giudizio dinanzi alla Corte dei Conti, gli organi politici degli Enti locali (Sindaco, assessore, ecc.) ed i funzionari e/o dirigenti degli enti stessi.

Questo tipo di azione viene esercitata dal pubblico ministero contabile e, cioè, dal Procuratore regionale competente presso le Sezioni giurisdizionali regionali della Corte dei Conti e, in grado d'appello, dal Procuratore generale, rappresentante il P.M. innanzi alle Sezioni d'appello della Corte dei Conti. Il P.M. è l'unico soggetto che può attivare l'azione di

responsabilità, non potendo il giudice procedere d'ufficio in assenza di domanda di parte.

Ai sensi degli artt. 54 e 55 del Codice di Giustizia contabile, il Procuratore Regionale, a seguito di notizia di danno, comunque acquisita, ove non ritenga di provvedere alla sua immediata archiviazione, dispone l'apertura di un procedimento istruttorio.

Il pubblico ministero compie ogni attività utile per l'acquisizione degli elementi necessari all'esercizio dell'azione erariale e svolge, altresì, accertamenti su fatti e circostanze a favore della persona individuata quale presunto responsabile.

Egli può richiedere documenti e informazioni e, altresì, disporre audizioni personali, ispezioni e

accertamenti diretti presso le pubbliche amministrazioni, nonchè il sequestro di documenti e consulenze tecniche.

Terminata la fase istruttoria, con la notifica "dell'invito a dedurre" al presunto responsabile, si provvede ad informare lo stesso dell’inizio di un’istruttoria relativa all'ipotesi di una presunta responsabilità amministrativa e danno erariale.

L'istituto dell'invito a dedurre ha trovato ingresso nel procedimento istruttorio del Pubblico Ministero presso la Corte dei Conti, con la legge del 14 gennaio 1994 n. 19, il cui art. 5, comma 1, prevede l’obbligo da parte del Procuratore Regionale che intenda esercitare l’azione di responsabilità, di *“invitare il presunto responsabile del danno a depositare*

entro un termine non inferiore a trenta giorni dalla notifica della relativa comunicazione le proprie deduzioni ed eventuali documenti. Nello stesso termine il presunto responsabile può chiedere di essere ascoltato persona-lmente".

Come statuito recentemente dalla Corte dei Conti - Sez. Giurisdizionale della Puglia (20/08/2013, n. 1194) "la *ratio dell'invito a dedurre che consente le controdeduzioni dell'invitato, con eventuale produzione di ulteriore documentazione, è quella di consentire, per un verso, l'anticipata difesa del medesimo rispetto al giudizio, per l'altro, di contribuire ad una più ampia ricostruzione della fattispecie sotto il profilo fattuale e giuridico, ampliando, così, il raggio di cono-*

scenza e, conseguentemente, di azione della Parte pubblica che, resa edotta di ulteriori circostanze di fatto, potrebbe essere indotta a confermare o modificare il suo precedente orientamento, circa la qualificazione giuridica di una fattispecie.

A detto invito segue l'adozione di un atto di citazione in giudizio, che deve dar conto dell'esito della fase istruttoria e, in particolare, delle giustificazioni addotte dal presunto responsabile e dei motivi per i quali si sia ritenuto di procedere ugualmente. Infatti, è fuor di dubbio che nella intimazione, oltre ai dati formali della menzione dell'invito a dedurre e della sua notifica delle deduzioni depositate e delle audizioni effettuate, *"l'attore pubblico debba specialmente dar conto,*

nella costruzione dell'impianto accusatorio, delle considerazioni e degli elementi che consentono a suo avviso il superamento delle argomentazioni e delle allegazioni successive.

Per quanto attiene alla colpevolezza degli organi politici, la consolidata giurisprudenza della Corte dei Conti ha ritenuto che la stessa, *può non assurgere a gravità perseguibile solo nel caso in cui gli stessi abbiano adottato le contestate decisioni sulla base del parere di un organo tecnico* (CORTE DEI CONTI, SEZ. GIUR. REGIONE LOMBARDIA – sentenza 4 agosto 2015 n. 142).

Questo principio, infatti, risponde ai criteri di separazione tra l'attività d'indirizzo e controllo, e quella di gestione, per il necessario completamento di criteri quali l'autonomia e la

responsabilizzazione. Con questo principio di separazione tra politica e amministrazione, la politica spetta agli organi di governo (governo nazionale, consigli regionali, giunte e presidenti o sindaci a livello regionale, provinciale e comunale), mentre l'attività amministrativa compete ai dirigenti.

Sul punto, è necessario evidenziare che la giurisprudenza della Corte dei Conti, quando afferma la responsabilità amministrativa di un Sindaco o di un organo politico, valuta sempre il grado di coinvolgimento di quest'ultimo nell'atto di gestione e la responsabilità viene affermata soltanto quando l'organo politico è il vero attore della mala gestione, perché i dirigenti o si erano opposti all'atto o erano stati pretermessi. Alla luce di queste considerazioni

è stato affermato che *non sussiste l'elemento psicologico della colpa grave del Presidente di una Provincia, quando i provvedimenti medesimi posti alla sua firma sono sorretti dall'istruttoria amministrativa con quattro pareri di regolarità tecnica resi nell'ambito dei procedimenti interessati e quando i relativi contratti sono stati curati dalla struttura amministrativa che aveva sottoposto all'organo politico una documentazione corredata da sufficienti e apparenti garanzie tali da indurre ad una valutazione generale di legittimità dei provvedimenti in fase di perfezionamento.* E' evidente, quindi, che in un giudizio di responsabilità amministrativa per danno erariale a carico di un funzionario pubblico o di un organo politico, prima del-

l'individuazione della percentuale di responsabilità dei convenuti, il Collegio deve valutare la fondatezza delle eccezioni difensive, per cui dal danno erariale, come prospettato dalla Procura, deve essere detratta l'utilitas comunque conseguita dall'Amministrazione.

Capitolo 10

La tutela dell’azienda e del consumatore nel contenzioso con gli istituti di credito

La procedura di contenzioso nei confronti degli Istituti di Credito (Banca o Finanziaria) è uno strumento di fondamentale importanza per la tutela del consumatore e delle Imprese, vessati da clausole illegittime e schiacciate, spesso inconsapevolmente, da costi evitabili e tassi di interesse che superano la soglia dell'usura bancaria. Negli anni passati, questa procedura veniva intrapresa soprattutto da imprenditori oppressi da interessi bancari, spesso illegittimi, o da investitori che disponevano di grande o media liquidità. Infatti molto spesso veniva restituita al correntista solo una percentuale di quanto dovuto. Oggi, tale settore è in continua

evoluzione, poichè la giurisprudenza, in alcuni casi particolari, sta evolvendosi sempre più a favore delle imprese e dei consumatori.

Questo tipo di contenzioso, quindi, ha il precipuo scopo di arrestare dinamiche bancarie fraudolente a scapito di onesti cittadini ed imprese già in forte crisi finanziaria, anche per colpa del comportamento vessatorio delle banche.

Il nostro studio, da alcuni anni si è schierato a difesa dei cittadini e delle imprese, al fine di consentire agli stessi di recuperare, anche se in parte, il credito non dovuto all'istituto bancario, tramite un'azione complessa ma collaudata sia in sede transattiva che in sede giudiziaria. Infatti, prima di avviare una procedura di contenzioso è ovviamente neces-

sario valutarne la fattibilità ed i possibili risvolti economici, attraverso lo studio della fattispecie, rapportata alla richiesta del cliente.

Solitamente, per aprire un contenzioso bancario, il cliente decide di affidarsi ad uno studio legale come il nostro, dopo aver potuto valutare, con serenità, la nostra specializzazione nel ramo del diritto bancario.

Il primo step sarà quello di richiedere al cliente tutta la documentazione relativa al conto corrente oggetto di contestazione. Se il correntista non è più in possesso della stessa, provvederemo a richiedere i documenti alla banca, che sarà obbligata a fornire il file completo entro il termine massimo di 3 mesi. Sul punto, è opportuno rilevare che il correntista è legittimato a richiedere alla Banca anche gli estratti

conto bancari oltre i 10 anni. All'uopo, infatti, la stessa Corte di Cassazione, con un intervento del 2017, ha affermato l'obbligo degli istituti di credito di fornire gli estratti conto a partire dall'apertura del conto corrente.

Questo stesso principio era stato già dichiarato in una precedente pronuncia laddove la Suprema Corte aveva stabilito che se la banca chiede la condanna del cliente al pagamento del saldo del rapporto di conto, ha anche l'onere di produrre gli estratti conto integrali del rapporto, sin dall'apertura, senza potere opporre la distruzione della documentazione anteriore al decennio.

Pertanto, dopo aver raccolto la documentazione necessaria, si avvierà una procedura tesa ad effettuare una valutazione completa

del tasso d'interesse globale applicato, con la valutazione, tramite perizia specializzata, della presenza di usura o interessi non esplicitati alla stipula del fido, dell'investimento o della richiesta di finanziamento.

Se il caso rientra effettivamente nelle casistiche passibili di contenzioso, si passa ad una perizia dedita al controllo dell'ammontare effettivamente recuperabile dal cliente.

Se questo ammontare risulterà troppo basso, inferiore ai costi di iscrizione a ruolo sommati a quelli dell'inserimento dati, la causa non avrà ragione d'essere. In questi casi, infatti, si otterrebbe solo una perdita economica da parte del correntista danneggiato e pertanto si valuterà di intraprendere un percorso che porti ad una definizione transattiva. Nel caso in cui,

invece, sia stata verificata la fattibilità di un contenzioso, si avvierà una procedura di trattativa diretta con l'istituto bancario interessato. In caso di fallimento di questo tipo di trattativa, è obbligatorio per legge rivolgersi ad un organismo di mediazione competente.

Infatti, ai sensi del d.lgs. n. 28/2010, la mediazione è condizione essenziale per il prosieguo della domanda anche quando si tratta di contratti bancari. Nel caso in cui la mediazione, che va condotta con la necessaria assistenza di un avvocato, si riveli positiva, sarà possibile ottenere un risarcimento e chiudere la posizione di contestazione senza necessità di ricorrere in Tribunale. In caso contrario, sarà necessario avviare la procedura di contestazione vera e propria, aprendo una causa

ordinaria. Una volta instaurato il giudizio, lo studio metterà a disposizione del correntista l'esperienza professionale maturata nel campo del contenzioso bancario, al fine di tutelare la posizione dello stesso, evidenziando al Giudice competente, anche attraverso l'ausilio di un consulente finanziario, la necessità di accertare le somme dovute dall'istituto di credito al correntista ed indebitamente trattenute nel corso degli anni.

E' evidente, che in tale contesto, assume più che mai rilevanza l'alta specializzazione dello studio legale, capace di comprendere il delicato momento del rapporto banca/cliente, incrinato ormai dalla crisi economica e dagli eventi che hanno coinvolto il sistema delle banche, facendo diminuire la fiducia in esse,

fiducia senza la quale nessun sistema finanziario moderno può esistere.

Per questi motivi è necessario che sia l'azienda privata, ma allo stesso tempo il semplice correntista consumatore, debbano essere affiancati e tutelati nella difficile, ma possibile, lotta contro le azioni vessatorie del sistema bancario.

AMAZON
URBANISTICA, ENTI TERRITORIALI, PUBBLICA AMMINISTRAZIONE
VADEMECUM PER LA TUTELA DEI DIRITTI SOGGETTIVI E INTERESSI LEGITTIMI
AVV. GIOVANNNI DE LUCA

Capitolo 11

Il nostro network operativo

Uno degli obiettivi che si prefigge il nostro libro, è quello di creare un network specialistico che possa replicare il servizio specializzato in ambito legale amministrativo nelle maggiori città Italiane. Il nostro è un progetto ampiamente testato, i protocolli operativi e il supporto tecnico vengono garantiti e gestiti in modo del tutto digitale. Essere affiliati al nostro modello è fondamentale per diffondere contenuti ed esperienze, essere innovatori e precursori per aiutare tutti i partecipanti al gruppo di lavoro e specializzarsi in un ambito lavorativo di nicchia con un mercato in forte crescita. L'Italia è la nazione che detiene un notevole contenzioso legale nel campo della

pubblica amministrazione e, pertanto, la specializzazione e la condivisione delle esperienze diventa fondamentale per poter crescere e migliorare.

Il modello da noi progettato ha un impatto dalle forti connotazioni territoriali, ogni regione ha norme peculiari rispetto alle attività da noi gestite, ecco perché siamo alla ricerca di partner regionali.

Le professioni stanno evolvendo e trasformandosi, evolvono verso la specializzazione di nicchia e si trasformano grazie al digitale. Tutto questo era solo un'utopia qualche decennio fa, ora stiamo assistendo alla disintermediazione delle attività, sempre più spinta, prima nei servizi, basti pensare alla riduzione degli sportelli bancari, poi nelle

attività di agenzia e nel retail con l'avvento di Amazon.

Se si riesce a trasformare un servizio in eccellenza, grazie ad una visione ed intuizione, è giusto creare un gruppo di persone che, autonomamente, una volta acquisite le conoscenze, possano erogarlo su tutto il territorio nazionale.

Gli imprenditori tradizionali per quanto eccellenti nei loro ambiti, restano ancorati a vecchi modelli di business, rinchiudendosi nelle loro zone di confort, senza investire anche in ambiti ristretti, per testare e rendere scalabili nuovi modelli digitali - presto saranno spazzati via da nuovi modelli di consumo e mercati sempre più globali. Quella che stiamo vivendo non è un evoluzione di business, ma una rivoluzione,

dove i miglioramenti graduali, con cambiamenti graduali non possono portare alla sopravvivenza. Il nostro modello di business sposa in pieno i modelli digitali, e per erogare i nostri servizi si prescinde da strutture fisiche e persone, eliminando costi fissi.

Per questi motivi, abbiamo deciso di dare continuità al progetto iniziale, con la creazione di un network dove condividere le nostre conoscenze. La riflessione sui modelli di business è nata nell'epoca in cui le prime civiltà iniziarono a scambiarsi beni e servizi. Le prime civiltà come quella egizia, romana, maya, anche se tendevano alla codifica di questi modelli, tendevano alla condivisione delle conoscenze tra gli attori del sistema. Solo molto più tardi, nei primi anni 70, il management è diventato

un prodotto “servizio, intervento, consulenza”, da vendere molte volte. Oggi il modello è in pieno cambiamento, dobbiamo rifarci a modelli innovativi, le professioni non hanno confini, né luoghi fisici, il ritorno al passato paradossalmente potrebbe essere il modello a cui ispirarsi. Siamo sicuri che la condivisione delle conoscenze, attraverso la creazione di un gruppo di eccellenze, oltre a farci crescere e migliorare tutti, può essere anche un sistema di marketing innovativo, basato sulle conoscenze che ognuno di noi sviluppa ogni giorno, durante il suo percorso di vita. Bisognerà sempre di più essere diversi ma uguali, distinguersi per mantenersi unici, dialogare con il futuro, essere i primi e non i migliori.

amazon

Printed in Poland
by Amazon Fulfillment
Poland Sp. z o.o., Wrocław

66931663R00072